中国作家协会网络文学研究院（杭州）重点学术扶持项目

中国网络文学研究名家论丛　｜　夏　烈　主编

故事与场域

以网络文艺为中心

▷ 夏　烈　著

宁波出版社
NINGBO PUBLISHING HOUSE

杭州出版社

"中国网络文学研究名家论丛"组委会

顾 问 陈崎嵘 臧 军 曹启文 应雪林
主 任 沈旭微
副主任 唐龙尧 夏 烈 袁志坚 尚佐文
委 员 肖惊鸿 叶 凯 何晓原 马 季 陈曼冬

主 编 夏 烈
编 委 徐 飞 陈金霞 钱登科 周 敏 韩 佳

序 一

且为网文鼓与呼

陈崎嵘

历经二十余年的蓬勃生长与大浪淘沙,中国网络文学为普罗大众所接纳、熟知和欢迎,成为一种谁也无法忽视的世界级文化现象。

网文忆,最忆是杭州。这里有三秋桂子、十里荷花,更有百名大神、数个首创。在社会各界大力支持下,中国作家协会网络文学研究院、中国网络作家村、中国网络文学周,先后落户杭州白马湖畔。一时云蒸霞蔚,风生水起。

自然不能说这三块金字招牌发挥了多么巨大的作用。在笔者看来,它们的主要意义在于首创,在于拓展人们对于网络文学认知的阈值。

当然,作用还是有些的。譬如,中国作家协会网络文学研究院聘请了一批专家学者,坚持不懈地开展网络文学研究,并取得了一系列成果。"中国网络文学研究名家论丛"的推出,即是佐证。

收入此辑的9种研究专著,撰写者都是国内多年坚持网络文学研究,并为业界所广泛认可的专家学者。长期以来,他们跟踪中国网络文学的发展流变,直面网络文学现场,将自己的目光聚焦于网络文学和网络作家,从而清晰地勾勒出中国网络文学发展的历史与态势;他们将中国网络文学放到新世界、新世纪、新时代、新文坛、新媒体、新技术的大格局中,加以观察、比较、互鉴,得出关于中国网络文学性质、特质、价值、意义、成因的判断,认定中国网络文学是新型的人民文学,或许可使中国网络文学扬名立万;他们剖析千百部网络文学作品和千百名网络作家,从历史文化传统、神话知识谱系、外国魔幻奇幻因素影响、当下中国读者阅读审美习惯诸方面,梳理出中国网络文学的类型化、男频女频世界、超长文本、金手指和异能、网络文学共同体等的合理性、可持续性,为业界注入信心与动能。

需要说明的是,上述研究专著,并不是中国作家协会网络文学研究院研究成果的全部,还有几位被聘专家的专著,因各种原因而未被列入;它们更不是全国网络文学研究成果的集大成,而只是网络文学理论评论大海中几朵绚丽的浪花,是网络文学理论评论森林里几束翠绿的枝叶。但笔者依然认为,这些成果对于中国作家协会网络文学研究院乃至中国网络文学界,仍是一个可喜的收获,对于当前网络文学创作与研究亦有所裨益。

笔者并不认为我国网络文学的研究状况已令人满意。恰恰相反,笔者曾在多个场合反复阐述网络文学理论评论滞后于网络文学创作实践的观点,竭力呼吁加强网络文学研究队伍建设,强化网络文学研究工作,继续充分发挥中国作家协会网络文学研究院及其他研究基地、研究中心的作用。尤其要探索网络文学的网上评论,开辟"网来网去"的路径。研究者要"下海冲浪",在创作现场与作者、网民互动，积极扮演"战地记者"，尝试进行"现场直播"。也许，那样的网络文学评论与研究，更接"地气""人气""网气"，更有可能受到网络作家和网民读者的欢迎。

我们有理由期待，并祝贺"中国网络文学研究名家论丛"的编辑出版。

2022年5月

（本文作者为中国作家协会网络文学委员会主任、中国作家协会网络文学研究院院务委员会主任，中国作家协会书记处原书记、副主席。）

序 二

集结与开放
序"中国网络文学研究名家论丛"

夏 烈

"中国网络文学研究名家论丛"是位于杭州的中国作家协会网络文学研究院立项扶持的重点学术项目。2020年启动,历时两年,第一批成果9种即将付梓。作为丛书主编,照例要写几句。

首先,是关于这一丛书的起心动念。作为中国网络文学二十余年场域内的一分子,除了与广大的网络作家、产业平台乃至粉丝受众时相交流、共同成长以外,我更多的时间是在与网络文学研究、评论界的同道们聚首、开会、评审、撰稿。可以说,面对网络文学这个"一时代之文学"的大势新潮,高校文科、作协、文联以及相关文化单位的文学研究者、批评家逐渐从三三两两到小股的轻骑兵,再到今时今日蔚然生动的集团军——中南大学欧阳友权教授领衔的湘派,北京大学邵燕君教授领衔的京派,山东大学黄发有教授领衔的鲁派,安徽大学周志雄教授领衔的徽派,南京师范大学何平教授或者苏州大学汤哲声教授领衔的苏派,自然还有杭州师范大学的我和单小曦教授领衔的浙派。其余如厦门大学黄鸣奋教授,中国社会科学院陈定家教授,中国作家协会网络文学中心何弘主任、肖惊鸿研究员,鲁迅文学院王祥研究员,中国作家协会网络文学研究院马季研究员,首都师范大学许苗苗教授,等等。在时代的波澜涌起和文科知识分子的勇毅开拓中,网络文学的研究评论渐成声势,结成一片绚烂的花果园,此既可谓顺势而为、终有小成,亦可谓念念不忘、必有回响。而如果按照我所提出的中国网络文学"场域理论"讲,文科知识分子由此也基本构成了一种力量,在网络文学的发展矩阵中多少占有一股博弈与合作的话语权,他们从理解、参与入手,贯注着所主张的人文价值和审美价值,提倡网络文学的精品化和经典化。对于这些因时而起,富有学术敏感力和打破舒适区、主动迎接挑战的奠基者,我一直就想策划那么一人一册的一套丛书。

是宁波出版社的总编辑袁志坚兄主动找了我。在他之前,也有一些意向合作方,但或因我的愈懒,或因合作条件过于亏欠作者而作罢。袁兄以现当代文学专业的当行本色来劝服我合作一把,我才觉得应鼓足勇气落实实施。之后申报给中国作家协会网络文学研究院,获批了重点项目。这些成了我邀请各位师友的背景、靠山。所以,感谢这些合作方的领导,更感谢第一辑送来书稿的作者,以及那些当下虽无成稿却答应俟之将来的作者们。我深深觉得,网络文学研究评论在学界文坛走来不易,同行者之间的互相鼓励支撑是最可宝贵的财富,这一时代赋予的新的学术共同体还有待我们之间的大力合作、建设、砥砺、珍惜。

其次,是想说说"研究名家"的命名。这对于网络文学研究评论来讲还算新鲜。除了上述讲到的二十余年来渐成声势的一批代表人物,这个"研究名家"的命名,还跟当下网络文学研究评论界已然涌现的"三代"学人群体有关。也就是说,在网络文学研究评论现场,大致形成了具有传帮带传统的三个年龄代际学人的在场,他们共同构建起研究队伍的金字塔结构,从客观上、体制上完成着长幼有序、渐成学统规模的"名家"体系。比如黄鸣奋、欧阳友权从文艺理论学科介入,白烨从现当代文学史、文学评论介入,汤哲声延续前辈范伯群先生从通俗文学介入,等等,他们都是"50后"学人,构成了第一代网络文学研究队伍;陈定家、邵燕君、马季、王祥、黄发有、肖惊鸿、何平等是"60后",夏烈、周志雄、许苗苗、庄庸、单小曦、禹建湘、桫椤、房伟、张永禄、黎杨全、乔焕江等是"70后",黄平、丛治辰、李玮等是"80后"(80初),他们基本构成了第二代网络文学研究队伍;吉云飞、肖映萱、李强、王玉玊、高寒凝等是"90后",是正在迅速崛起的第三代网络文学研究队伍——正是这样的"三代"学人的构成与建设,为我们及时、必要地推动中国网络文学研究名家论丛做了时间上、思想上、结构上的准备。也是在这个意义上,我们希望这套丛书是开放性的,逐渐加入和整合"三代"甚至未来的网络文学学人队伍,包括海外网络文学研究(汉学界)以及网生网络文学评论家的名家之作。

目前第一辑的9种,分别是白烨的《新世纪文坛与新媒体文学》、黄鸣奋的《人工智能与网络文艺》、王祥的《人类神话:网络文学神话学研究》、周志雄的《直面网络文学现场》、夏烈的《故事与场域:以网络文艺为中心》、陈定家的《有无之间:网络文学与超文本研究》、马季的《中国网络文学简史》、肖惊鸿的《网络文学的两个世界:男频和女频名家名作研究》、庄庸的《网络文学青创爆款方法论》。他们运用了各种理论武器,并将视野扩及网络文学的内部研究和外部研究乃至更广泛的网络文艺、人类文学艺术的生态研究——只有这样,才能更好地认识、理解和发展、建构不断变化中的"一时代之文学",但他们的共同点也是明确的:扎根网络文学场域,从网络文学的文本、现象、特点出发讲话,将网络文学放诸传统——当下——未来的三维、四维、多维结构中交流构想,力求不空论、不强制、不故陋,展卷阅读之中能够感受到研究者、评论家们丰富的学术兴奋点和饱满的思想乐趣。此外,这也可以看作是一次当下学院派(含协会派)网络文学研究代表人物的集结。

中国网络文学是有文化根的当代创作,也是充满民间性、未来性和国际性的文化厚壤。二十余年的创作长廊至今依然拥有巨大的创作活力、市场活力、传播活力和阐释活力,容得下更多的研究者、评论家如蜂子般勤奋采集与酿蜜,这是时代文学气象赐予时代学人的崭新乐土,可圈可点、可赞可弹、可庄可谐,更可以出名家而卓然为峰——"海到尽头天是岸,山至高处人为峰"。习近平总书记对哲学社会科学界讲,要"真正把做人、做事、做学问统一起来"[1],坚持做好一个时代的文学工作,相信也能实现山高人为峰的理想境界。此与同行共勉!

是为序。

2022年6月

(本文作者为中国作家协会网络文学研究院副院长,杭州师范大学文化创意与传媒学院教授、博士生导师。)

---

[1]《习近平在哲学社会科学工作座谈会上的讲话》,《中国教育报》2016年5月19日,第1版。

目 录

上编　故　事

2008
类型文学：下一站的天后？ ………………………………… 003

2010
类型文学：一个新概念和一种杰出的传统 ………………… 012

2012
类型文学：一场非典型性文学革命 ………………………… 018

2015
故事传统的复活及其在文化资本中的处境
　　——网络文学的新视界 ………………………………… 026

2016
网络文学时代的类型文学 …………………………………… 033
迈向2.0版本的网络文学与影视业
　　——影视业背景下的网络文学境遇与趋势 ………… 040

2017
是时候提出网络文学的"中华性"了 …………………… 047
我为什么要提网络文学创作的"中华性" …………… 050
网络武侠小说十八年 ……………………………………… 056
性别错乱的意趣和类型小说的评价标准
　　——以《美人谋》为例 ………………………………… 078

2018
网络文学的文化自觉与开放的整体性
　　——谈"网络文学20年20部优秀作品"榜单 ……… 083

2019
故事的世纪红利与网络文学"走出去" …………………… 088

2020
两种文明以及奇幻历史代入法
　　——谈二目《放开那个女巫》 ……………………… 098
坐在百年叙事门槛上"讲故事的人"
　　——海飞和他的谍战世界 …………………………… 106

2021
猫腻和他的《大道朝天》 ………………………………… 111
网络文学的社会关切与专业精神 ………………………… 117
批评应在短视频中寻找"作者"和"文本" …………… 120

2022
类型小说的传统与个人才能 ……………………………… 124
技术流和手术宅的另类现实主义
　　——读志鸟村的《大医凌然》 ……………………… 132

下编　场　域

2013
文学未来学：观念再造与想象力重建 ⋯⋯⋯⋯⋯⋯⋯⋯ 139

2014
影响网络文学的四种基本力量 ⋯⋯⋯⋯⋯⋯⋯⋯⋯⋯ 154
网络文学发展大趋势 ⋯⋯⋯⋯⋯⋯⋯⋯⋯⋯⋯⋯⋯⋯ 160

2015
网络文学的综合治理与时代使命 ⋯⋯⋯⋯⋯⋯⋯⋯⋯ 170

2017
媒介裂变下的文艺批评生态和批评者重构 ⋯⋯⋯⋯⋯ 178

2018
态度与方法：略说介入网络文学20年的学术资源 ⋯⋯⋯⋯ 192
网络文学20年的"杭州样本"
　　——从1.0优势向3.0优势的创造性转化和创新性发展 ⋯ 202

2019
网络文艺的主流化与发展观 ⋯⋯⋯⋯⋯⋯⋯⋯⋯⋯⋯ 210

2020
不断发展的中国新型文艺与国家人才观
　　——谈2019年中宣部文化名家暨"四个一批"人才中的网
　　络文学板块 ⋯⋯⋯⋯⋯⋯⋯⋯⋯⋯⋯⋯⋯⋯⋯⋯⋯ 216
解析商业模式转型中的"阅文风波" ⋯⋯⋯⋯⋯⋯⋯⋯ 220
网络文艺场域中的女性文化与主体新世界 ⋯⋯⋯⋯⋯ 225

网络文学"无边的现实主义"论
　——场域视野下的网络文学现实题材创作20年 ……… 243
从新型文艺视角谈网络文艺的治理和发展 …………… 266

2021
新时代的网络文艺评论可以怎么做 …………………… 270

2022
元宇宙问题和元宇宙文艺 ……………………………… 276
如何做新型文艺的"充满激情的观察者" ……………… 281

附　录
夏烈网络文学研究学术思想评述（段廷军、秦东旭、别君华）
　…………………………………………………………… 293

后　记
　…………………………………………………………… 335

上　编

故　事

类型文学：下一站的天后？

王国维在他《宋元戏曲史》的自序里，提出了后来被广泛沿用的"一代有一代之文学"说，他简洁地概括道："楚之骚、汉之赋、六代之骈语、唐之诗、宋之词、元之曲，皆所谓一代之文学，而后世莫能继焉者也。"嗣后胡适做《文学改良刍议》，就跟着也改着用了这个意思，说"文学者，随时代而变迁者也。一时代有一时代之文学"，胡适他们一方面在元曲之后续上了明清小说的代际文学谱系，另一方面则有罢黜百家、独尊白话的一元正统观，这个意思可以见诸胡适早期的《建设的文学革命论》等。这些旧公案，与我文章的主旨倒没有太大关系，却是个很好的引子。

时移世易，如今进入 21 世纪也已是"八年之痒"了，身边的中国当代文学似乎不能算默默无闻，但一面是凡有闻者，多以明星与事件的面貌出现，比如洪峰的当街乞讨事件、赵丽华（"梨花体"）诗歌事件、韩寒白烨之争，以及从"80 后"的郭敬明到几个传统名作家的剽窃事件等等，也算是"乱花渐欲迷人眼"；而另一面，文学在整个时代和社会中的边缘化位置已然持续近 20 年，大量的作家越过艰难，已经到了可以聪明地调整自己的"职业定位"——或者依附体制，或者依傍市场——前者造就了山头林立、相互依偎的保守主义壁垒，后者相较倒显出几分时代英雄的本色，或者自由撰稿或者投身文化产业，但毫无疑问，市场与利润必然在过度开发的时候侵损到人文本色。这是一个问题——这些说到底都是时代丢给以独立自由标榜的知识分子的精神语境，以考验人的内心在应对俗世异样的变迁时所反弹出的力量和智慧。

又说远了，我的意思是，如果现在让我做几分巫师相士状，念念有词掐指推算：代表这个时代的文学是什么呢？结果恐怕连我自己都悚然一惊，因为按照上述"一时代有一时代之文学"的标准看，第一答案居然是：网络文学（或者是我后面要加以区别的"类型文学"）。因为判别"一时代之文学"的标准无外乎：一、与时俱进，往往是那个时代主要的流行文体和文学；二、雅俗共赏，受众广泛，文本兼顾可读性和文学性；三、逐渐经典化的可能，主要依靠出色的作家个体来提升和完成流行的时代文体和文学的典范化过程。以这些标准论，网络（类型）文学似乎都有潜力——从数量上言，有统计数据显示，到2006年12月，国内的网络（类型）文学网站已超过一万家，读者数量在2000万以上；从阅读者所受的教育程度言，也不像我们想象中的那样，居然有约76%为大学及大学以上学历；从代表作家言，像早期的安妮宝贝，每出一种新书，印数都在10万至50万册不等，并且在中国纯文学重镇之象征的《收获》登堂入室——所以说，它像一匹黑马，在不知不觉中列在了决赛的名单里，虽然到现在我都不敢确信，"一时代的文学"会是这"小杂种"？

相信坚持传统文学观的除了拒不认可以外，还会不断地重温J.希利斯·米勒"文学死了"的噩耗。如果让现在看来依然粗鄙杂陋的网络（类型）文学这样的东西成为时代文学的象征，不少人宁可决绝地说"文学死了"。这里面有两个意思，待我细细说来。

一个意思是基于对这个时代文学整体的悲观,原因很简单,文学在中国的边缘化似乎是伴随着它从政治的伙伴和代言,降格到自生自灭的创作与传播本身的过程,而实际上,在今天,你环顾世界,要引个反其道的例子出来还真不容易,这种文学边缘化已无处不在。新的信息技术显然早已超越了纸质媒体的功能,图像化的浪潮在满足我们视觉神经的同时逐渐削平了我们的精神追索,雅克·德里达在《明信片》里絮语式地铺张着这种文学的末路,而米勒读罢《明信片》后更是直接地说:"在特定的电信技术的王国中(从这个意义上说,政治影响倒在其次),整个的所谓文学的时代(即使不是全部)将不复存在。哲学、精神分析学都在劫难逃,甚至连情书也不能幸免……"(J.希利斯·米勒《全球化时代文学研究还会继续存在吗》)。好玩的是当我们希望在国外寻求乐观的援助的时候,米勒却在中国寻求悲观的援助,在他的名著《文学死了吗》的前几页,我们就看到他讲他们美国文学学者跟中国作协一起开了次会,听到的是"如今最受尊敬、最有影响的中国作家,显然是其小说或故事被改编成各种电视剧的作家"云云,他借此说,这些无疑都是全球文学衰落的大势。在这个意义上,借助网络为主要载体的写作也是这种电信技术王国的产物,它如果要代表时代的文学,恰恰证明"文学死了"。——这么说,自有其深度。不过,这个意义上文学的死亡是对旧有文学的整个美学特质而言的,人类无法回避。换言之,恰恰网络写作、类型写作还在某种意义上保存了文学"劫后"的基因,它们将和其他生存下来的文学基因一样,证明着人类文学家园的永恒和普世。

另一个意思源于精英文学立场,或者说"五四"新文学标准以来对中国传统小说、通俗小说之类的看法。无疑,网络小说或者类型小说也被归在通俗写作的范畴，因此，当这些文学在这个时代借助技术、媒介、市场、受众来挑战精英文学地位的时候，从精英文学阵地飘出"文学死了"的怨怼之言也就可以想见。这里涉及一个文学观和文学标准的问题。精英文学或者主流文学的山头先天地占据了正统的地位，他们孤立新的大众文学有其奇妙而复杂的心态。作为深受精英文学教养的我，自然理解其中哪些为合理的意见，哪些为傲慢与偏见——我在作"理解之同情"外，更愿意引用两位同是当代文学研究者的说法表示我的同调。

贺绍俊在《大众文化背景下的文学"四化"》一文里提出了"文学生产的明星化""文学叙述的类型化""文学意象的符号化""文学消费的时尚化"这四个现象问题，当他在说文学明星的时候，"意外"地说"是否存在着一种可能性，即我们通过一种主观的努力，把明星化中包含着的神性崇拜因素导入文学文本中……也许对文学精神内涵的式微带来某种刺激"，而事实上，文坛诸如当时对"80后"们所表现的冷淡"其实是文坛拒绝明星化的一种过激反应"。——这个观点同样可以移用到传统文坛对网络文学、类型文学的态度。贺文中表达出的"可能性"和"过激反应"，恰好是我们面对任何一种新质文学、异己文学的不同态度，拥抱前者是需要胸襟、胆魄和智慧的，但那显然是创造者的姿态。研究、探讨、改造和提升对象，才是一个有激情、创造力和责任感的文人所为。

另一个补充意见来自对当代通俗文学术有专攻的汤哲声，他在《中国当代通俗小说史论》的绪论里说："90年代以来中国大陆的精英小说在社会价值的坚守中大踏步地后退，所谓的消解崇高、消解权威，所谓的'新写实''新历史'，不管是怎样的自我欣赏，都是对社会价值的回避，甚至放弃。社会价值的追求是新文学以来中国精英小说最重要的特色之一,到90年代却让位给了通俗小说,实在是意味深长。"[1]固然我对汤先生在何为精英小说,何为通俗小说的分界上颇有歧义(比如汤把陆天明的《苍天在上》、阎真的《沧浪之水》等官场小说,虹影等跨文化小说都算作通俗小说),但很显然,以精英自居的不少文学在20世纪90年代以来演绎的确实是立场犹疑、高低不就、内在焦虑而外强中干的角色,常常不如网络文学、类型文学那样单纯自然,甚至反倒有清新刚健的佳作。

这么说,依然不代表我认为当下的网络文学、类型文学具备了堪称"一时代之文学"的所有要素,我们无法以精英文学这样的流传有序的文学水准去衡量生长期不过数年到十数年的网络文学和类型文学。不过流传有序无非就是时间造就的个人创造和传统的累积,就像我不愿意怀疑任何一个健康的孩子都可能获得成长和成功一样,我没有想过网络文学、类型文学会没有文学意义上的明天。

网络作为一个新媒体技术赋予了写作以崭新的平台,给更多的写作者以发表的民主和自由。当然,代价是相应的,平等的发表权意味着没有先在的精选功能、没有权威评价,网络在这个意义上天然赠予了人们逍遥的乐趣,但也恐怕天然地不带有更多的责任和伦理。同时,它的发表与传播特点必然会修改我们认定的文学形式和文学标准,像语言与叙述的网络化就是这一载体需要写作者去牺牲和交换的。这就造成网络文学在今天看来是一种海量的生产,并且结果良莠不齐,甚至若以基本的文学指标来衡量,优秀之作恰如大海捞针,需披沙拣金。

网络世界自己借由网民读者的口碑言传来推出好小说,相反

---

[1] 汤哲声:《中国当代通俗小说史论》,北京大学出版社,2007年,第3页。

的,传统的纸质媒体(出版等)成了这种口碑言传的寄生和延续。在最初的网络文学时期,从台湾的痞子蔡、王文华到大陆的宁财神、李寻欢、邢育森、安妮宝贝、江南、今何在,作者多为70年代生人,主要是都市爱情和幽默搞笑风的小说,读者多为白领小资,他们的小说带来了国内第一波网络小说纸质出版热潮,而这时的小说,类型意识并不明显,属于一种半文学状态的流行写作;而21世纪以来,真正进入了"类型小说"的时期,像风靡一时的玄幻武侠《诛仙》,被誉为女性武侠掌门人沧月的《血薇》《七夜雪》,历史奇幻的当家之作《新宋》,被网络定位为中国的《伊利亚特》的奇幻长篇《紫川》,由女作者随波逐流写就的男人世界的历史权谋《一代军师》,异军突起的盗墓类的长篇《鬼吹灯》《盗墓笔记》等,一次次成为出版市场的宠儿,印数多在5万至20万册(套)间。网络世界的点击率保证它们有不错的阅读特点和深入人心的故事要素。但哪怕我们通过这种筛选进入其文学的判定,依然还是问题颇多,我们一方面应该提醒自己网络文学与传统精英文学的阅读本身属于两个不同的审美范畴,但另一方面确实说明今天的网络文学绝不能说令人满意,可以故步自封于市场的追捧,语言、情味、结构设计、人性探索和想象力,仍然有巨大的空白等待从事此道的高手去追求探索,精益求精。

  而在这个关节,我想提供我对网络文学概念的理解。首先,从"网络文学"的命名而言,虽然已经约定俗成,但其实是个不准确和非文学的概念。网络作为技术平台,只是一个载体,以载体命文学,前所未有,当然,相信以后还会有这样的命名方式,比如手机文学(手机小说)——这在日本这样的邻邦已经不是新鲜事物,国内由于手机上网速度和费用,以及手机内容服务增值等问题的迅速推进,应该也是为时不远、即将普及的新概念——这充分显现了新媒体时代技术对文学(以至整个生活)的强势介入。但我还是认为,网络文学这样的概念是个过渡性的文学命名,从文学自身而言,(大众)类型文学的命名更有其理论价值。也就是说,当我们以后梳理关于此类的文学概念时——通俗文学(小说)—网络文学(小说)—类型文学(小说),无疑在不同历史阶段各自从不同角度包含了它们要解说的对象,它们前后相续,构成了一道家族关系。

类型,并不是个新词,如果说体裁是文学的一级分类的话,类型应该就是文学的二级分类。类型无论雅俗,也打破雅俗。比如西方文学史上的流浪汉小说、成长小说、启蒙小说、哥特式小说,都是类型文学概念,你很难说孰雅孰俗。而由近代学者提炼的中国古代小说的杰出代表"四大名著",更是以其类型小说的出身锻炼出名垂后世的经典地位,《西游记》的神魔、《三国》的历史演义、《水浒传》的侠义、《红楼梦》建立在明末清初广泛的才子佳人小说基础上的"人情小说"(鲁迅语),都可以用雅俗兼济来形容。而事实上,在它们的周围,也产生了质量不一、堪称海量的铺垫、模仿、跟风之作,其情形与今天的类型小说何其相似?并且,这些过去的中西类型小说并非没有市场机制的驱动,不要认为出版市场只是今天才有的新鲜事,我们所遭遇的,过去的作家都多多少少遭遇过,即使在报纸勃兴、副刊竞争的时代,媒体早就在改造文学、考验作家了。远的不说,即如晚近港台的大家金庸、高阳者流,确实在市场环境和类型小说的领域做出了极富高度的贡献,我们无法忽视金庸在武侠小说中注入的优秀的文学和文化基因,而同样,如果当年还把高阳的历史小说叫作通俗小说的话,今天至少在历史素养方面,实在很难在精英作家中挑出他那样的史学家水准的人物。正是这些历史经验,让我谨慎地对待网络小说、类型小说,并反之为这些正在生长的新的文学祈祷祝福。

然而，过去的类型创作用通俗小说、网络小说命名都是合适的，现在却未必合适。原因是当代"类型意识"的明确。如早期网络小说的作者从没自觉地认为自己在写爱情或者别的"类型"作品，而今天的大多网络作者却都已经自觉到自己在从事哪个类型的创作，——我认为，这是越来越消费化的时代对我们写作的又一改造和考验。消费市场是根据消费终端的需求来创新消费服务的，今天的大众需要更为明确、简单、快捷、平面化的标志来指示他们选择文化产品，——一本书和一听饮料、一袋方便面、一件饰品在这个意义上没有归类上的根本区别，它们都是卖场里的待卖品。因此，消费终端的要求最终会影响到生产的起点，作为小说创作者的作家无疑会这样那样受到影响，而没什么架子的通俗文学、网络文学是最容易实现其类型上的分类的，于是，一个被当代文化消费规律规约的"类型文学（小说）"时代应运而生。所以撇开此前的文学史，我认为"类型文学（小说）"的命名在今天才到了一个可被准确使用的时候，它兼顾到这一时期大众文学的内在特点与时代（市场）特点。

只有首先在指认类型文学的正当性和文学谱系后，我们才能心安理得地理解或者批评它。否则，不阅读，不介入，不瞻前，不顾后，又陷入了我们混乱而顽固的心理定式里去，人就会逐渐变得阴暗而一味抗拒驱逐，但未过几年，又因为形势强于人，开绿灯拉他们进中国作协——哪怕他们连个市作协的会员都不曾是——这倒真成了笑柄。

有些事情，你只有真诚而大胆地进入探索，才会有切身的体会。我依旧像过去说的那样期待类型文学与纯文学之间有更多照应和自省，我愿以过去的一段文字作结——

对于类型小说，它天然具备的想象力，以及它像年轻而最具生命活力的个体那样，在不同类型间积极地融合实践，造就了新变的可能，这都是传统文学创作久违和缺乏的气息。我甚至天真地希望，类型文学可以用它良好的阅读魅力承担对人性力量、宇宙解释之类大命题的内涵性把握；而同样的想象力与活力，则可以启迪当代纯文学作家走出外在焦虑和内心迷茫的怪圈，把故作姿态的干涩写作转化为新鲜的创作心态，让停留在新闻式样的写实叙事出现艺术的飞翔的美。就像《百年孤独》，以及托妮·莫里森或者艾·辛格小说中出现的民族神话和传奇元素，就像帕慕克用悬疑形式来反悬疑小说，就像多丽丝·莱辛用科幻小说写人类文明的消亡与重建，或者是像爱伦·坡那样开创了恐怖与悬疑小说的格局，使之进入纯文学谱系丝毫无赧颜愧色，这都是好作家的本分。

类型文学：一个新概念和一种杰出的传统

　　类型文学是个不言自明的概念吗？是，也不是。
　　这么模棱两可的判断显然有碍我们关涉于此的任何交流。因为当一个说"是"的和一个说"不是"的人遭遇的时候，要不就鸡同鸭讲，要不就一团和气、一脸所谓求同存异。问题是，过于傲慢与偏见，或者过于圆滑及世故，都妨碍真正的问题得以说清、辨明。理论——我愿意提醒其中蕴含着常识——在这个时代的观念窄道和虚与委蛇中被一次次地搁置，造成集体性的常识稀缺症；尤其当专家们也常识稀缺时，我们将在语言的"巴别塔"之外，再增加一道常识的"巴别塔"之乱。所以，即便是类型文学这样的"小道"，我以为都该尽早梳理明白它大体的形貌、体征。
　　说类型文学是个不言自明的概念，多半出自此道的创作者和接受者。我基本不觉得这对他们而言是个拉旗扎寨的事儿。反之，我认为他们明了类型文学这个概念的历史和传统，将之作为文学和文化常识的一部分——这么认为的一个显著标志是，他们早就认可这个概念的合理性和大致的意义范畴，但从来没有把它作为口号使劲折腾，以作为自身在这个文学世界中的权力话语。记得年前在上海跟写悬疑小说的蔡骏说起我正在研究类型文学这个"新概念"，一贯言语略显木讷的他毫不犹豫地驳我：这概念不是老早就有的吗？我一笑，说，在主流的文学研究领域，这当然是"新概念"。类似的情况在同四次获得科幻小说"银河奖"的《九州幻想》主编潘海天聊天时也发生过；还有那个写《盗墓笔记》的大名鼎鼎的南派三叔，这家伙认为我是2005年以来传统文坛中最乐意使用和推动这个概念的人——我不得不羞涩地告诉他，在我之前，葛红兵是更不遗余力地使用和推动这个概念的学院派。此外，包括盛大文学2009年启动的"全球写作大展（SO）"，我原先的提议也是"全球华语类型文学大展"，以巩固这个概念涵盖的写作疆界并突出其话语地位。说这些的意思是，对网络文学界面乃至有关资本方来说，这都是一个常识性的概念，极易理解。

　　说类型文学显然不是个不言自明的概念，或者说根本不成其为概念的，主要发生于我们传统文学研究阵营。我愿意指出这中间的一部分是抱持精英文学价值观，以及站在文化工业即大众文化批判立场做出了"垃圾论"的评判者，他们有其文化立场的必须。"对于'垃圾'，我们还要分类（型）?!"——麻烦的是，现代社会的种种垃圾还真是要你分类的。所谓现代都市文明，就是让咱们一家家都懂得垃圾分类的道理，将之作为文明社会的习惯暨常识。那么，在这个时代语境中，自己不分类还抵制别人分类的，虽然或有深邃的思想的凭借，依旧是未必懂得在调适中智慧地提出真命题的。而另一部分对类型文学概念存疑的人士，只是一种学理的审慎，由于审慎带来的"慢"并不可怕，他们谋求论者能拿出"细活"，没有足够的学理论述，就不能急功近利地利用。在这个意义上，我完全赞同。因此需要指出，"类型文学"其实至今仍是个感觉上的约定俗成的概念，而不是理论准备已然充分确凿的概念。也就是说，它就是个"新概念"(但并不是个"伪概念")。

关于类型文学的思考,不少学者已经贡献了智慧。在论及文学类型的时候,大家习惯于将当下的类型文学源头上溯到历史上的经典序列。比如近代以来被我们命名为"中国四大古典名著"的作品,至少其中《西游记》是"神魔小说"、《三国演义》是"历史演义小说"、《水浒传》是"侠义小说"这样的说法是旧已有之的。这样比附,便有助于说明通俗小说的类型性和它们成为经典的可能,并与当下流行的类型小说形成比较,起到了"尊体"和便于他人理解的作用与效果——从解释类型文学给他人听的角度,我也这么做,觉得没有问题。但我在2008年9月主编出版的第一期"中国首本类型文学概念读本"《流行阅》的发刊词中,做了另一种理解:"过去我们讲通俗文学,后来讲网络文学,现在放在这里用都不太合适。参照类型电影的说法,用类型文学的新概念才能更好地归纳今天的这部分创作……类型小说无所谓严格意义的雅俗,怎样汲取类型的营养形成和创造类型,是作者创造力的自由。"——我至今没有太大地改变这种认识,并认为其中包含着我想界定的"类型文学"的边界。

我的意思是,对于"类型文学"而言,通俗文学和网络文学都是"过去"的概念,它们之间不能通约。讲通俗文学历史中的典型,其实都只是类型文学的前史。归根结底,我们今天命名的类型文学的全称,应该是:当代大众类型文学。它的边界既是"当代",又是"大众"。"当代",意味着今天所提出与研究的对象类型文学,是与当代科技和资本相适应的文学创作形态,其中"当代科技"意味着现代性的网络、出版、电子通信和个人电脑终端等科技平台与载体的出现,它们提供了当下类型文学发生、发展的崭新的物质基础,最终与人交互,影响和改变了时代的创作和审美习惯。而"资本"意味着消费市场的构建和扩展，意味着对人们消费欲求的迎合和背后的利润诉求，它敏锐地鼓励和纵容新的创作和审美形态，无论妍媸，重在牟利，它是任何新因素的催化剂，同时也扮演始乱终弃的势利角色。（科技和资本是人类社会最敏感的核心要素和推动力，影响到意识形态和上层建筑。）它们也如韩少功所言："以电子技术和媒体市场为要点的文化大变局，粉碎了近千年来大体恒稳的传统和常规，文学的内容、形式、功能、受众、批评标准、传播方式等各个环节，都卷入了可逆与不可逆的交织性多重变化。"狭义的文学观，比如追求"纯"文学的形式主义批评和新批评努力摒弃文学以外的体系对文学自身的骚扰，但毋庸置疑，文学又向来不是独立的绝缘体，它与时代和社会，即特定的科技和经济行为密切关联。换言之，文学究竟是要面向"人们"的。这个"人们"在某种意义上，就是"大众"，在当代，其文化主流被命名为"大众文化"，其文学需求和实际文学表现样式，即"大众文学"，它的基本要求是"通俗"的。这正如贺绍俊在《类型小说的娱乐性及其他》中指出的："类型小说是通俗小说的基本存在方式。"在上述意义上，我们提出和研究"类型文学"就是研究在当代科技和资本以及大众文化场中的一个主干的文学样式，是对"一时代之文学"的研究。

我之所以强调这个概念有着"参照类型电影"的背景，是因为类型电影在电影研究中早已是一个合法化的概念，是其研究的热点和学术的重镇。如果说，我们此前的先锋性文学叙事不可能在同一样式（题材、主题）中出现很明显的形式和观念的共同之处，所以没有"类型"可作研究的话，那么，今天伴随着文化工业到来的文学类型化和类型文学，同天然作为文化工业之子的电影一样，获得了"侵蚀"或说"创生"的条件。可以说，类型文学和电影相同，"既是文化活动，又是政治经济活动……吸引人也因为其中所体现的时代精神"；而类型电影、类型文学中的"类型"其实是"一种创作和观赏、反应的程序，这实际就是 Gestalt（格式塔），是一种整体上的创作和接受、反应心理模式""用传统的文艺理论描述，它是大众的内在审美心理模式"（郝建语）。在类型文学中，我们应该充分理解存在其中的"文学叙事精神"和"叙事经济"之间的"紧张"，其高明的作品正是一种精彩的张力艺术。

因此，我主张类型文学的探讨更应基于时代的新问题加以考量，而不必宿命般地回到"雅俗之争"。这些新问题包括以下几点：一、纵向的历史思考。作为当代类型文学前史的通俗文学与类型文学关系，以及旧有通俗文学概念在当代何以没落（包括作协体制内通俗文学创委会的实际涵盖面，即形式的老化与当下类型文学创作者写作形态更新以及缺乏荣誉感的矛盾）。二、横向的影响与传承。当代类型文学创作者对世界类型文学、类型电影的借鉴和荣誉感的获得。三、科技平台尤其是网络（将来可能还包括手机等）作为媒介后，创造的新写作平台和选拔功能对类型文学大潮的直接鼓励和刺激，即类型文学目前作为含混的网络文学的主流脱颖而出的意义和原因。四、资本作为社会经济活动介入类型文学生产后的巨大影响和文化批判意义。——这些因素造就并刺激着类型文学作为"一时代之文学"的生长。

而同样让我感觉兴味盎然的类型文学作为"文学—文化"研究的题目有以下几种：一、类型文学迥异于传统纯文学的审美标准和评判标准的建立。二、中国传统类型文学样式的发展和融合，比如武侠、仙侠、言情和历史演义。三、类型文学中"写实"（如官场、职场、财经等）与"构幻"（如奇幻、灵异、科幻等）对应大众文化心理中"实用知识"与"想象力及现实逃避"的文本解读工作。四、类型文学包括哪些文学体裁？我们现在把"类型小说"约等于"类型文学"，那么散文有没有类型散文？比如励志类散文。诗歌是个体性、语言独立性最强的文体，那歌词是不是就是类型诗歌？五、类型是孤立的理论抽象，实际创作中，类型文学的发展离不开"类型融合"，这样才能保证类型文学的生命力和魅力，比如"武侠+言情""历史+推理""职场+言情"等，都在不断变化创新之中。而哪些是类型，哪些只是元素（如穿越）或者次类型（如盗墓、后宫），都是需要重加界定和讨论的。

相信这样的研究的趣味将带来有宽度的文学观，完善我们与世界包括与文学的关系。我愿意将法国新浪潮电影的推动者、被誉为"法国影迷的精神之父"的著名电影理论家、影评人巴赞对好莱坞的评价移植过来，以期待未来中国的类型文学发展："使好莱坞远胜于这世界上的任何事物的原因不仅是某些导演的品性，而是其活力及从某种意义上来说，一种杰出的传统。好莱坞的优势在工艺上不只是偶然的；它更多的是深藏于人们所称的美国电影天才之中，它可以通过对其产品的社会学探讨来加以分析，然后加以界定。美国电影以一种不同寻常的胜任方式，将美国社会如它所想看到自己的那样展现了出来。"[1]

---

[1] 原载彼得·格拉汉姆主编《新浪潮》，转引自[美]托马斯·沙兹：《旧好莱坞·新好莱坞：仪式、艺术与工业》，周传基、周欢译，中国广播电视出版社，1991年，第43页。

类型文学：一场非典型性文学革命

人类总盼望着革命，否则自古以来的某些词——譬如革故鼎新，譬如推陈出新——就无法落实，更不会至今仍旧作为常用的成语，在主流或者民间的各种文本里流传。文学世界，概莫能外。

文学的革命，原因很多，但首先是新的萌芽了，旧的又板结固化衰弱。于是，敏感的"好事者"会在人间寻找异样的"种子"。这些种子或者语言的方式不同，不同的语言每每是不同的思想的标志；或者代表着一代新人的出现，新人除了学习与模仿，更重要的是总有掩饰不住的"菜鸟要出头"的激情、活力。换言之，对于文学而言，时代若给予新的环境，创作者有了，组织者有了，理论和宣言有了，就可能爆发崭新的文学思潮和创作潮流，之后不用说，传媒和产业是"听风者"，他们自动追逐，新潮又实际。

如今回首，1998年前后孕育和诞生了最近15年来最重要的两个新文学（即文学新人）的风暴眼。

一是"新概念作文"造就的"80后"作家群，其所造就的"80后"文学现象即创作、出版潮流自然会进入文学史，代表人物韩寒、郭敬明、张悦然。虽15年来各有归属，但毫无疑问，他们揳入了中国社会与中国文学的主要线索。像韩寒在思想言论上所产生的国际影响,以及他特立独行的赛车手和写作者的形象使其富有了独立、自由的明星范儿;郭敬明在拥抱文化市场和文化产业中游刃有余,具备了优秀的文化产业人的市场自觉和运营力,多次问鼎"中国作家富豪榜"三甲;张悦然代表了部分"80后"作家皈依主流文坛,2011年11月她成为中国作家协会第八届全委会(全国作协领导机构)的委员。当时,这些作者能够迅速出现在文坛和媒体的热议中,原因之一跟发起这场"文学革命"的杂志《萌芽》有关。这是一本主流文坛的杂志,是上海市作家协会的刊物,这使得一批被命名为"80后"作家的年轻人,直接进入了文学界的视野,也因杂志所提倡和坚持的文学标准,他们在文字基础等方面的素养普遍良好,换言之,他们的话语系统透露的思想气质虽与前辈迥异,但语言套路还是纯文学的继承者,份属一脉。

二是我此文的着重点"类型文学"作家群。1998年,除了是"新概念作文"开局之年,还被中国网络文学研究界定为"网络文学元年"。虽然我曾经在《网络文学三期论及其演进特征》等文章中调侃过这种"元年"的追认是"人为",即作者、评论者、媒体在2008年合谋的结果,因为此前已然有网络文学创作的大量存在,但1998年,有痞子蔡的《第一次的亲密接触》风靡华语大众阅读,这是大家分判时间的主要标准。

《第一次的亲密接触》是个新才子佳人式的言情小说,是通俗文学中的一个类型,这也足以说明,从1998年开始追认的"网络文学革命"天然地附带了"类型文学"这一概念的印记。此后,安妮宝贝、宁财神、李寻欢、邢育森、慕容雪村……大作频频以至广为人知;再之后,2003年,各文学网站基本上完成了以类型划分创作、归拢创作的形制,活跃在网上的、名号奇怪的、不见相貌的、业余的、分类型创作的、直接与读者即时互动的小说作者们渐次扬名立万：沧月、江南、今何在、萧鼎、蔡骏、当年明月、天下霸唱、南派三叔、流潋紫、桐华、匪我思存、唐家三少……这就是十余年来仍然被留在大众阅读视野前列、受出版商和粉丝追捧的一部分名单。他们在今天占据了中国原创小说畅销书的半壁江山，他们的微博粉丝常常达三五十万乃至三五百万，他们说一个故事，或者发布自己的一点小情绪、小观点，都比体制内的文学刊物或者地方小报的传播快捷并拥有更多受众的呼应。从所在地域看，他们主要在北京、上海、杭州形成了作家群的聚集。这种盛况令我想及民国时期京津和苏浙沪的"鸳鸯蝴蝶派""礼拜六派"的流行，或者如港台通俗文学的黄金岁月，武侠之"梁（羽生）金（庸）古（龙）温（瑞安）黄（易）"，言情之琼瑶、亦舒、三毛，科幻之卫斯理，历史演义之高阳等，一时竞出、风起云涌。而与"80后"作家相较，类型文学作家们天然地失去了主流文坛和文学观的支撑，在文学品类上长期被文化精英斥为"垃圾"，他们的写作伦理自然而然地倾向于为大众读者和市场"卖命"。

在网络写作的初期，也是由于同主流文坛、纯文学观的冲撞，一些作者开始梳理自己的文学思辨，形成一些文学宣言。但作者们的自我抒情以及非常有限的理论观点的开拓，让日益丰富、庞大甚至泡沫化的创作大潮无所指引和提升，整个创作潮流没有出现像样的文学主张、宣言、理论、批评。作为任何一场文学革命的常识，创作和理论评论是思潮最终成就的必须，缺其一翼，飞之不远。或者，我们可以因此怀疑这些创作者其实缺乏文学革命的意识和勇气，没有系统性地针砭传统文坛的病相，建立自身生存壮大的合法性与合理性。

有意思的是，"80后"作家群同样面临这个问题，他们也一直没有理论和批评家同行,为之引导、归纳、鼓励、促进。在我看来,发源于1998年的这两股力量是有力无心的,有洪水般的创作冲动,各自内部却没有一致的目的。正是在这种情况下,主流文坛的"招安"和文化资本的"收购"填充了他们的未来。事实也正是如此。从"80后"的郭敬明、张悦然加入中国作协(2007年),到同为"80后"类型小说作家的当年明月、唐家三少加入作协并在2011年入选第八届中国作协全委会委员,以及轰动中国文化产业界的2008年民营传媒娱乐业巨擘盛大网络成立"盛大文学有限公司",至今收购了国内标志性的7家文学网站,都证明"招安"和"收购"成了"革命"的赢家。

我个人作为一个受新时期30年文学教养,对之充满感情和记忆的观察者,在新世纪则成了"类型文学"概念的主要倡导者和推动者。2007年,我倡议所在的杭州市作家协会成立了全国作协系统内第一个类型文学创作委员会;2008年,我主编了"国内首本类型文学概念读本"《流行阅》;2009年,索性辞了职去上海任盛大文学研究所执行所长;2011年,在杭州联络各方,倡议设立了国内首个类型文学专业大奖"西湖·类型文学双年奖"——这么热心是因为我始终对边缘的创作抱有特别的钟爱和同情,一个时代的异质的杰作往往出自边缘;而文学观上,我个人丝毫没有党同伐异的傲慢与偏见,相反,少年时的阅读体验让我对中国古典文学尤其是白话小说颇为亲切,而20世纪80年代的港台文学热,那些武侠、言情、历史、科幻之流曾让我充满了阅读的乐趣。我觉得美学的判断同样不能离开感觉的真实,快乐是阅读的泉源,也是阅读的目的之一,所以我特别纳闷那些一概斥类型小说为"垃圾"的人。如果"不好看"是精英文学的目标,那我反觉得文艺从此没了出路,即:不好看才是文艺的叛徒。

为了说服,我们通常会举"四大名著"为例,这最是简明扼要。

《西游记》《水浒传》《三国演义》《红楼梦》就是类型小说，就是大众的通俗文学的改造与升华；《红楼梦》固然是文人的个人创作，但脱不开与此前"才子佳人小说"传统的干系，别的三种更无须论了。而从学理上论，我更强调今天"类型文学"的不同。我曾在《类型文学：一个新概念和一种杰出的传统》一文中说：

> 我们今天命名的类型文学的全称，应该是：当代大众类型文学。它的边界既是"当代"，又是"大众"。"当代"，意味着今天所提出与研究的对象类型文学，是与当代科技和资本相适应的文学创作形态，其中"当代科技"意味着现代性的网络、出版、电子通信和个人电脑终端等科技平台与载体的出现，它们提供了当下类型文学发生、发展的崭新的物质基础，最终与人交互，影响和改变了时代的创作和审美习惯。而"资本"意味着消费市场的构建和扩展，意味着对人们消费欲求的迎合和背后的利润诉求，它敏锐地鼓励和纵容新的创作和审美形态，无论妍媸，重在牟利，它是任何新因素的催化剂，同时也扮演始乱终弃的势利角色。[1]

之所以我强调这个概念有着"参照类型电影"的背景，是因为类型电影在电影研究中早已是一个合法化的概念，是其研究的热点和学术的重镇。如果说，我们此前的先锋性文学叙事不可能在同一样式（题材、主题）中出现很明显的形式和观念的共同之处，所以没有"类型"可作研究的话，那么，今天伴随着文化工业到来的文学类型化和类型文学，同天然作为文化工业之子的电

---

[1] 夏烈：《类型文学：一个新概念和一种杰出的传统》，《文艺报》2010年8月27日，第002版。

影一样,获得了"侵蚀"或说"创生"的条件。可以说,类型文学和电影相同,"既是文化活动,又是政治经济活动……吸引人也因为其中所体现的时代精神";而类型电影、类型文学中的"类型"其实是"一种创作和观赏、反应的程式,这实际就是Gestalt(格式塔),是一种整体上的创作和接受、反应心理模式""用传统的文艺理论描述,它是大众的内在审美心理模式"(郝建语)。在类型文学中,我们应该充分理解存在其中的"文学叙事精神"和"叙事经济"之间的"紧张",其高明的作品正是一种精彩的张力艺术。

一时代有一时代之文学,当代类型文学不但是前代通俗文学的递进,更重要的,他们与时代中的其他社会平行体系产生着杂交的关系:科技、资本、影视、创作和观赏、反应心理。这种时代的特殊性在目前的类型小说创作中有很多鲜明的表征。其一,比如大量的官场、职场和都市言情小说——它们主动完成对时代现实的拥抱,敢于通过新的生活环境、新的人性萌芽展开叙事,把主人公写得生动鲜活、个性突出,引人入胜。比如《侯卫东官场笔记》从乡村底层官场生态到省部级官场生态,表现得熟稔精到,权力、事业、欲望、正义在一个无背景的青年公务员侯卫东的成长史里渐次展开,却又充满了路遥《平凡的世界》的励志感。或许它有价值观的误区,但谁说这又不是中国社会的现实?它的主体是青年人在某个既定游戏规则中的精进有为,无非它的写法采用了类型化、通俗化的叙述和语言。同样的,《杜拉拉升职记》《浮沉》《蜗居》《裸婚》《失恋33天》……年轻人的语言,年轻人的生活,年轻人的痛苦与欢乐,年轻人与时代的身心关系,使这些作品呈现出衰老的纯文学所失去的新鲜、蓬勃的题材把握力和现实观照力。从这点看,我认为当下类型小说是现实主义文学的一个进步，是对中国当代文学生态的一种重要的补充。

另一个情况则是类型小说和类型影视剧的天然血缘关系造就了时至今日它们的联姻越来越自然。在屏幕上热播的剧，大多是类型小说改编的，小说为影视提供了良好的故事基础和人物关系，相同的类型化需求为双方的产业链延伸铺就了一致的技术和美学。电视剧《后宫·甄嬛传》《浮沉》，电影《搜索》，都是最为新近的类型小说与影视的合作典范。

正是在这样的时代背景中，一个标志性的文学奖项产生了。"西湖·类型文学双年奖"是目前国内唯一一个专事于华语领域类型文学评选的文学大奖，作为开拓者，我感到光荣和责任。第一届评选的开展陆续动用了华语文学领域40余位资深人士作评委，从113部作品中甄选了21部进入终评。关于此奖，其实有一些深意蕴含其中，我把它归纳为三个"打通"。

第一，渴望传统文学和类型文学间的打通。拆除偏见的藩篱，尊重各自的文学标准和文学特点，相互学习和致敬。我经常引日本文坛巨匠菊池宽于1935年所创立的两个重要文学奖项为例。他当时将鼓励纯文学新人的"芥川奖"和鼓励通俗文学新人的"直木奖"并立，是很有远见卓识的，从此造就了彼此不同路径、不同追求的文学创作者并行不悖的发展和他们的相互尊重。同样的，伦敦奥运会开幕式上《哈利·波特》作者J.K.罗琳登场朗诵詹姆斯·巴里《彼得·潘》的片段，可见英国人同样尊重奇幻小说在民族文化和国民审美塑造中的位置。

第二，在类型文学创作中逐渐寻求经典性和当下性的打通。越来越多的年轻作者以类型文学开始自己的处女作，网络的海纳百川造成了类型文学作品的泥沙俱下。关注当下的类型文学创作新变，但同时遵循其独特的文学标准，打捞经典之作，阐释经典之所以为经典的意义和价值，我想是"双年奖"和相关研究工作最本位的职责。在这一鉴别过程中，故事的叙述技巧、悬念，读者的快感机制，在传统类型中的创新、发展或反类型，都将作为衡量类型文学好坏的标准被找出来，使得类型文学同样有自己严密的理论体系。

第三，谋求类型文学研究和时代的大众文化研究的打通。类型文学的繁荣不是一个孤立的文学问题，它始终与大众文化社会的到来——文化的多元民主、文化工业和消费主义有关，也形成了它特殊的明星和粉丝化的互动，比如我们能在南派三叔、唐家三少、江南的微博互动中看到他们共同以"卖腐""秀基情"的方式挑逗他们的读者、粉丝。当然，这种打通更加指向类型小说与类型影视的关系，甚至两性情感类随笔与两性情感类电视娱乐栏目的关系等。如果一个类型文学作品被大众文化中的其他传媒手段再次加工炒制，使之从单纯的文学文本成为一个阶段的社会文化热点，这将为我们的文本研究提供远为深广的社会学研究价值。

类型文学，是一个新概念，但不是一个伪概念。我愿意在此重申我的这个判断，与大家共同观察一场奇妙的非典型性文学革命。

故事传统的复活及其在文化资本中的处境
—— 网络文学的新视界

重新认识故事

在文学艺术历经20世纪的各种形式创新和探索之后,人们多多少少疲倦于繁复的花样,对所谓形式创新和探索表现出怀疑。反之,"故事"回到了中心。

故事,是古老的也是恒常的,它是人类的基本言说方式,是人类存放情感与思想意志的神圣容器。换言之,不是哲学也不是科学——这些引领精英、刷新认知、改造世界,但故事,是属于所有人的,天下流传、童叟平权。

也许正因为此,莫言在诺贝尔文学奖授奖的金色殿堂上是用"讲故事的人"(storyteller)为主题来介绍自己的:"我是一个讲故事的人,因为讲故事我获得了诺贝尔文学奖。"他在演讲中回忆了母亲、家乡的说书艺人和写出了《聊斋志异》的蒲松龄,说自己的小说除了写自己的故事,剩下的就是"亲人们的故事""村人们的故事""从老人口中听到过的祖先们的故事"。强烈的土地的根性力和地域文脉在莫言的叙述中缠绕融合,涵化为一棵属于中国故事家莫言的丰茂滋长的大树,立在了中国的也是世界的精神原野上。故事,在这里并非一个于"小说"或"文学"而言低一等级、自惭形秽的概念或词,而是激活该词的神秘背景和力量,刺激我们思考进入21世纪的中国言说的方式、角度、传统及其可能性。

在论及网络文学之前,我还想就"故事"讲一讲本雅明的一篇重要的文论《讲故事的人》,其副标题是:论尼古拉·列斯克夫。这是一位19世纪的俄罗斯作家,熟悉人民生活、精通民间语言,除了本雅明将他作为"讲故事的人"展开了一次精彩的关于现代文明变迁、聆听与阅读转型的论述,陀思妥耶夫斯基、高尔基、契诃夫等都曾高度评价过这个讲故事的人的价值及其重要性。高尔基就曾说过,他和契诃夫都从列斯克夫的作品中获益良多。

回头说本雅明的这篇文章,有论者这样概括:本雅明认为,"故事不同于小说,故事没落小说兴起,听故事和读小说的心境很不一样","给我们生活里没有、不会有的传奇,故事里的主角跟我们如此不同,所以我们不能用自己有限的经验去设想他们,所以听故事的人用惊讶、佩服、崇拜的心情看待故事的奇特人物与奇特遭遇","故事在什么地方结束,标准很清楚——不再传奇了,就没有故事。……小说没有真正的结尾,故事有。故事结束后,其他日常平常的,就归小说去讲了"。[1] 这些关于故事的特征,用来描述今天的网络文学同样再合适不过。

换言之,口口相传、绘声绘色的故事编织着民间的生活哲理和改变现实残酷逻辑的奇妙出口,擅于讲故事的人继承了代代相传的人生经验,会很自然地在故事中呈现这些对于"实际生活的教诲",

---

[1] 杨照:《故事效应:创意与创价》,辽宁教育出版社,2011年,第173、174页。

让我们"智慧"而快乐地活下去；某些故事甚至直接作为"有所指教"的引子出现，比如被宗教所用，佛教的"说讲"、基督教的"圣经故事"都是这个情况。

社会民主进步与文化权利的再平衡

网络文学的发展首先让我们领略的就是这样一个"故事传统"的复活。

与小说家闭门独处、离群索居，小说创作"囿于生活之繁复丰盈而又要呈现这丰盈""显示了生命深刻的困惑"不同，"讲故事的人"则处于一个开放结构当中，过去是口口相传和文人演绎相结合，那么现在则是互联网中的创作者和粉丝的实时互动，经年累月共同完成一个长篇故事。还有，故事常常是"世代累积"的，其想象体系、故事模式、道德依据都有一个大家说、大家传、大家写的累积过程，而现在网络类型小说的互相借鉴（模仿，甚至粉丝纷争中的各种抄袭）、读者即作者、集大成等特征同样可以看作一个互联网社会的大家说、大家传、大家写的过程。

我因此认为，当下的互联网生存方式，实际上是在虚拟空间（我在别的文章中称之为"第三自然"）中发展出了"故事"复兴的条件。它让尽可能多的普通大众绕开被传统社会精英（权力者和中产阶级）统治的"小说"审美（审查）裁判，再次回到由民间大众的"故事化"阅读、创作、传播、评价为主导的精神旨趣中去。这从整体上可以看作互联网（科技）的惠民、商业市场的赢利模式以及后现代文化的包容性的结果。简化来说，也就是社会民主进步之后文化权利的一次再思考和再分配。

既然是再思考和再分配，第一是意味着各种民间大众的情感诉求和思想意识都会通过网络文学这样的载体集中浮现上来，并且会非常充分和驳杂。事实上，网络文学17年来的作家作品有几次比较大的更迭，20世纪末走红的网络作家和当下热闹的"网络作家富豪排行榜"上的人物，在年龄、想法、知识结构、价值观上都有所不同，这一点从具体文本的阅读中可以一目了然。此外，男频女频的基本分野、各种类型所形成的分众化读者、不同阅读人群的知识和兴趣的"部落化"社交特点，都在告诉我们统称为"网络文学"的内部还有不小的区分和差异。这些都是我说的"充分和驳杂"的一部分。

具体举个例子来讲，比如发端于中国民间想象和传统文化的武侠、仙侠，以及在今天的网络文学中进一步被演变的玄幻、修真，大的来看有很多相近的文化资源和审美特点，都是一种中国风格的"中国故事"。但前者更多依凭的是神话、志怪、传奇、江湖绿林和儒释道的"教诲"，经过民国直至现当代的"港台新武侠"和"大陆新武侠"形成了完整成熟的想象系统、故事模式和道德依据；后者，附丽了一点前者的气息、材料，但更多的是融合了国际性的ACG（动漫游）文化所带来的想象系统、故事模式和精神因子，其"情感的羁绊"和年轻一代作者面对世界的自我认知和价值定位，可能迥异于前者——侠义让位于力量，现实江湖门派让位于架空历史和异世大陆，无差别的家国之情让位于有限制的亲情和团队之情这一底线伦理——深刻反映了貌似玄奇不经的故事背后有着务实的历史经验和时代心理，换言之，是现实的嬗变教诲了网络小说的嬗变，网络小说的作者是最基层甚至最底层的民众，往往反映大多数人的当下的群体心理特征，因此，网络小说就是时代最敏感的神经。

第二意味着交流、商量、妥协与新的合作可能。网络文学因其茁壮的生命力走上了历史舞台,如今进入一个必要的综合治理时期,但归根结底还是要发展它作为"中国故事""中国想象"和我接着要述及的"中国IP"的砥柱中流作用,让民间大众的故事及其想象、希望、智慧与整个民族伟大复兴的中国梦精神触及、依存互信。

中国故事与中国IP

从当前的网络文学产业链来观察,从上游的内容(故事)向下游的影视、动漫、游戏等衍生是一条最常态也最有实际操作经验的路径,其核心就是"IP"。国际通行的IP(Intellectual Property,知识产权)概念要更大,不单指从文字故事("小IP")向下游开发的过程,更是任意一环产业链中的文创产品都可以因为粉丝效应引领其他环节的跟进,因此是个"大IP"。甚至于"新华字典"或者"世界那么大,我想去看看"这样有历史记忆和大量认知与使用人群的品牌、口号都可能成为被故事充实、完成二度开发的IP,这则是"泛IP"。从2013年开始,由于中国文化产业的刚需和资本的炒作,华语网络文学的IP价值被高度认可乃至泡沫化溢价,至今仍然是市场上方兴未艾的热点。

泡沫终将挤出,但文化市场和文化产业的客观规律指示着我们理性看待网络文学IP运营和开发的价值、意义。在中共中央《关于繁荣发展社会主义文艺的意见》中提出的"网络文艺",我认为正是看到了网络文学IP运营和开发的现状以及未来。官方的解读表明,网络文艺,即"网络文学、网络动漫、微电影、网剧、脱口秀、段子等应该都在其列"。这个提法考虑到了当前网络文学("小IP")大量的影视、动漫、游戏改编的影响力,也考虑到了"大IP"和"泛IP"的转眼即至。换言之，IP 中心时代已然到来，IP 概念已经成为中国文化产品及其产业市场的核心理念。IP，调整和重塑着写作者、接受者、产业和资本等各方面的思维与伦理。

从中国故事到中国 IP，就是一个将具体的文艺作品（故事）放到其传播和市场环境中去考察的必然延伸、必然结果，是把故事置于社会学、经济学、传播学的系统性的"视界"，是科学发展观的一种基本运用。也因此，我们不但要向网络作家沟通和强调"理想"，也要向产业和资本沟通、强调"理想"。理想资本——注重文化产业和社会文化生态性、正能量的资本——才是中国故事最终变为"良心剧"的给力依靠。

现实资本处境和研究的新任务

而事实上，伴随着中国故事的崛起所产生的文化资本并不够"文化"。

投资于故事（网络文学）的文化资本曾经极大地刺激和繁荣了中国网络文学的创作，其付费阅读模式（PC 和无线端）、畅销书打造、影视动漫游戏改编等推动了故事的写作主体在数量和技术能力上的不断增长，在设置规则与训诫机制的同时夯实了它的统治，我们完全可以在其历史与手段中看到马克思关于资本特征和福柯关于权力特征的那些论述。而更为突出的，资本的泡沫化游戏在当今中国的文化投资中尤其显得粗粝、短视，缺乏专业化运营能力——大量年富力强的人进入投融资领域学习资本游戏规则与办法，求成功的背后是尽可能快速地获得人生路上的第一桶金乃至成为暴发户，然后转移资产，享受与移民。这种资本处境和灵魂处境基本可以绕开"故事传统复活"这类的专业视角,对既有的IP资源进行竭泽而渔或低水平开发,直接导致故事(网络文学)的再次衰竭和荒漠化。貌似投资在文化(故事、IP)上的资本最终没有强壮文化中一种重要传统的生命力,而仅仅是从资本到资本不断空转、不断增殖、不断转移,这是可怕的,也是荒诞的。

作家的欲望主体(异化)也在这个基础上大量产生,成为资本社会中行之有效的规则与训诫的彻头彻尾的服从者——这与通俗文艺、网络文艺以读者为中心的创作指归不尽相同,后者并不天然地沦为恶劣资本的新奴隶,只是一种创作特点。资本主导的舆论场往往习惯于炮制"富豪排行榜"的概念和指标引导创作主体的心理和精神,短时间、游戏化的IP泡沫又进一步催化了创作主体抛弃"文艺自我",转频为"资本自我",倾斜创作和经济微妙的天平。

警惕时代恶劣资本的渣滓泛起同样是文化研究、文化战略制订上的核心工作。可以这样认为,有关网络文学的研究,不仅仅是文学批评意义上的事儿,不仅仅是旧有的文本解读层次的那套方法论,更是一片值得知识分子及其人文精神介入的论域。在中国故事与中国IP乐观前行的路上,网络文学终归需要一代富有远见卓识和治病救人意识的人文知识分子相伴相行、匡正护持。

网络文学时代的类型文学

以这样一个题目谈论类型文学,确实要先说说我在谈论什么。

有两个意思大约不错:一是说互联网时代的类型文学;二是说网络文学和类型文学的交叉与区别。

在关于互联网和写作的关系上,我过去也同大多数学者一样,强调媒介革命和媒介转型的意义,因为这样一种覆盖性的技术、载体、平台的出现,任何作品和产品都将面临(获得)一次生产、传播和销售方式的重组,有些内容从下游跻身上游了,有些品位(口味)被即时互动的网络性共建共享起来,有些传统的类型在移植、进化、变异,这是人类生活因为一个板块的地壳运动而产生的整体性结构调整。也因此,七八年前我在某个会议上说,"网络文学"这四个字,其命名的价值、着重点或者现时的第一性都在于网络,而不重在文学。——这些观点在当下仍不过时,甚至已经沉淀为大家的常识。

但我一直不满意就社会层面的现实来表达互联网对写作施加了强力意志这样一个意思,这样的描述不是创造性、本原性、生命性的,换言之,不是哲学。相反它只能触及和说明我们的被动、屈辱和障碍,仿佛因为互联网技术和经济的运行,我们写作的人不得不如此这般;而在素有修养的专业作家之前这块新大陆又已经主要被从事类型文学的"草根"、非专业人群占领了，成为一个"文化 — 地理学"甚至将来是"历史 — 地理学"上的公案。不是这样的！互联网本身的意义、媒介革命与转型的意义都因为我们自身的理解错误被缩小（拿二次元文化借用物理学词语的说法即"降维"）处理了。如果我们不能破解这个层次的思想围城，对于互联网写作这回事仍然缺乏冲动。

　　互联网及其虚拟世界尤其是分泌出的文化（文学艺术）黏性，是人类思想和智能发展到崭新阶段的"造物"。它本身是人类在向我们之上、我们之前 —— 存在性的 —— "造物者"不断逼近、不断模仿、不断创意的结果。在互联网之前，人类至少还有两次对这一伟大造物者的模仿：一次是器物层面的生产工具和生活工具，其最终的形态则是物化了我们的生活，即形成了城市和社会；另一次则是写作。写作从造物的意义上说，即一种脚本设计：人物、性格、故事、情节、关系、命运，因为是人造之物，又无一例外地呈现着人类才有的情感、情绪、情怀 —— 人性的踪迹、两性的踪迹、身心的踪迹。写作从抽象的、虚拟的层次再次逼近（模仿）伟大的造物者之谜，即其造物的方法、手段和心灵基因。而目前的互联网及其虚拟世界是第三次模仿 —— 某个方向上进化了的造物方式，它再次召唤着人性的踪迹、两性的踪迹、身心的踪迹填充并且发展出人类的创造之域。上述三次人类"造物"之旅的理想形态都是功能性和审美性的高度合一。所以说，当我们把文学的虚构叫作"第二世界"的时候，互联网时代的虚拟艺术和技术就是"第三世界"的到来。而秉承马克思主义哲学，我们把人类社会叫作"第二自然"的时候，我确实在想象互联网所承担的内嵌的世界是不是一种"第三自然"。

　　上述的理解我会再用专门的文字来尽可能全面地阐述，放在这里作为互联网时代的类型文学的前奏无疑是绕了一个非常远的道，令人费解吧——如果这样，我得深深地表示歉意，也许这样冒犯了纯粹的文学研究者。

不过延续着这个思路，我反观中国网络文学或者说舆论场中的中国网络文学，不但看到了目前所谓网络文学的主流就是类型文学——甚至缩略到类型小说，而且比较有趣也比较堪忧的是，互联网时代的类型文学创作似乎整个儿被包围在一种浓厚的资本霸权操控之中。一方面，现代生活似乎没能逃脱资本主义方式的繁荣和成功路径，一切理想的、人文的、审美的产物最后都会进入资本逻辑加以改造、包装、运营，使得价值和价值观始终处在一个紧张关系里，紧张到焦虑、疲惫和沮丧的状态。另一方面，文学本身的审美属性，以及互联网、网络文学、网络文艺作为第三次人类造物之旅的产物，其创造力、本源力、生命力又指示我们可以突破资本霸权的操控，回归到非功利的伟大思索和崇高精神中，中国类型小说因此有了刘慈欣《三体》、麦家《解密》、猫腻《间客》等艺术水准高于资本运作，具有类型经典的垂范价值，且不必一定依赖于互联网写作平台（前两部就不是文学网站推出的作品，但都是当代中国类型小说）的顶尖之作。

所以说，互联网时代的类型文学最紧要的是理解互联网和文学创作的内在一致性，即他们作为人类创造力、生命意志和理想精神的造物，可以怎样密切地牢牢地把握核心意旨，丰富和充实所有人的精神世界，交流和提升彼此的灵智，从而实现一种使用资本而不是被反噬的结果。换句话说，创造的过程中保有对人性异化的警惕。

类型文学在这个意义上，并不仅仅是消遣娱乐的，它也可以严肃，也可以寓教于乐。类型文学不是互联网时代的产物，它早于互联网时代。类型文学的类型划分首先依赖于主题和题材，以及大致近似的"脚本设计"规律乃至其模式化（格式塔心理）。所以"分类"的能力是人生而有之的，是古今文学和理论总结里的通例。严肃文学、富有重大传统的作品系统也有类型，比如"成长小说""历史小说""教育小说""乡土小说""城市文学"等等，当然，大众的类型文学分类更为通常，比如言情、武侠、玄幻、推理、官场、职场、惊悚、侦探、耽美……互联网时代的出现，加速了各种文艺的生产和交流机制，又由于其主要用户开放为具有阅读和上网能力的大众人群，那么，大众类型文学的数量级爆炸在所难免。至于它的功能性、趣味性、写作层次等，都跟特定的政治、社会、经济和文化现状有关。研究和批判的基础首先正是人性的一般和中国的时代历史，而非简单的文学标准。

网络文学和类型文学的交叉与区别一直是我感兴趣的另一个话题。

网络文学的命名属于中国创造，约定俗成于20余年来的互联网写作；而类型文学的命名更加学院气一些，早期的使用者、研究者除了我还包括身在高校和作家协会的葛红兵、盛子潮、贺绍俊、白烨等一些人。我清楚地记得大约在2006年，在杭州的我和盛子潮认真地讨论过"类型文学"这个词的定义、范畴、历史、表现等问题；之后2012年我参加《文艺报》组织的在哈尔滨召开的"文学类型化与类型文学"研讨会，写下了被转载和提及颇多的《类型文学：一个新概念和一种杰出的传统》一文；在那之前，我其实在编辑家褚钰泉主编的《悦读MOOK》中就早已发表过《类型文学：下一站的天后？》的长文，提出随着畅销书市场和网络文学兴起的类型文学创作潮就是

"一时代之文学",并援引中国文学史的通例,指出这种由通俗、草根到经典、精英的创作之路应该会发生在类型文学身上。

但并没有多少人仔细谈网络文学和类型文学的交叉与区别。2007年1月,我在杭州市作家协会倡议成立了国内第一个作家协会内的"类型文学创作委员会",与传统的小说、诗歌、散文、评论、翻译等委员会平行并列。注意!我那时候把它定位在类型文学而非正在崛起的网络文学,最主要的原因是类型文学是文学的概念,而网络文学的重点如前文所述则是"网络"二字 —— 如今天般强调互联网对于创作和未来平台、生态的构建作用,我当然会乐意使用网络文学这个称呼;而细细地研究一些文学问题、创作规律问题,尤其是大众类型小说的传承和创新问题,我毫无疑问乐意站在类型文学这个词语边上,为之鼓吹,也方便联系中国古代文学的诸类型、民国的通俗小说、西方的通俗小说及其美学风格 —— 比如骑士小说、罗曼史、哥特小说或者奇幻小说。

此外,网络文学的重点既然在网络,必然无法涵盖互联网之外的类型文学创作。这里就至少涉及两个很重要的群落:一是像麦家、龙一、刘慈欣、韩松等并未在文学网站连载其作品,不依靠互联网机制诞生代表作、成名作的作家群落;二是网络文学20年左右历史中,大量的网络作家"舍舟登岸",已直接通过独立写作(传统创作机制)对接图书出版延续其创作生涯和粉丝黏合,这个作家群落中包括很多不能忽视的大神级人物,如安妮宝贝、今何在、沧月、南派三叔、流潋紫等 —— 如果执着于网络文学的概念,那么他们都会被搁置和难以定位。所以说,当今网络文学的主流固然是大众类型文学,但类型文学的疆界扩及过渡阶段的所有媒介大陆,指示着我们的研究不能仅仅盯着目前日更、周更、月更的那拨作家作品。这种只重视网络性而忽视文学传统的描述，在文学谱系学研究上是不健全的。

而网络文学这个概念，同样有类型文学无法覆盖的部分，这种无法覆盖的面积随着互联网的广泛内嵌至人类生活将越来越大，拥有越来越多的可能。这也是我一直坚持的独特的网络文学概念界定和文学观——未来，网络文学的最终使命却是消灭网络文学这个概念，让它留在文学历史当中，这意味着网络文学走向了成熟和新的稳定。"土反其宅，水归其壑"，本来就没有什么网络文学、纸质文学、丝帛文学、甲骨文学之分，只有"文学"是永恒的命名。大众的类型文学是消灭了热闹嘈杂的网络文学时代之后比较靠谱的名字，他们理应在文学创作的谱系中拥有自己久长的位置和荣誉。而当一切创作的发表、阅读、评价都以网络及新媒体的方式展开时，再提网络文学已经没有了新鲜和革命的意义——我这么说并不是诅咒"网络文学"一词的消失，而恰恰认为在它存在的很长一段时间里，我们的视野不必只局限于主流的舆论焦点式的类型小说，同样可以看看有没有类型化的散文、诗歌，同样可以看看有没有纯文学作品通过网络互动获得良好的写作与阅读效果（比如金宇澄的《繁花》），同样可以看看有没有介于通俗和艺术之间的新品种在网上萌芽滋生，甚至可以利用我们掌握的规律介入网络生态创造我们认为具有引导力的作品和事件。这些又都不是类型文学能管辖的。

从类型文学本身而言，我提出过的一系列问题并没有得到解决，包括我自己也并没有深耕细作的想法。它们存留在《类型文学：一个新概念和一种杰出的传统》的结尾几段，也包括我在《文学未来学：观念再造与想象力重建》中预言必然会兴盛的科幻文学、奇幻文学和生态文学，认为它们与国际国内环境变化的趋势即人类关注的新视角有关——2013年1月刊出的这些话，迎来了2015年刘慈欣《三体》获得第73届雨果奖最佳长篇故事奖和2016年郝景芳的短篇《北京折叠》获得第74届雨果奖最佳中短篇小说奖，还有就是国内外大量的玄幻和奇幻IP被改编为影视激发了大众票房……这些文学类型学的梳理和研究及其趋势（未来学）研究至今还很薄弱。

相对于网络文学，类型文学确实成了安静寂寞的场苑。幸而有上海葛红兵教授团队做的"小说类型理论与批评丛书"还在默默推进。我的手头工作业已转向网络文学和网络文艺，对于心知肚明的自己，只觉得热闹场中的人们，恐怕连网络文学和类型文学的基本定义都没有想清楚。

迈向 2.0 版本的网络文学与影视业

—— 影视业背景下的网络文学境遇与趋势

虽然中国网络文学的市场化、产业化属性由来已久,成为我们研究网络文学外部甚至内部无法忽略的核心维度,但影视业普遍出现内容上的"网文转向"至早也不过是 2010 年开始的事,更遑论目前著名的跨界词语"IP"的风行,则在 2013 年之后。换言之,影视产业机制对网络文学的影响时间并不算长。可就在 6 年时间里,影视又几乎成了网络文学扩大社会影响力的最重要的渠道和方法,一旦成功,无疑可以反哺到居于一隅的网络作家,突破次元的壁垒,达至成功的捷径。

1.0 版本时期的网络文学影视改编境遇

此时出现了一批代表性作品,如 2010 年的《杜拉拉升职记》、2011 年的《失恋 33 天》《步步惊心》、2012 年的《后宫·甄嬛传》《裸婚时代》、2013 年的《致青春》等。可以说,由此开始,网络小说真正成为影视市场的宠儿,被影视产业前所未有地认可、关照、买卖、热捧,最终出现了产业和资本命名、推动的新概念"IP",来领跑一个阶段的影视暨中国文化产业前沿。这之前，比如2005年由同名网络小说改编的《亮剑》，及相邻的类型小说改编的《暗算》（2005年）、《潜伏》（2008年），包括六六的一系列作品，都可以被看作一种前史，预示着、酝酿着这种"网文转向"和网文改编"IP元年"的渐行渐近。

2014年至今，网文影视改编可谓呈现井喷状态。《花千骨》《云中歌》《琅琊榜》《芈月传》《鬼吹灯之寻龙诀》《何以笙箫默》《盗墓笔记》《老九门》《余罪》《翻译官》《欢乐颂》《微微一笑很倾城》等，纷至沓来，令人眼花缭乱。院线大电影和网剧这两个渠道成为网文改编的影视产品的主要播出平台，凭借其对于年轻观众群落及其收视习惯的便利对接，超越了一般的卫视，并在所有影视渠道中造就了一边倒式的奇观，与另一些非网文类大IP如郭敬明系的《小时代》《幻城》一道，构成了所谓IP"粉丝经济"模式与景观。

经历了这般三年（2014—2016年）左右的IP资本化浪潮之后，一方面，网络小说确乎找到了自身价值实现和影响力转换的"影视化路径"——这不只是说通过影视媒介和传播的放大，文学内容、小说故事得以扩大了受众的数量、刺穿了代际的壁垒、获得了利润的增值，还在于除了大量较易改编、成本较低的女频言情小说，其他诸如玄幻、历史、军事、悬疑、科幻、探险、职场、都市等题材作品都在获得影视业的全面接盘，一个影视与网文创作充分对接的局面正在并已然形成，一些成本较高、制作难度较大的作品也都被纳入了拍摄计划，像《斗罗大陆》《斗破苍穹》，其目标宣称都是好莱坞大片的水准。

而另一方面，抵制和唱衰网络小说影视化或者说其背后的IP资本潮，也一直是影视业界内部的一种意见流。其认为资本和公司向网络小说倾倒，是对理性的常态的影视制作规律的背叛，尤其是对原创编剧工作、人才的蔑视,使得影视业本身的"码字工"们沦落为网络小说的改编者、二传手,不利于编剧自身的原创力建构和品牌树立。这一意见在新浪微博等公共舆论平台上甚至爆发过几次比较大的争论、对攻,包括2015年阿里影业副总徐远翔一番话引发的编剧界抗议事件。其实必须对这中间的意见进行手术式的切割——如果编剧们批评的重点是网络小说影视改编的垃圾化、毁IP化,以及编剧自身原创力品牌树立的问题,那么他们的口诛笔伐是客观而有意义的;但如果编剧们抵制的重点放在了网络小说的IP转化趋势,即影视业对于优质多元的类型故事的渴望影响了编剧自身市场利益份额的话,实际上是比较狭隘的保守主义和原创力匮乏后的反动作祟。

总的来看,IP概念和6年左右的网文改编潮是好事,是让人关注到影视产品上游内容创作和生产的重大契机,是反映中国文化产业提速与中国故事产出间数量、质量不对等的要素矛盾及其解决,也是最终刺激各个方面调适,共同繁荣发展社会主义文化事业和产业的过程。这中间,充分理性的讨论、积极有为的引导很重要,可以使业态内部环节的磨合缩短周期、降低损耗、形成合力。

而另一个信号来自2016年暑期档影视市场反馈,由网文改编领衔的大电影《盗墓笔记》《夏有乔木,雅望天堂》《致青春2》,网剧《九州天空城》《青云志》等,或没有达到去年《捉妖记》等掀起的票房佳绩,或没有达到自身的市场预期,看上去颇为暗哑无光,于是被唱衰派认定是网文IP滑铁卢的开端。研究数据后发现,一方面2016年1—9月,除2月份网文IP票房一枝独秀,其他各月都不理想,所以不独是7—8月的问题;当然,相较过去三年,2016年的暑期档票房整体下降,这需要对2016年的电影市场做更精准的分析,仅仅诿过于网文改编并不恰当。而另一方面，这一信号及其议论也有可能影响到炒作IP三年后的资本圈借机撤出，如果所料不虚，它也是IP资本热高潮退烧、IP改编复归理性和专业的转折点。未来网文的影视改编更依赖的应该是"良心剧"的改编水准，而非一味地对网文原作的快钱化消费与哄抬。

六年网文影视改编潮的两点反思

网络文学影视改编潮和IP化的六年，给我们留下了一些宝贵的经验。主要有两个方面：一是学习和熟悉资本生产方式对于网络文学的推进和控制，使我们警惕资本在文艺中过度掠夺后的生态破坏及文艺的主体性迷失问题，反思人的精神的异化；二是学习和熟悉网络文学与影视改编、影视呈现之间深刻的内在联系及其区别，良好地处理改编艺术与技术，以及彼此业界人群的界分与融合。

前者，我承认它作为资本的自然属性，对其市场化的游戏规则抱以一定的理解。从客观上说，投资于故事的文化资本曾经极大地刺激和繁荣了中国网络文学创作，其付费阅读模式（PC和移动端）、畅销书打造、影视动漫游戏改编等推动了故事的写作主体在数量和技术能力上的不断增长，在设置规则与训诫机制的同时也潜移默化地夯实了它的统治，我们完全可以在其历史与手段中看到马克思关于资本特征和福柯关于权力特征的那些论述。但更为突出的，资本的泡沫化游戏在当今中国的文化投资中尤其显得粗粝、短期，缺乏专业化运营能力——大量年富力强的人进入投融资领域学习资本游戏规则与办法，求成功的背后是尽可能快速地获得人生路上的第一桶金乃至成为暴发户。这种资本处境和灵魂处境基本可以绕开

"故事传统复活"这类的专业视角，对既有的 IP 资源进行竭泽而渔或低水平开发，直接导致故事（网络文学）的再次衰竭和荒漠化。貌似投资在文化（故事、IP）上的资本最终没有强壮文化中一种重要传统的生命力，而仅仅是从资本到资本不断空转、不断增殖、不断转移，这是可怕的，也是荒诞的。

作家的欲望主体（异化）也在这个基础上大量产生，成为资本社会中行之有效的规则与训诫的彻头彻尾的服从者——这与通俗文艺、网络文艺以读者为中心的创作指归不尽相同，后者并不天然地沦为恶劣资本的新奴隶，只是一种创作特点。资本主导的舆论场往往习惯于炮制"富豪排行榜"的概念和指标引导创作主体的心理和精神，短时间、游戏化的 IP 泡沫又进一步催化了创作主体抛弃"文艺自我"，转频为"资本自我"，倾斜掉创作和经济微妙的天平。

警惕时代恶劣资本的渣滓泛起、阐述理想资本的标准和意义同样是文化研究、文化战略制订上的核心工作。可以这样认为，有关网络文学的研究，不仅仅是文学批评意义上的事儿，不仅仅是旧有的文本解读层次的那套方法论，更是一片值得知识分子及其人文精神介入的论阈。在中国故事与中国 IP 乐观前行的路上，网络文学终归需要一代富有远见卓识和治病救人意识的人文知识分子相伴相行、匡正护持。

另外，过往六年的网络文学影视改编案例告诉我们，网民观众呼吁的"良心剧"，也就是比较尊重网络文学原著及其粉丝感受，充分准确地将网络小说影视改编和制作视为富有专业性的二度创作和影视语言再创造的，才能避开票房毒药、审美疲劳、边看边骂的命运，找到自己的市场和美誉度。

一类典型比如《甄嬛传》《琅琊榜》《欢乐颂》，通过影视艺术的再创造,实际上突破和增加了原来小说所不具备的新元素和美学特质,它们做的是网络小说的加分项,而不是减分项,这也是上述网文IP的改编剧走红国内收视、口碑,穿透观影人群年龄壁垒,直至实现影视产品"文化走出去"的根本原因。

网络文学和影视产品一样置身于强大的市场与永恒的艺术之间,在产业和资本主动地进行市场要素的配置的同时,作者、编剧、导演、演员这样一些岗位理应在熟悉市场化艺术的规律时,把重点放在艺术的维度上,并非靠简单放弃市场性而获得艺术主体的解放,而是靠不断精进的艺术经验和艺术上的好胜心打磨自己手上的作品,让即将进入市场的作品勇于表达其人性的光华、美好的形式、富有风格的节奏快感,向往去做技精艺足、道术为一、艺术感受压倒市场元素拼贴的主体再造工程。这是艺术与市场的博弈和辩证,也是创造性的人的精神核力。定位于这样境界的文艺工作者,不会纠结于网络小说和编剧的孰高孰低,也最终会领受到一套游刃有余的技艺,才谈得上讲好中国故事、传播好中国声音、承传创新中华美学精神。

小议 2.0 版本的网文定制模式

随着网文 IP 与影视业逐渐进入 2.0 阶段,一些新的趋势将会产生,其中最明显也可能引发争议的在于"定制"模式。

1.0 阶段的网文与影视关系基本是单向的、被动的。也就是影视方根据市场题材需要和趋势预判,在网络文学 20 年发展史中寻找可购买、可改编的小说故事,往往因此出现想要的作品找不到、要来的作品拍不了、看上的作品版权在别家等错位、不接榫问题。这个阶段网文和影视的关系基本上是手动(而非定制更非智能)的,评价和评估体系尚不健全,改编成功与否很大程度上有运气成分。

作为文化工业,必然希望有更合乎工业管理体系和个性化精准服务的做法,作品定制乃至IP定制就是一种未来趋势。首先说作品定制,影视方会根据自身的市场判断和能力定位,选择合适的题材跟类型,充分运用自身影视市场的前沿经验雇用网络作家来写小说,这样大大提高了小说底本的成功概率和可拍度,为双方提供了必要的保障,对有熟练题材类型经验的网络作家尤其是出版取向的长篇作者而言更有吸引力。然后,影视方可以将定制的内容以准广告的模式投送到文学网站、出版端口和文宣渠道,在影视改编和投拍之前、之中,将小说炒作成富有粉丝基础和话题性的IP,实现与影视的联动甚至其他渠道的增值。——这样的文化工业手段和影视业精准投送的愿望,完全吻合产业规律,值得理解和推进。同理,它运用的边界依然是市场和艺术的张力,缺乏艺术追求和艺术质量的定制品不过是浮云,无法真正实现经典IP那样——延伸数十上百年、辐射各文化产业端口甚至成为全球竞相改编成本土版——的理想作品。

借助影视业,我们找到了一个最佳视角,可以很好地把握文化工业的一般规律和中国化特点,良好地预期和规范网络文学及其影视化的合理路径,塑造中国文化产业生态,伸张工业化、网络化、资本化时代文艺价值的重要性与生命力,借助文化事业和文化产业融合发展与综合治理的思路,最终达至优秀传统和当代创意在全球语境中的转化传承、推陈出新。

是时候提出网络文学的"中华性"了

网络文学发展近20年,到了可以提出其"中华性"的时刻了。

为什么这么认为?这要从20年中国网络文学发展的内部和外部因素综合地来讲。若需提纲挈领,可以这么说,网络文学既是一种根植于当代改革实践和中国民间及传统文化的创作混生体,也是愈来愈强烈地反映着全球化语境下中华主体性确立的敏感区。

时代的势能,给了这个伴随新媒介崛起的草根事物以前所未有的成长契机,恰恰由于它既是世界的又是本土的、既是传统的又是时髦的、既是大众的又是部落化的、既是发达的又是发展中的、既是作品又是产品、既是它自身又是辐射文化产业链的 IP(知识产权)——它在集中体现全球化和"互联网+"的所有特质的同时,更源源不断地呈现出沉淀于广大网络作者、读者的中华文化基因,并且,这3.53亿网文读者以及影视、动漫改编的用户们,开始不仅仅表达为起初我们认定的娱乐("爽文")诉求,而是进一步在阅读、体验中寻找生活参照、精神动力、价值关怀和家国情怀。

也许,仍然有庞大的总量在半数以上的作品仍在快感和"YY"(意淫)模式中满足于低水平重复的惯性,但已经不难看到突出其中且广受欢迎的精品之作起到了与读者共同成长、建设想象共同体、再造中华价值系统、确立国家民族认同的趋势的作用。无论历史文、幻想文、军事文、都市文，都有"我是中国人，我在世界中如何建立自己及其身份"的表达，这种表达可以理解为处于全球地理中的"我"反观自照的文化心理自觉，即越是国际化就越有中华意识；也可以理解为随着中华崛起的外部环境变化，一些精英的网文作者、读者自然而然地参与到网络文学"中华性"的建构之中，试图用故事的方式阐释他们对中华史的理解、人生哲学的归纳和未来可能性的平民建言。

当一种大众文艺载体成为时代的强势，引发各阶层的广泛关注之后，势必带来"文脉与国脉相连，文运与国运相牵"的社会性、政治性、历史性赋格。固然商业的规律依然左右着具体的平台、作者、作品的诸多特点，这些规律和特点也不尽然是创作的敌人，某种意义上它们同样是刺激和启发作者认识全球化本质以及中国历史潮流的近因，只要作者能够平衡其中的重心并逐渐上升到创造性转化的本领的话，那么，剩下的关键就是如何通过大众的文学叙事机制完成合理合法的"中华性"网络文学经典。在这一点上，事实是我们看到了20年来代表作家们的一些有效努力和近期的显著流变。

如果说，通过电影《战狼》系列所阐述的"犯我中华者，虽远必诛"正是全球化背景下中华性叙事模式和叙事精神的一类表达，那么，我要提醒的是一个大家可能忽略的细节，在《战狼》和《战狼Ⅱ》的编剧四人组中始终有两位网络作家的名字：纷舞妖姬（董群）、最后的卫道者（高岩）。他们过往在起点中文网、铁血网、逐浪中文网等连载的《鹰隼展翼》《弹痕》《第五部队》《诡刺》《中日战争》《边缘狙击》等，多为英雄主义的军事类网文代表作和畅销作品。这一网文作者群正是当下中华性表达的路径之一。

同样的，将历经民国武侠和港台新武侠的传统，与东方玄幻旧文化相结合的"玄武合流"，一方面继承着大量群众喜闻乐见的传统元素，另一方面又将当下全球文明冲突和世界秩序重建结构性地融入了小说故事和人物选择。比如2016年完结的两部玄幻武侠代表作——猫腻的《将夜》和烽火戏诸侯的《雪中悍刀行》，前者通过夫子及其弟子们确立了儒家式的"人间"观照，以此对抗所谓光明实则黑暗的"神殿"统治；后者则构架了国与国、庙堂与江湖、中原和边疆的关系，演绎了政治、人性竞争和支撑中的复杂性。相同的是，两部小说都有充沛的中华精神认同，将平民视角和家国正义紧密相连。

此外，大量的古代神话、诗词歌赋、诸子百家、典章名物、闲情雅玩作为中华审美元素存在于网络小说尤其是女频的作品中，蒋胜男的《芈月传》等堪为代表。这和《中国诗词大会》《见字如面》等文化综艺一道，增益着国民的文化认知，凝聚着海内外华人的文化细胞，也激发着异国读者的好奇进而传播。而当代职场商战小说，则从另一个面向演绎着中国人及其价值观融入全球化过程中的规则练习和进取心。

网络文学的"中华性"既是它自然而然形成的精神质地，也是当下以及未来需要推动阐释和深入研究的文化根性。这项工作将借助时代文本，汇入传统文化与现代精神相接榫的世纪性使命之中。

我为什么要提网络文学创作的"中华性"

2017年9月,《光明日报》的编辑来跟我商量写一篇网络文学创作的最新动态的短评,当我说可以提一提网络文学的"中华性"问题时,对方在微信里连续发了几句肯定的话,还带着感叹号,仿佛能看到她眼神中的光亮——若是在课堂见到这样眼神的学生,你会觉得她懂了;在工作中见到,则表明她好敬业!之后,就有了《是时候提出网络文学的"中华性"了》的千字短评。再之后,就是网络上到处的转载和个别学界文坛的同人来跟我说,这个点很好,可以再做些阐释。

在那篇短评中,我说:"为什么这么认为(是时候提出网络文学的'中华性'了)?这要从20年中国网络文学发展的内部和外部因素综合地来讲……可以这么说,网络文学既是一种根植于当代改革实践和中国民间及传统文化的创作混生体,也是愈来愈强烈地反映着全球化语境下中华主体性确立的敏感区。""时代的势能,给了这个伴随新媒介崛起的草根事物以前所未有的成长契机,恰恰由于它既是世界的又是本土的、既是传统的又是时髦的、既是大众的又是部落化的、既是发达的又是发展中的、既是作品又是产品、既是它自身又是辐射文化产业链的IP(知识产权)——它在集中体现全球化和'互联网+'的所有特质的同时,更源源不断地呈现出沉淀于广大网络作者、读者的中华文化基因,并且,这3.53亿网文读者以及影视、动漫改编的用户们,开始不仅仅表达为起初我们认定的娱乐('爽文')诉求,而是进一步在阅读、体验中寻找生活参照、精神动力、价值关怀和家国情怀。"

有必要对这一概括式的描述做更多的说明,让网络文学创作"中华性"的提法更为客观、丰满与合理。

从事实上言,网络文学目前的主流即类型小说,今天的类型小说无论男频的玄幻、军事还是女频的言情、耽美,还有就是男女通约的历史、职场、科幻等,其写作上的借鉴、其文化之来源、其价值立场,可谓广收博取、多元混生。换言之,网络文学的创作毫无疑问地处在当代中国的大语境之中,是百余年来中华文化转向和重构的结果,也是全球化、国际化经济文化处境下的应命缔结。我们在网络文学一事上所谈的中华性,已经不是简单的中国传统文化或者中国古典文化,而是包含了多个中国历史时期中的大传统和小传统、古老基因和现代基因;它是中华已经完成和正在发生的文化遗传密码序列的当代体现、当代见证和当代融合过程。所以,今天的网络小说,你能看到它跟诗经楚辞、诸子百家、唐诗宋词、明清小说、民国文学的直接关联,你也能看到它跟西方神话、西方奇幻、推理悬疑、科幻电影、西方经典文学以及日韩流行文化、二次元文化的各种结合。可以说,中国整体发生着什么样的历史命运和时代抉择,网络文学的基因中就有什么。在今天,它除了有直接反映中华优秀传统文化的创新之作,也同样有续写革命历史文化和社会主义建设时期改革文化的精品力作。它是驳杂的,也是阔大的。

在如上多元混生的基因及其融合过程中,网络文学的主体部分却日益突出其更加倾向于"中华"审美和"中华"精神的面向。这在我看来，是好的，也是需要研究和重视的。

比如，很多网络名家名作越来越倾向于中华史的叙述——你可以说这是中国古已有之的强大的史传传统和历史演义的文脉所致——这本身就是一种中华性，即21世纪的网络小说作者仍然自动地绍继这样的传统和文脉，并擅长在此领域作为。有趣的是，21世纪的"70后"至"90后"作者的参与，也在为这种历史增加崭新的认知和视角，丰富发展了中华史的重述与演绎。代表者比如蒋胜男的《芈月传》《燕云台》，以秦宣太后芈八子、辽太后萧燕燕等女性为主角，重构女性主义历史叙事的同时，也建立了多民族融合之大中华历程的小说表达范式。又如酒徒的"隋唐三部曲"，孑与2的《唐砖》《大宋的智慧》《银狐》等，都对某一时期内中华历史的政治、军事、经济、文化等做出了比较精彩的重述和分析。客观上，中华史的小说叙事道路就是一种"中华性"的基因表达。

即便在"怪力乱神"为其能事的玄幻、仙侠类网络小说中，儒道释文化、人生观、美学特征仍在被年轻的网络作家们转化和肯定。他们把武侠、言情糅入其中，加之影视的助推，产生了诸如《择天记》《三生三世十里桃花》《花千骨》《仙剑奇侠传》等大众影视热点，更有一批"玄武合流""科玄合流"的作品成为网络阅读中的佼佼者。其中如猫腻的《将夜》和烽火戏诸侯的《雪中悍刀行》，前者通过夫子及其弟子们确立了儒家式的"人间"观照，以此对抗所谓光明实则黑暗的"神殿"统治；后者则构架了国与国、庙堂与江湖、中原和边疆的关系，演绎了政治、人性竞争和支撑中的复杂性。相同的是，两部小说都有充沛的中华精神认同，将平民视角和家国正义紧密相连。

此外，军事类网络小说始终以另一方式强化着"中华性"表达，这一表达借助电影《战狼Ⅱ》的主题"犯我中华者,虽远必诛"得到清晰的标举。在《战狼》和《战狼Ⅱ》的编剧四人组中,始终有两位网络作家的名字:纷舞妖姬(董群)和最后的卫道者(高岩)。他们过往在起点中文网、铁血网、逐浪中文网等连载的《鹰隼展翼》《弹痕》《第五部队》《诡刺》《中日战争》《边缘狙击》等,多为英雄主义的军事类网文代表作和畅销书。他们代表的一拨网络作者则以爱国主义、革命历史传统为精神养料,从国际政治、军事博弈的角度回到"中华性"的母题,虽然内部有其复杂性(比如民族主义),但也是重塑中华主体性的路径之一。

关于网络文学与文化传统的关系,"复杂性"是不容回避的话题。"创造性转化和创新性发展",常常会遭遇"转了坏的"和"转坏了的"部分。比如过往传统文化中的"黑道文化"(江湖文化、流氓文化)和风水文化(看风水、相术、堪舆术等),已经跟人类现代文明价值与科学认知格格不入,不可能成为当下传统文化中的"优秀"部分,难以转化和发展成为当代共识。但网络小说中的黑道小说和风水小说为数不少,故事好看但亦残暴离奇,作为娱乐的一部分满足了民众一些消遣和猎奇心理,可这种貌似中华题材却违背主流价值观的内容,则是路径和把控的重点难点。

所以,在总体上正面高扬网络文学"中华性"的趋势时,同样也要注意其现代性的底线,即是否具备"中华性品格"。

从文化的"中华性"过渡到文学的"中华性",我想阐述另一个意思。

中国古典文学在文学革命后转向现代白话文,经历了晚清这样一个前文学革命时期。某种意义上,五四新文化运动所确定的白话文和向西方经典文学全面学习的方向,是对晚清这个过渡阶段的再选择。但诚如海外中国文学研究名家王德威所说:"没有晚清,何来五四?"换言之,在晚清这个更为丰富多元、雅俗共赏的裂变繁荣期中,文学变化、创作道路包含着更大的信息量。更直接地说,由于民族的历史际遇,我们向东洋西洋学习,确立自己文化、文学新身份的时候,是不是也果断乃至武断地切断了曾经很多面的中国文学可能性?

  一个事实始终在提醒我们,在通俗的、类型化的故事中,有更多中国元素、中国情感、中国密码被有效地安置、寄放、传播着,有更多中国读者对于这样的文学创作是喜闻乐见的。不少通俗文学在民国,在20世纪五六十年代、八九十年代以及21世纪以来的网络文学中不断重现其辉煌的流行度和传播率,是谁在促使它们回到中国现场,又是什么原因让这些被启蒙主义和精英文学批判过、摈弃过、压抑过的东西一次次"还魂",并生动甚至繁荣地表现中国人的喜怒哀乐,成为几代人记忆的呢?我想这就是"中华性",即中国基因。

  恰如诗词歌赋、中医药、礼俗民俗、国乐会成为当代中国人赖以证明其民族身份、贴近中华水土的印证信物一般,中国故事的整个叙事方式、叙事精神,依旧会是受过中华文化哺育的世界华人的一个最大公约数。一方面,我们接受文学书写方式的变革,不断吸收外来营养和新传统,但另一方面,对于中华传统故事的美好记忆及整套叙事特点也绝不会因为身处不同地域、环境而被抹去。于是,无论鸳鸯蝴蝶派、民国新武侠、港台新武侠新言情,还是网络类型小说,都会便捷地回到"我是中国人,要讲述中国故事"的逻辑轨道里去。这是网络小说在文学层次上最重要的传统,即其"中华性"呈现。

  当中国人越是全球化生存,越能感受到中国综合国力增强所带来的中国崛起时,这种中国故事的讲述习惯就被赋予了"在世界如何建立中国人自己的身份"这样一种坐标思维,如此,网络文学的中国故事讲述方式便与我们在世界中建立中华主体身份坐标完完全全地联系在一起,这也是网络文学海外传播有一定成功并充满自信的原因。

  我曾提出,当一种大众文艺载体成为时代的强势,引发各阶层的广泛关注之后,势必带来"文脉与国脉相连,文运与国运相牵"的社会性、政治性、历史性赋格。固然商业的规律依然牵制着平台、作者和作品的诸多方面,但这种制约也不全是创作的敌人,某种意义上它们同样是刺激和启发作者认识全球化本质以及中国历史潮流的近因,只要作者能够平衡其中的重心并逐渐上升到创造性转化,剩下的关键就是如何通过大众的文学叙事机制完成合理合法的"中华性"网络文学经典。——所以,这个时候提出网络文学的"中华性"命题,是基于事实,也基于期许。期望正在发展变化中的网络文学创作能够熔铸更高的价值观照,在未来能成为影响中国文学的创作指引。

网络武侠小说十八年

一、"网络武侠"的坐标轴与时间点

网络原创武侠小说(简称网络武侠),最早出自文学网站的分类和命名,作为约定俗成的概念,运用颇广。固然还未诞生专门的网络武侠小说史,但以之为论述核心的文章,或者将它作为当代武侠小说发展的一个阶段、一个环节加以表述,并不鲜见。[1]论者大

---

[1] 一、以"网络武侠"为题的理论评论文章,颇具代表性的如:陈玉蛟《包容与杂糅:创新中的网络武侠小说》,《小说评论》2016年第3期,第123-132页;周志雄《兴盛的网络武侠玄幻小说》,《小说评论》2016年第3期,第116-122页。他们认为"网络武侠小说指的是用电脑创作、在网上首发的原创武侠小说"。丁慧宗《网络武侠小说的发展研究》(延边大学硕士论文,2014年),定义相对广泛,认为网络武侠小说是"在网络的大背景下","在网络平台"产生和传播,由"网络读者"消费的武侠小说。二、以"网络武侠"为核心主题,将其作为当代武侠小说发展阶段的文章,颇具代表性的如:郑保纯《大陆新武侠的轨迹》(《苏州教育学院学报》2011年第28卷第1期,第17-21页),提出广义"大陆新武侠"概念的标志性事件即"以网络文学为载体的"武侠小说。秦宇慧《试论网络传媒中的武侠小说》(《西南大学学报(社会科学版)》2007年第3期,第35-38页),主要讨论了网络传媒改变武侠小说创作、传播及消费的方式,从而"或直接或间接地促进了武侠小说情节、主题、表现方式等各方面的革新"。潘小玉《新派武侠小说与网络武侠小说主题表现及差异》(《湖北工业职业技术学院学报》2016年第29卷第2期,第75-79页),主要讨论了"新派武侠小说"与"网络武侠"的主题重合与创作差异。

多顾名思义地领会和使用这个词,现有研究几乎没有人仔细讨论过该词的确切定义和文学史渊源。这多半是因为该词本就通俗易懂,简单讲,即"网络+武侠"——互联网上出现和连载的原创武侠小说。

然而,这四个字所构成的一对词语"网络"和"武侠",并非只能解读为字面想当然的含义;甚至说,要想让它固定为一个合格的文学范畴内的名词与概念,必须进一步构架其独特的文学坐标,说明它的文学史沿革。在此意义上,"网络武侠"中的"网络"就不能仅仅理解为物化的互联网平台,这是技术和媒介意义上的硬环境,在我们进行文学研究时所使用的"网络"一词,更是或主要是在讲"网络文学"这个义项。也因此,"网络武侠"不是仅指表层的"互联网上出现和连载的原创武侠小说"一义,此非文学内部研究的着力点和价值所在,我以为,它的定义应该深入拓进到"网络文学环境中的武侠小说创作",以之作为"网络武侠"的深层释义。这中间的几重辩证关系及其文学理解是重要而有趣的,并将在关键时刻说明过去一段时间及至未来的网络武侠小说创作所产生的新变——格局和质地。

在这个定义的推进下,可以看到影响中国网络武侠小说创作的两大力量,这两股力量的交错与融合,构成了文学内部的"网络武侠"的坐标点。

第一股力量,是中国网络文学。网络武侠是中国网络文学的一部分,一个重要而依然发展变化着的类型。20年来,网络文学各个类型拥有着共同的处境,形成了共有的属性。"以电子技术和媒体市场为要点的文化大变局,粉碎了近千年来大体恒稳的传统和常规,文学的内容、形式、功能、受众、批评标准、传播方式等各个环节,都卷入了可逆与不可逆的交织性多重变化。"[1] 韩少功的上述概括说明了媒介变革当中所孕育的创作复杂性。这也是中国网络文学崛起、蓬勃的历史豁口。而作为当代大众类型文学，网络武侠同样体现为——"它的边界既是'当代'，又是'大众'。'当代'，意味着今天所提出与研究的对象——类型文学，是与当代科技和资本相适应的文学创作形态，其中当代科技意味着现代性的网络、出版、电子通信和个人电脑终端等科技平台与载体的出现，它们提供了当下类型文学发生、发展的崭新的物质基础，最终与人交互，影响和改变了时代的创作和审美习惯。"[2] 换言之，与当代科技和资本接壤的网络武侠小说创作，必然体现出创作"场"中的网络性和商业性，必然充满了粉丝互动、新部落文化、网络语言和网络思维等特点特征，这些都在说明植根于互联网文学创作的网络武侠与传统的纸质武侠创作会体现出很多不同——事实上，这些不同在网络武侠近二十年的发展脉络中愈益突显，也形塑了我们最终对"网络武侠"创作的分期。这些，都是媒介性逐渐内化至文学性，影响时代文学包括类型小说创作的一个面向。

面对网络性——按某些学者的界定，网络文学的"网络性"大致包括：一、相对于作品（Work）、文本（Text）所显示的"超文本"（Hypertext）特点；二、根植于消费社会的"粉丝经济"；三、与ACG（动画、漫画、游戏）文化的联通[3]——网络武侠的文学性一面其实

---

[1] 韩少功：《文学之惑》，《创作与评论》，2013年第1期，第21页。

[2] 夏烈：《类型文学：一个新概念和一种杰出的传统》，《文艺报》，2010年8月27日。

[3] 邵燕君：《媒介革命视野下的网络文学"经典化"》，载曹启文主编《华语网络文学研究》，浙江文艺出版社，2015年，第82-88页。

是不可能被取代的。与纯文学的"文学性"不尽相同，武侠小说的文学性主要表现为其作为类型小说的基本母题（主题）、类型化叙事技艺、文化背景和精神传统，离开这些武侠小说的历史传承和积淀，"武侠"概念就不能确立了。武侠小说作为类型小说乃有其一贯性、统一性的范式存在，在核心层次，"武侠"的基本形式与内涵是无法消解殆尽而随时代完全耗散的，这是类型小说的规律、规矩和讲究。类型小说是一种坚持以类型化技艺体系作为其文学性指归的，并在此基础上呼唤个体创新和求变、不断丰富其风格的创作方式。那么，仅仅执着于网络性而忽略类型小说的文学传统，是容易将类型小说外在化、纯媒介化的"片面的深刻"，在网络文学环境、网络文学史当中，更值得做的工作应该是将外在的尤其是媒介变革转化为时代文学的内部特征，即其新的文学性积淀的过程研究——把媒介当作文学的要素，而非将文学当作媒介的要素。文学研究的立场就是：媒介是文学的语言，媒介是人性的形式，媒介修订文学，最终内化为文学自身。

影响网络武侠的第二种力量就是武侠小说传统。从广义的中国武侠文化、武侠文学到民国武侠、港台新武侠，渊源有自、洋洋大观，亦在事实上被网络武侠的创作者们反复提及，形成其影响的系谱学。比如20世纪二三十年代先后涌起的"南向北赵"（向恺然，笔名平江不肖生，代表作《江湖奇侠传》；赵焕庭，代表作《奇侠精忠传》）、"北派五大家"（还珠楼主、宫白羽、郑证因、朱贞木、王度庐）等，依旧被网络武侠提及传承，尤其是经过当代影视改编重新介入和带动了网络武侠的创作激情、创作潮流的，像还珠楼主的《蜀山剑侠传》、王度庐的《卧虎藏龙》。而港台新武侠经由"梁金古温黄"（梁羽生、金庸、古龙、温瑞安、黄易）领衔，在20世纪50年代至90

年代，完成了其由发生到高潮到衰变的全过程。这是直接影响和启发网络武侠作者群的一个近因，是他们集体表示"模仿""崇拜"（如凤歌）/"革命""反叛"（如步非烟）的直接对象。有学者把上述两个时期的中国武侠小说创作概括拢归为"现代武侠"。现代武侠可分三个部分：（1）从1915年到1952年5月还珠楼主在《黑森林》结束语中宣布"作者现已放弃武侠旧作"止，为"民国武侠时代"；（2）从1951年郎红浣在台湾《风云新闻周刊》发表《北雁南飞》起，到1985年古龙去世止，由金庸小说确立了武侠小说的经典地位，为"金庸时代"；（3）从1986年温瑞安创作现代派武侠并于次年提出"突变"起，进一步发展为当下尚未结束的大陆新武侠，为"后金庸时代"。[1]

在这中间，有一些范式被现代白话小说和类型文学史进一步确立。比如民国武侠中"北派五大家"所标榜的武侠小说"四大派别"：还珠楼主的神怪武侠小说、宫白羽的社会武侠小说、郑证因的技击武侠小说、王度庐的言情武侠小说，至今仍然是武侠小说的几种基本模式。比如金庸所确立的集大成的经典江湖结构、古龙所采用的语言文体风格、黄易所开创的"玄幻""异侠"道路，无疑也是构成武侠小说现代传统的关键性基石。这些武侠小说的类型学、文学性基因在成为"影响的焦虑"的同时亦成为经典的规约，以召唤结构吸引和印证着不断投身其中的武侠小说创作者。

与"网络武侠"交叉重叠又有所不同的另一个学术名词是"大

---

[1] 韩云波：《"后金庸"武侠小说创新的发生学逻辑理路》，《重庆大学学报（社会科学版）》，2013年第6期，第155页。

陆新武侠"[1]。该词伴随着 2001 年《今古传奇·武侠》的创刊,小椴、沧月、凤歌、江南、步非烟、杨叛、时未寒、沈璎璎、李亮、三月初七、夏生、扶兰、缺月梧桐、盛颜等"70 后""80 初"的武侠作者群的涌现,由韩云波、郑保纯等学者不断以理论评论建设其合法性,加之温瑞安、黄易等前辈的加持,成为一个富有相当学术共识的概念,也成为"港台新武侠"之后具有文脉传承和新变意义的史性梳理。除了广义的大陆新武侠可以延伸到冯骥才《神鞭》、余华《鲜血梅花》、聂云岚《玉娇龙》、王占君《白衣侠女》、柳溪《燕子李三传奇》、冯育楠《津门大侠霍元甲》等文本,狭义的大陆新武侠的作者群其实就是"网络武侠"的早期作者群。这之间概念的提出和选用,除了学者们阐释上的偏好,还透露着当时作为支持力量的媒介性质和话语权归属。

由于积极推动阐释"大陆新武侠"的理论评论家跟《今古传奇·武侠》(2001 年创刊)、《武侠故事》(2002 年创刊)等纸质杂志和出版社(商)的联动关系,有意无意地决定了他们忽略网络武侠这个概念而从纸质媒介的角度更多考虑武侠小说的文本传承性,顺势提出"21 世纪大陆新武侠"(简称大陆新武侠)。在早期网络武侠发生和发展的 20 世纪 90 年代中后期到新世纪初,国内的大众期刊市场仍有相当不错的行销量,沧月、江南、步非烟、萧鼎等人的武侠类图书仍能通过运营成为畅销书,帮助作者登上"中国作家富豪排行榜"。因此,当时依靠和围绕纸质财团提出大陆新武侠远比网络武侠更有话语权和传播力。此际,文学网站的"在线收费阅读"模式是 2003 年 10 月才成功发端于起点中文网的,2010 年 5 月中国移动手

---

[1] 韩云波:《论 21 世纪大陆新武侠》,《西南师范大学学报(人文社会科学版)》,2004 年第 4 期,第 150-156 页。

机阅读基地上线,借助手机阅读才有大规模的网络作者通过数字版权跃升至年收入数百上千万元,这使《今古传奇·武侠》之后的作者们不再直接跟随纸质财团,而直接受雇于网站,接受网络资本和网民读者的引导。

正是这个原因,当新世纪第一个十年行将结束的时候,大陆新武侠创作也就全面进入了低谷期。一方面网络武侠的新作者群纷纷转向网站更为风靡的玄幻写作,另一方面纸质刊物的发行量也日益下挫难以复苏,部分代表作家因此停止创作。这种产业转型与文学研究间的关系,通常也容易被不明隐情的学院派所忽略。

还有一个问题,就是网络武侠的时间从何算起。

1995年8月,水木清华网站建立,是大陆第一个互联网上的BBS。和国内其他高校相继建立的BBS相比,水木清华的几个文化类版面比较旺,其中就包括武侠版"Emprise"。这个时期留存的作品不多,其中choujs(出剑笑江湖,原名仇剑书)的《人世间》是被人记住的一部作品,最早于1996年发帖在北京邮电大学的鸿雁传情版,后转帖到水木清华版。[1]

这是一种普遍的说法。但我们可以据此认定1995年是中国网络武侠小说的元年吗?似乎很难。BBS论坛上的武侠版块建立可作为一个标志性的事件,但代表作品的遗失则证明了当时发表的武侠小说还不具备足够的影响力,不然,则中国网络文学元年的认定亦可参照着提前。而现今学术界认定1998年是中国网络文学元年,其标志性事件为台湾作家痞子蔡的《第一次的亲密接触》的诞生与

---

[1] 郑保纯:《大陆新武侠的轨迹》,《苏州教育学院学报》,2011年第1期,第18页;秦宇慧:《试论网络传媒中的武侠小说》,《西南大学学报(社会科学版)》,2007年第3期,第36页。

流行。[1]网络的发展速度何其快哉,当初的 BBS 论坛如今早已不可见,最早发表在上面的武侠小说更是不能再为我们所寻觅。如果说 choujs(出剑笑江湖)的《人世间》只是一个依稀可辨的名字,不足以作为网络武侠的开端认定,那么,另一种人名与作品俱在的认定显然更靠谱一些。按这个原则梳理,杨叛在 2000 年 3 月发表在清韵社区的《小兵物语》,或许可以被称为中国网络武侠小说的一个开端。事实上,小椴的《杯雪》早在 1997 年就已经写出了一个"雏形",但当时那的确只称得上是一个雏形,和最后完稿的《杯雪》有很大的差距。并且,小椴当时在主观上也并未将它当作武侠小说来创作,到他真正重视于此,重新提笔修改并扩写这篇"雏形"时,已是 2000 年,最后完稿则是 2001 年。[2]还有一个理由,2006 年,由《今古传奇·武侠》策划,长江文艺出版社出版了一套"中国新武侠典藏书系",共 4 卷,分别是《小椴作品》《步非烟作品》《小非作品》以及《杨叛作品》。作为《今古传奇·武侠》创办人之一的冯知明在《杨叛作品》的推荐语中称"杨叛是网络武侠奠基人"[3]。由此,则从 2000 年算起,中国网络武侠小说至今至少走过了十八个年头。

---

[1]1998 年,网络小说《第一次的亲密接触》诞生,成为第一部真正流行和畅销的网络小说。2008 年 10 月 29 日至 2009 年 6 月 25 日,在中国作家协会的指导下,中文在线旗下的 17K 网站与《长篇小说选刊》联手承办了"网络文学十年盘点"活动,此后,学术界便习惯上将 1998 年认作是中国网络文学的元年。可参见王坤宁:《"网络文学十年盘点"活动启动》,《中国新闻出版广电报》,2008 年 11 月 5 日;陈燕:《网络文学十年该怎样盘点》,《中国文化报》,2008 年 12 月 9 日;马季:《十年网络文学:集体经验与民间智慧》,《南方文坛》,2009 年第 3 期,第 46 页。

[2] 小椴:《小椴访谈录》,侠客社区网,2011 年 9 月 17 日,www.21wuxia.com。

[3] 杨判:《杨判作品》,长江文艺出版社,2006 年,封底页。

二、网络武侠十八年的分期和分流

对网络武侠十八年分期是一个吃力不讨好的工作，很多现象并非截然分明，重叠和衍射情况明显，归根结底这一创作受到市场因素的主导，文学思潮和文学方法上都没有非常清晰的断点。但从十八年的跨度来看，作者阵容的起伏盛衰、大众阅读潮流的刷新和怀旧，都还是会有些草蛇灰线，聊备一探。

1．"金古"与"今古"：港台新武侠传统与纸质图书市场依托

网络小说在网络平台、文学网站连载受到网民关注形成第一热点，转由纸质期刊和出版商接盘开发其产业市场和大众知名度，几乎是所有网络类型小说的早期发迹途径。时间在1998—2005年。简言之，就是线上连载、线下出版。网站有的无非是热度，纸质财团有的才是利润。网络武侠的第一时期的作品概莫能外。

与这个时期同生共长的武侠代表作者如小椴、沧月、凤歌、江南、步非烟、杨叛、沈璎璎、燕垒生等，有一些共同的身份特征。一是几乎清一色的"70后"（尤其是"75后"）作者。这一信息反映中国第一代网络作者主力为"70后"群体，以及这个年龄的作者群自然而然的是港台新武侠乃至民国武侠的接受者和继承人——对于"70后"而言，中国大陆的民间阅读和图书市场，正好接续和迎上了这部分的养料，与之相伴的则是唐诗宋词、四大名著、民国散文诗歌小说、港台流行文学，这是当时大众文化追求以及可购买对象的主流。二是这当中半数作者都有不错的受教育经历甚至高学历、海归背景。比如杨叛是海归博士，江南北大毕业后到美国读过博，沈璎璎是协和医科大博士，步非烟是北大博士，沧月是浙大硕士，凤歌是川大本科……从这一信息则可以读解出，在中国民用互联网开始

推出的 1996 年前后,最早一批有条件使用它的网民往往是青年知识分子群体,而另一旁证是 1993 年世界上第一个中文新闻讨论组 ACT 也是由在美的华人留学生等发起的,早期海外那些 BBS 的文学建设也开始于向网上打字传输金庸的武侠小说。其余像小椴、燕垒生等,虽没有名校和高学历背景,但几乎都是标准的文学青年和古典诗词爱好者,能写作纯文学作品,至今葆有良好的旧体诗词创作习惯。

在这样的一个文化背景中,早期网络武侠的作者们明确表示了向"金庸时代"致敬的意愿。凤歌是在这方面表述最多的一位:"金庸对我影响很大,因为他是唯一让武侠融入主流文化的武侠作家。而我写武侠小说的初衷,就是因为崇拜金庸先生。"[1] 他的代表作之一《昆仑》完成后,仍不止一次表达过非常渴望拉近和金庸在武侠小说造诣上的距离。"很多模仿者最初都会有崇拜者,我也不例外,我《昆仑》中有浓厚模仿金庸的痕迹,这是成长的代价,之后才能进化。""真正要超越,就应该是比较低调的人,这种人才能静下心去使劲。通过短篇就想超越金庸,不太可能。还是要有安静沉着心态,海绵式吸水,不要自己没什么东西还老往外喷。金庸本身就是比较安静的气质,古龙也是。"[2] 在网络武侠中,小椴是第一位追近了金、古水准的武侠小说作家,他的小说特别像是用古龙和温瑞安的文笔在写一个金庸的故事。他也讲述过关于"金""古"二家对他迷上武侠小说创作的缘起:第一次看的武侠小说是小学四年级时同学手中的一本《铁血丹心》(即《射雕英雄传》前几章),"当时就觉得这

---

[1] 钟斌:《才子凤歌的"新武侠"奇迹》,《重庆晚报》,2007 年 2 月 8 日。
[2] 姜研:《凤歌:要想超越金庸就要保持低调》,《新京报》,2007 年 2 月 1 日。

种故事是世间没有的。太精彩了,和以前看过的《三侠五义》什么的完全不一样"[1]。第二次正经读的武侠小说,是金庸的《书剑恩仇录》以及古龙的《七种武器》。"我记得古龙写《七种武器》第一种时,开头引用了一首李白的诗句,而李白的句子总是很能打动人,因为这些诗句的原因,我就往下看了,一看,就再也没有放下。"[2]

这种典型的"金古情结"贯穿着这一时期的网络武侠作者。所不同的是,金庸式的"侠之大者,为国为民"在此际遭遇了立意和价值观的调整与悬置。这一时期的网络武侠作者更愿意也更擅长在自己小说中表达个人主义的武侠观,即现代社会的自由个体对于意识形态的刻意游离和反抗,注重自我意识和情绪上所能转化呈现的那部分美学效果。比如小椴的《杯雪》中,骆寒身上"侠义"精神表现就不浓烈,更多的是他那种对友情、知己的执着;沧月的《血薇》中舒靖容、萧忆情所在的"听雪楼",只是江湖利益争端强者逻辑的运行,她更看重的是人物间的情与满世界的无情之间的对比度。所以,家国和侠义不再是网络武侠早期作者的价值核心和逻辑基点,拿沧月的话来说:"我不喜欢口号,我觉得'侠'就是坚守做人做事的准则。我写武侠倾向于一般人心中的武侠,其实小人物的坚守,更不容易。我就写他们的选择和挣扎。我写我思考到的,悟到的,不懂的我就不写。可能是我不知道大英雄的心态吧。"[3] 相对而言,1970 年出生的台湾网络武侠作者孙晓的《英雄志》更为愁苦苍凉、侠骨柔肠,带有侠义精神的遗绪,成为老灵魂的绝响。

---

[1] 小椴:《小椴访谈录》,侠客社区网,2011 年 9 月 17 日,www.21wuxia.com。
[2] 小椴:《小椴访谈录》,侠客社区网,2011 年 9 月 17 日,www.21wuxia.com。
[3] 夏烈:《在得到的时候也失去很多:沧月访谈》,载《MOOK 流行阅·幻世》,新世界出版社,2008 年,第 105 页。

这一时期的网络武侠迅速被整合拢归到以《今古传奇·武侠》等为中心的纸质平台和市场中,形成了比较统一的文学观和比较整齐绚烂的作者阵容,诞生了小椴的"杯雪"系列、沧月的"听雪楼"系列、凤歌的"山海经"系列、江南的"光明皇帝"系列、杨叛的"云寄桑"系列、时未寒的"明将军"系列、扶兰的"巫山传"系列、李亮的"反骨仔"系列、步非烟的"华音流韶"系列等代表性作品。在这些作品中,虽然也有奇幻的混合,但比较起来,其特点倒在于仍然有大量"纯武侠"作品。

2."玄武合流":玄幻武侠的转向及缘由

2005年被命名为"奇幻元年",时至今日,武侠缩小、泛化为网络奇幻(玄幻)小说的一部分,依然是整体趋势。[1]

《今古传奇》在2003年9月创刊了它旗下的另一本杂志《今古传奇·奇幻》。这意味着它当时已经发现以"金""古"为圭臬的网络武侠作者已经有自我突破,主动向奇幻(玄幻)延伸的愿望。这里不得不提到港台新武侠的另一位宗师在"突变"与"启下"中的作用。

1986年开始武侠创作的黄易,是另一条"后金庸"路径的代表。黄易以"武侠是中国的科幻小说"来表达他对武侠小说创新的基本理念。其小说的新创造,有"异侠"和"玄幻"两个系列。"异侠"是在传统武侠基础上加入了玄幻、神魔、异类等内容,"玄幻"始于"凌渡宇"系列……《黄易系列·玄幻精华》的封底称:"黄易玄幻小说系列是博益经年策划的一个崭新的小说品种,内容集科幻、武侠、玄学

---

[1] 近年也有一些"纯武"作品成为网络文学的精品,像2016年登上中国作协年度网络小说排行榜的Priest的女性武侠《有匪》,以及雨楼清歌的《云中卷》等,但总体数量和作品影响力仍无法与玄幻武侠相比。

及超自然力量之大成。"[1]

这是港台新武侠为网络武侠后辈带来的一个直接的文学遗产。而从网络武侠作者的内驱力来讲,当他们从网络论坛中以侠相交、以文会友的一群人,逐渐转变为武侠小说市场和评价中需要有文学自觉的职业人后,实际上难以完成对金、古等前辈的超越,他们通过类型融合获得新变,与西方奇幻、东方玄幻接驳去创造玄幻武侠,也许是一条最为简洁的道路。撇开《今古传奇》的这拨由网络而纸质的作者而言,在起点中文网、幻剑书盟、龙的天空、清韵社区、天涯社区等文学网站中,另一批网络武侠作者早已毫无思想包袱地做起这件事,获得了大量男性读者的青睐,其中代表就是萧鼎的《诛仙》。

玄幻武侠最早的代表作是被誉为开"本土奇幻先河"的树下野狐的《搜神记》,2001年7月开始在幻剑书盟连载,2004年在《今古传奇·奇幻》刊出,2008年由万卷出版公司联合辽宁教育出版社出版。但此类创作在早期最负大众影响力的还是《诛仙》和《九州·缥缈录》。

《诛仙》2001年在幻剑书盟连载,2003年先在台湾出版成功,2005年转回大陆,由磨铁图书公司联合朝华出版社出版,一时风靡。江南的《九州·缥缈录》号称2001年开始创作,但事实上水泡最早在清韵社区提出"凯恩大陆"构想并召集"同伙"已经是2001年12月了,"凯恩大陆"构想最终泡汤,才诞生了"九州"的设定。"九州"大陆的第一部作品《九州·缥缈录》则于2005年面世。

《诛仙》相较《搜神记》在市场和读者层面远为成功,分析一下很

---

[1] 韩云波:《"后金庸"武侠小说创新的发生学逻辑理路》,《重庆大学学报(社会科学版)》,2013年第6期,第157页。

有必要。从文本角度讲,《诛仙》的故事首先有一个架空的世界观,在架空世界中嵌入一个类武侠的故事;《搜神记》的创作目标远比《诛仙》伟大,它的故事情节中几乎囊括了上古中国的所有神话人物,以至于耽误了故事主线的进程和主人公的塑造。在此意义上,小说《诛仙》比《搜神记》更成体系,即人物在同一个世界、同一套法则下生存的连贯性与完整性更强。这种将传统武侠和架空、异世、言情、修仙、游戏练级贯穿融合的设定就是之后玄幻小说全面突破武侠局限,成为网络文学第一大类型的基本办法。固然《搜神记》的文化内涵和野心很大,但读者要的就是"好看"和"爽文",这成了网络小说的第一义。

而"九州"抱着彻底做大《诛仙》的设想,并有一种将想象力刺破现实壁垒,引领读者进入虚拟世界的雄心。"九州系列"共55册,前后由17名作家创作,将一个东方玄幻的"大陆"概念传递灌输给读者,从此,传统武侠在旧有物理和地理上(金庸构建的经典江湖地理谱系)被冲破,形成了现在已被读者广泛接受的一种在虚拟界中构建地理的认知。

女性作家方面,与"九州"大陆相对应的,出现了"云荒"世界。"云荒"的概念最早是沧月找沈璎璎提出的,时间在2003年5月,形成了以空桑、海国和沧流帝国三足鼎立的初步构思。2003年7月,沧月完成了《镜·双城》,12月,她开始写作《镜·破军》;2004年,沈璎璎先后创作了《云浮海市》三部曲与《云散高唐》。2005年,丽端加入,以空桑为背景创作了《云荒纪年》。其间,沧月先后完成了《镜·龙战》与《镜·辟天》等。

多年后,凤歌的玄幻小说《震旦》出版。凤歌在愈来愈强的玄武合流的浪潮中意识到这其实是读者的一种改变,"金庸那个时代提倡的侠之大者为国为民，处在和平年代的现代人已经很难理解了，以前的武侠作品里，比较讲究集体意识和自我牺牲的精神，现在这个时代，更重视侠的自由精神，更重视个人的选择，写人真实的性格缺陷。为什么我们感觉如今很多武侠作品加入了侦探、推理，写得非常暴虐，似乎没有道德底线，就是这么回事。……其实，传统武侠加入这些元素的并没有什么好下场，基本都死光了。武侠中一些负面的元素，在网文里发扬光大了。一流的武侠作品更看重人物和故事，而不是不断打怪升级。金庸武侠里也有主角的功力升级，但不会特别强调等级，而是重视人性和故事"[1]。从他的评论中我们可以察觉到，凤歌处在玄武合流的旋涡中，一面对此种关乎创作传统的改变颇具微词，一面也只能透露出无奈进行一定范围的妥协与尝试。

当然，凤歌只看到了玄幻小说爱写"打怪升级"的幼稚桥段，事实上，玄幻也为那些充满想象力而无处发泄的小说作者打开了一张更无拘束的创作地图，那是横跨物质地理世界到幻想地理世界的多维空间。所以在那个玄武合流的空间里，凤歌所说的人性、故事是完全能得到更大程度发挥的。这说到底是文学对于自身的一种不甘心。

而读者对玄幻小说中人物的"侠义"精神的需求开始变淡，转而开始看中小说内虚拟世界的背景设定是否新奇，人物性格设定是否有趣，打怪升级之路是否够爽，情节桥段是否离奇，作者的"脑洞"是否够大，这和当代读者的生活处境、阅读需求、网络阅读的主流化程度、网络小说的类型化发展等密切相关。在《诛仙》以后的玄武合流

---

[1] 刘雅婧:《凤歌：我担心武侠文化会出现断层》,《新京报》,2012年5月26日。

的网络小说中,猫腻的《朱雀记》《将夜》《择天记》、我吃西红柿的《盘龙》《星辰变》、天蚕土豆的《斗破苍穹》、烽火戏诸侯的《雪中悍刀行》、梦入神机《佛本是道》《龙蛇演义》等等,成为绵延至今的蔚然大流。

影视、游戏、动漫等泛娱乐文化产业对玄武合流作品的改编与制作兴趣有增无减。在《花千骨》(2015年)、《诛仙青云志》(2015年)、《择天记》(2016年)、《三生三世十里桃花》(2017年)等同类影视剧纷纷播出,个别获得巨大市场利好的背景下,《斗破苍穹》《武动乾坤》《大主宰》《雪中悍刀行》等纷纷立项和制作,进一步牵动着这一网络武侠趋势的壮大蔓延。

3. 新的分流:以徐皓峰与七英俊为例

在玄武合流的高压下,网络武侠或者大陆新武侠有没有不一样的写法和活路?我想提一下已然大名鼎鼎的"70后"作家、编剧徐皓峰和初露头角的"90后网生代"七英俊。

徐皓峰不是网络武侠作者,但他通过纪实文学《逝去的武林》《大成若缺》《武人琴音》,长篇小说《道士下山》《国术馆》《武士会》,短篇小说集《刀背藏身》,电影评论集《刀与星辰》,电影编剧作品《一代宗师》,电影编剧兼导演作品《倭寇的踪迹》《箭士柳白猿》《师父》等充沛的实力独辟蹊径,奠定了他大陆新武侠别是一家的地位。在网络以外,也在文学与电影中,他找到了自己和武侠小说的一个颇具尊严的位置。

徐皓峰的小说迥异于传统的武侠小说和兴旺又不免虚火的玄幻小说。以金庸为代表的传统武侠小说通常以侠义先行,人物分阵营,故事重奇情,武功论门派,名物通古今;以《诛仙》为代表的玄幻小说在叙事上没有逃开金庸笔法,只是离开了现实背景,架空历史地理，重视幻想。而徐皓峰的小说在网络小说流行的时代，竟一反其道，彻底脱离虚构和幻想，不仅回到真实的历史背景下，甚至直接回到真实的时代生活中。他小说的故事内容大多是些武功以外的边角料，但恰恰通过这些边角料，读者看到了民国武林真实的样子。他展示得最多的是武林中的规矩，而所有规矩中最重要的，又是一个门派的面子。比如《师父》中的比武，都是徒弟和徒弟打，师父不动手，甚至不出面，这是为了顾及一个门派的面子，如果师父对打，一方输了，那么他连做师父的资格都没有了，谈何开宗立派？又比如《国士》中的青年武人郝远卿想向前辈石风涤挑战，可石风涤却处处兼顾自己和郝的体面，又是花钱，又是写介绍信，还从北京请来一桌朋友做说客，读来总觉得老人迂腐不化，不敢正面迎敌。最终这面子还是被郝远卿和另一老人鹰爪王王冠真的一次交手给打破了，鹰爪王在众人面前落败。传统武侠里，老人挡着后进，后进若正经赢了，该是大快人心的事，然而徐皓峰再次落笔，来一句"名家的名声，都是半生费尽心机攒下的，没有人再动手"，让人不禁唏嘘，这可不就是真实的人生，真实的江湖。徐皓峰的小说中，多是这样对老者的感怀，老者被淘汰，是历史规律，但拳怕少壮，不代表他们曾经的辉煌就该这样被无情地抹去，他是在用这种感怀来缅怀那一个逝去的时代，正如《逝去的武林》这个书名一样，"逝去"是徐皓峰小说中的标志性主题之一，他的小说写武林，其实写的是一个时代。毛尖评价徐皓峰笔下的人物，一出场就给人一种"脆弱感"，这不但因为他独特的文字风格，也因为读者其实多少知道那个时代，更体谅过我们自己生活中的世故。我们知道，那个时代中的人物，终究都躲不开"逝去"的命运，但那些故事，还是应该留下来。

徐皓峰武侠小说文字朴拙有力度，画面感、镜头感极强，突出表现在写武打和写女人两个方面，有异于金、古。徐皓峰本身懂武打，所以他的武打讲求真实，他把中华武术技击的很多道理重说出来，今天的我们已经不太通晓，有陌生感，这种陌生感造成了文学上的独特性。徐皓峰的武功描写既无金庸的庞杂系统，又比古龙的诗意要朴拙，像凡·高的画，看到什么画什么。写女人，武侠小说中沧月代表女性武侠可自成一派，古龙可称一流，金庸笔下女子众多但不如男子人物。徐皓峰写女人，与三者都不同，他只写看到的，笔下所言者，皆女子的外表、衣着、谈吐，尽模女子外貌之美，再不肯言其他。这又是凡·高笔法，看到什么写什么，像极了导演的分镜头手册。像《国士》中写莫天心出场：

> 调转坐姿，西南角不知何时开了一桌，背身坐着一位女子……她应是初来乍到……
>
> 相距七八步时，她转身站起，时髦女性的喇叭袖连衣裙，大方地露着半截小腿，小腿着毛绒质感的黑棉袜。连衣裙有一根细细的修饰性系带，与裙同色，几乎隐没。
>
> 辨出系带，颇感心惊，位置在常规的腰线之下，臀线高度。
>
> 放低的系带，让她身子长长，仿佛1928年南京的刨冰少妇。[1]

不必联系上下文，却能见出正在观察这位女士的男人心中已颇情欲动荡。他的这种创作方法像极了电影叙事。徐皓峰曾多次公

---

[1] 徐皓峰：《国士》，载《刀背藏身：徐皓峰武侠短篇集》，人民文学出版社，2013年，第71页。

开坦言"写小说是为了拍电影","电影拍不好才去写小说"[1],以此反观其小说创作的特色,可见一斑。

他电影化的写作手法造成了极度个人化的叙事风格,强烈的剪辑感事实上不太利于文学的阅读理解,徐皓峰的才华和琢磨足令他在文学、电影两个维度进行创作,但在客观上他风格化的镜头语言使他的电影作品展示出浓厚的文人气味,被贴上了"文人武侠"的标签,而理想化的真实武打场面也令一部分习惯了传统武侠的观众难以接受。此外,从徐皓峰的初期作品中可以看到他学习王小波小说的创作痕迹,他的第一部长篇小说《国术馆》中,也有大量模仿王小波小说的荒诞故事和性爱描写。将荒诞带入武侠故事是徐皓峰文学创作的一次创新,他将原本属于通俗文学的武侠类型与纯文学的创作方法进行对接,不可避免地造成了传统武侠读者阅读时的不适感。但无论如何,在网络玄武合流的泥沙俱下中,徐皓峰的"文人武侠"如山林中涌出的一泓久违的清泉。"凭一口气,点一盏灯",如他在《一代宗师》中的台词,这光亮处值得网络文学环境下的当代武侠小说创作者们参照、斟酌。

七英俊是中国第一代真正的"网生代"作家,自小伴随着互联网、手机、iPad、数字阅读、ACG(动画、漫画、游戏)、影视、消费社会、全球化长大。对于网生代而言,此前的几代人则属于"纸生代",彼此对媒介的感情和记忆是颇为不同的。网络武侠对他们并不陌生,就是他们的青春期阅读,但网络武侠在他们的理解中,一定是跟宅、萌、基、腐等二次元亚文化混合出现的,所以感兴趣的重点就会与纸生代"大叔"们完全不同。

---

[1] 徐颖:《徐皓峰要拍南京武侠传奇》,《扬子晚报》,2015年8月27日,第A17版。

七英俊的短篇小说集《有药》集中了她的"网生代"叙事方式,11篇小说都是古装的,但通通架空(没有具体朝代),更夸张的是这些拿江湖、武林、公门做环境的小说中充满了穿越、重生、"耽美"、"脑洞"、鬼畜的元素和趣味,语言则是半文半白的拟古和网络段子式的白话交织,文本充满游戏感、破碎感、刺激感、无厘头感——这些毫无疑问都是所谓"网感"的鲜活体现。在这种网络短篇(你都不好意思说它是网络武侠,但它又实实在在借用了前代经典的武侠设定)中,作者并没有生造的焦虑与捉襟见肘,她显得是在徐徐道来,随时甩个包袱逗个乐,有种游刃有余的从容。焦虑感和捉襟见肘往往来自非网生代的读者们,如走错了楼堂馆所,又怕跟不上小说的节奏笑点。

七英俊这样的"90后"网络武侠作者,并不专心于"武侠"本身,她随时可以去写一个都市或者科幻的短篇,但当他们自觉不自觉地延续了过去武侠的基本元素进行二次元改造时,我们发现了一种"后现代"风的网络武侠的可能,这就犹如当年古龙的语言、温瑞安的刻意现代派、黄易的神道加身,充满"突破"的、创意性的乐趣。同时,早期网络武侠作者如杨叛《小兵物语》式的对《神雕侠侣》的解构性书写,包括今何在《悟空传》、马伯庸中短篇里对传统经典的消解性重写及其反讽风格,仿佛又降临到七英俊这样的"网生代"文本中,令人感受到一种后现代的拼贴效果和包装了故事糖衣的先锋性。

为了逃脱玄武合流那种超级长篇动辄三五百万字、七八百万字长度的赢利模式,七英俊这类作者开始选择新浪微博、豆瓣、知乎、长佩、简书和微信公众号等共享型、较少商业约束力的平台写作、发表,这样,中短篇网络小说又回到文体视野中,形成一些多样化的生态,值得期待和关注。

三、结语

网络武侠在"网络"和"武侠"的纵横坐标系中运行的十八年，是极富挑战力的十八年，也是大陆自"70后"至"90后"武侠小说作者群继承和突破的十八年。但从目前的总体看，这也只是中华武侠小说迎接其重大历史转型的一个初步，如何重新定位网络武侠在未来文学史和文化史中的位置，恐怕还是跟大历史机遇和优秀创作者的才华意识相关。

在这个意义上，我赞成如下一种观点："在金庸新武侠中人的本性关怀（荣辱善恶等）和文明传统的价值取向（儒道释）的基调和准则是谐和一致的，而在大陆新武侠中它们却是冲突的、矛盾的和无所适从的"，"全球化和互联网造成了人们对时空观念、自身与世界关系的重构"，"也就是说，我们需要一种全新的'时代哲学'。创作要改变，必须得观念先改变——你'发现'了一个全新的世界，你才能'创造'一个崭新的秩序。"[1]

换言之，在旧有的层级讨论武侠的进与退、武和侠的关系、网络性和文学性，都不能解决当下武侠小说生命力问题，真正的解决方式在于首先以新的哲学视野观照历史、现实和未来，在此间布置人物、剧情及其新的价值立场的舞台。比如"后人类"理解下的存在，比如"命运共同体"。

也是在这个意义上，我愿意重申武侠小说创作的"中华性"问题。武功和侠义之所以被看作中华文化和人文精神表达的一种有

---

[1] 庄庸：《从新武侠到后玄幻时代：网络文学的三次"世界大战"》，载《华语网络文学研究2》，《山海经》，2016（8），第61、67、75页。

价值的媒介，其原因是它曾经提炼和凝聚了中华性——中国人的想象力和生命镜像，将力与善与美有效结合，构筑了中国人清新刚健的面向。民国以降的武侠小说创作也证明它们能够在吸收世界文学、五四新文学营养的同时，再次以中华面貌闪现经久魅力，以证它不是无法进步的化石，不是被普罗大众抛弃的玩意儿，不是不讲究小说艺术的低级文艺，它正是我们文学史、文化史、精神史中可以区别于别的地域的那么一种"国家—民族志"。

性别错乱的意趣和类型小说的评价标准
——以《美人谋》为例

波澜迭起、层层推进的三万六千字,貌似只是个开篇。你读到最末,方才看到美人之谋的"大杀器":待到秋来九月八,我花开后百花杀。美人的宫阙回望,正与薄暮中的血色相互交叠,酝酿着真正的庙堂风雷。但小说戛然中止了,不是噱头,不是写不下去,而是收费环节到了?!各位传统杂志的看官要醒醒,这是网络作家的网络小说,自有法则和伦理,比如看得好就打个赏、订个月票,付费阅读吧;又比如一部小说二三百万字,在女频也越来越常态化,所以你只看了个简洁的开头。

以上的话,是玩笑,也是感慨。网络女频的小说,文字水平素来高于男频整体,篇幅上也还合理,像这样拿出三四万字的中短篇,节奏处理的姿态亦颇好看——但上正经的文学刊物,终究稀罕。今年5月,写《芈月传》的蒋胜男在《啄木鸟》发了个《海盗郑一嫂》的中篇,火速被《小说月报》转了,她就乐开了花,来问我是不是网络作家的破天荒。之前,不算科幻作者的话,也就写悬疑的蔡骏发过几个,才华横溢的马伯庸、徐皓峰都发表过,却只是类型小说作者而非典型的网络作家……再往前,就要说起安妮宝贝这辈儿了,十年廿年前，往事如烟。所以，选取郑鑫（爱爬树的鱼）的《美人谋》做客文学界刊物，我以为依旧是滞后的进步。若熟悉文学史，其实是可以有这样的期待的，1944年，傅雷、柯灵这些评论家、编辑家从"鸳鸯蝴蝶派"阵营中，抢回来过一个张爱玲。

闲话说完，来谈小说。目前的三万六，首先是个言情小说。言情有按年代分的古代言情和现代言情，《美人谋》是古装的，当然就是个"古言"。而这个所谓成治年号的大周朝并不是历史上的实有，全是附会中国古代王朝典制而虚构玄想的，所以又是个"架空"。有趣的是，作为一个整体的《美人谋》的主要故事都还是发生在"太学"及其毕业生万翼、祁见钰们建功立业的初期，他们少年男女的思想或因王公大臣的家庭出身而显得早熟，但情感和两性意识则不免是少年的本色，那么，这里头就暗含着一个典型"青春校园"的模式，只是作者将其放置在架空的古代环境里。再就是万翼作为女（男？）一号雌雄莫辨的角色设计，朝堂派系的斗争和忽然之间父母双亡的继承人命运，让她必须扮演好这一雌雄同体、雌内而雄外的形象，这一形象的文学史和文化史借鉴及其意义后面再说，这里要指出的是，该小说还是一篇传达"腐女"趣味和审美的"耽美"向网文。虽然看官在小说近半的时候知道了万翼的最大秘密（这个包袱的抖落，我个人觉得还是早了些，不如将"腐"味进行到底），但作者的所有描摹和调笑都集中在两个花样"男子"（"太学双璧"）的暧昧上，欣赏来自彼此尤其是济王祁见钰的性别壁垒的苦闷突破上。——这些都是网文的典型套路，也可以说，是网文的传统、网文的营养、网文的类型特征和类型融合之力。当我在此使用这些来自网络文学的"术语"解释和评说文本时，其题材、主题与审美趣旨的重点被非常有效地突出了，可见网文自身技艺与文化对该类创作的理论评论建设是最贴切的。阐释网文需要入乎其内,熟悉网文的基本概念和适用范畴。

将一个"青春校园"进行"耽美"化包装,最终回归"言情"的怀抱,这一点有其故事学的悠久来源。比如以中国戏曲的名篇《梁祝》为例,《美人谋》就有与之异曲同工的地方。二者一致,男同学的性别是明确的,双方都明晓;女同学的性别是故意遮蔽的,形成了身体与角色扮演的错位,一种模糊暧昧的阴柔之美、无法明示的角色之难(乃至之痛),像戴着镣铐跳舞,逐渐弓紧而绷出生命性的反弹的力量,等待到某个点的爆发。在"梁祝"的戏曲表达中,著名的"十八相送"桥段全面而充分地展开了女同学祝英台的爱意和求偶过程,男同学梁山伯则依旧强化其作为男性的粗心、憨厚、后知后觉,并将这些男性特质点化为其可爱的一面,渲染了戏曲剧情幽默和牵动人心的紧张感、戏(喜)剧性。

《美人谋》的基本设置依旧是"梁祝"式的。男同学祁见钰的蒙在鼓里又不由自主的情绪非常梁山伯化,而女同学万翼却终于显现出更多不同于祝英台的性格情态——这一方面是万翼并非祝英台的"小"儿女,尚有巨大的历史企图和家族使命在身之故,这一点《美人谋》铺垫了许多,从万家三代人的人设开始说,到独子(女)的她必须接过派系繁荣的任务,到她插手小皇帝与祁见钰和大臣们的"制衡之术"的谏议,算是有了一定的合理解释。另一方面,我把万翼乃至祁见钰跟"梁祝"性格、表达(一定也影响到命运的走向)的不同,看作者自身两性观的见解,这是与当下共处的时代整体观念的开放、发展有关的,也与网络文学在处理男女关系上的经验性有关。换言之,更加独立、淡定、控制力强的女同学万翼,是现代女性意识和女性精神的体现,她在"美"的同时,拥有强烈的"智"的优势。中国女性及其在网文历史中的表现已然成长为与男性平等,在某些方面甚至优于男性、可资发挥自身特长的范型。固然,她们仍然会忧虑于身体的性征局限,仍然要借助男性特征而扮演准男性才能在政治与社会生活中顺利前进——这又令人联想到另一部了不起的传统曲艺作品《再生缘》(清朝女作家陈端生原著)中孟丽君式的女性困境。

所以,一篇看着娱乐化、类型化的网络小说,同样是我们文学批评、文化研究非常合适的样本,而网络作家的非精英写作(大众写作)、非专业写作(职业写作),更能释放和转移大量时代社会信息到故事之中,实现讯息的复杂化、混杂化传播,还原某些时代心理的原生态和原动力。

由于网络小说的类型化,《美人谋》不可能不着套路、不见同类叙事的模式,这种因袭不能完全视作类型小说的弊端或败笔,恰恰说,是否掌握类型化的基本艺术和技术才是类型小说合格不合格的第一层评价标准。但仅仅跟风、模仿、套路是不够的,类型小说写得更精彩的另一个评价标准在于它是否能够让更多类型融合,并产生良好的阅读效果,尤其为小说风格和人物形象做贡献,这一点《美人谋》如前所述做得大抵不错。此外,小说艺术的一般标准仍然是检验网络小说、类型小说的一些尺度,比如语言,比如结构,比如人物,比如意义。这个小说在语言、结构、人物上有所留意。像结构问题,小说其实借鉴了戏剧和影视的一些办法,像第二章叫作"文斗",讲课堂上万、祁二人的一次关于《春秋》载"董狐弑君"句的辩论,构成一折戏,即一个核心剧情;第三章叫作"情窦",落实在空间则是"入修堂"考前复习阶段,万、祁二人被关在一室相处又如何解围的事,并引出撞到女方胸口后朦胧的不安躁动的情绪的诞生,这也是一折,独自构成一个核心剧情……之后各个章节大多是这种结构法。

　　当然,类型小说的羽化在于作家主体处理人物性格行为的复杂性能力,以及注入人物以精神、文化、境界的层次感,这一点,《美人谋》是不足的,包括女主对权谋世界的运筹,多少有点幼稚感。换句话说,在类型小说中锻造精品需要才情天赋之外,同样需要有文化自觉。

网络文学的文化自觉与开放的整体性
——谈"网络文学20年20部优秀作品"榜单

2018年3月29日,上海市作家协会在欧式古雅的"爱神花园"召开中国网络文学20年20部优秀作品的发布会。从前一天晚上的几轮投票到当天的发布仪式,与会专家评委的历史意识渐趋高昂,尤其是需要签署自己的姓名在结果名单上时,纷纷认为是很要紧的一刻,而这些文书迟早会被送入博物馆。

虽然我印象中最突出的依然是遗憾,20部这样一个安排实在没法得当地兼容20年网络文学创作的内在理路,平均下来一年一席也仿佛鲁迅讲的"十景病",刻意了些,但从1998年风靡大陆的《第一次的亲密接触》到2015年反映改革开放的《复兴之路》,最终的榜单里涵括了大众耳熟能详的《悟空传》《步步惊心》《致我们终将逝去的青春》《鬼吹灯》《明朝那些事儿》《斗破苍穹》等,基本融合了专家和读者的意见,概括着20年来中国独有、举世难觅的文化和创作景观"网络文学"的别样印迹——如果说,文学的一项基本功能及本质属性就是对人类的陪伴,那么,20年网络写作担得起"文学"的名,它们不仅安置、释放了当代大众的思想、情感、意志和愿望,也努力在资本等的包裹中开放出许多向传统和人性致敬的金色蔷薇。

在这一点上，我选择站在它们中间，品尝属于人间气息的粗粝、热烈、残缺、喜乐、矛盾、包容和向上（这让我想到猫腻小说《将夜》中夫子的人间立场），中国网络文学不是简单的平顺、油滑和消费主义（固然海量的网络作者还缺乏这种文化自觉），它的经典之作恰恰因创作主体的代表性，拓张出不羁和不屈的创造精神、自由精神，以及丰富杂糅的想象力。很多在文学观上对网络文学抱有敌意的，所攻击的每每是它的文学性，但我所重视的则是20年中国网络文学中的世道人心（"为人生"）；很多貌似解读网络文学并加以学理化的文章，也容易抹平网络文学的民间性与个性，将它们仅只解读为消费主义的机械复制和资本的分泌物，或者亚文化、二次元、"屌丝"青年等征用的"部落"文化，我依然觉得这是不够的，甚至是用表面升维的方式实际降维处理了网络文学与中国、网络文学与时代精神的联系。

就我个人而言，阅读然后介入网络文学是有另一个参照系的，那就是2000年后第一个十年的中国纯文学创作。我当时不曾讳言过对于纯文学的失望情绪：先锋叙事的黔驴技穷；对时代读者的疏离貌似是文化市场的冲击，实际上暗含了与群众生活的脱离与傲慢；优秀的作者群正青黄不接；而对于固有权利生发着腐败的依赖，这恰与不能积极看待新媒介和大众传播是一体两面。这个时候出现的网络文学是稚嫩的、自由的，借助了媒介转型，作者则英雄不问出处，充满了可能性和未来性。客观地讲，任何一种体式的创作肯定都会有弊病，都有与优秀作品相比等而下之的垃圾化现象，都有因为萌芽而清新、因为沉重而老朽的生理规律，但就文学生命力和文学生态场而言，动态刺激和挑战式学习才是葆有健康的道路。在这个意义上，网络文学和纯文学彼此不接触、不研究对方，是对自己生命和事业的不负责任以及缺乏远见。

但网络文学20年了,是不是真的具备足够的文化自觉?如果没有足够的文化自觉,那高唱文化自信就变得可笑了。

从积淀来讲,网络文学已经形成了一套自己的叙事体系和基本态度。前者——叙事体系,是兼容了网络性和文学性的结果。今天网络文学的主流是类型小说,玄幻、言情、历史、职场、军事、悬疑、科幻等类型通过传承借鉴与自身创新,发展出一套成熟的、具备基本范式的叙事技艺,所谓套路、模式对于类型小说来讲算不上耻辱,而不断地类型融合、充实知识细节和现实生活经验,成为具体的网文佳作试图突破陈陈相因和既有边界的努力。在此意义上,网络小说的文学性首先表现为类型性,以及在这基础上的综合与反类型。同时,它的即时互动、粉丝机制、读者即作者、"梗"的创造与借用、与ACG(动画、漫画、游戏)的关系、受阅读机器影响的语感和文体变迁等,都是由网络性内化为文学性的新特征,标志着媒介迭代后互联网文学将吸收什么、沉淀什么。

后者,基本态度上,网文以"爽感"和"情怀"作为两大柱石,关注的是读者的感受。拿他们的话来讲,读者是"衣食父母",作者必然念兹在兹,所谓"凡是不以好看为目的的小说都是耍流氓",所以一方面是从众、顺应,但另一方面则是在好看的掩护下与读者做智力游戏,想方设法写出(挑战着)他们所预料不到的情节,并多少引领读者向自由意志、公平正义、家国关怀和儒释道精神趣旨等皈依。这些都是网络类型小说的伦理、操守、新传统。

此外,网络文学20年是一步步深切浸入文化产业之中的。可以说,网络文学的大众属性必然导致产业与资本的青睐,最终形成工业链条上的泛娱乐生产线;但换个角度,何尝不是网络文学继借媒介转型获得降生后，又自然而然地借用改革开放背景下文化产业的发展繁荣毫无违和地扩大着它们的转化率和传播力？榜单中《步步惊心》《致青春》等女频小说，《鬼吹灯》等男频小说，以及入围前30候选名单的诸如《盗墓笔记》《后宫·甄嬛传》《芈月传》《琅琊榜》等，既可以从20年网络文学内在的流派代表的坐标中确定它们的位置，也可以从影视改编等文化产业和大众知名度确定它们的价值。因此，网络文学是骨血中饱含产业转化酶的创作，它与商业资本存在着一种互为借用的关系；而网络文学20年20部的优秀作品榜单，也是积极照顾到了作品的产业转化和辐射大众的一个榜单。

所以说，20年网络文学及其最优秀的那一群作者，是已经拥有文化自觉和时代定位能力的存在。只是说放大到所谓680万人的那样一个网络写手总量时，难免泥沙俱下。并且，网络作家在处理更丰富和专门的历史、知识、环境、材料包括愈益主流化的政治身份、社会责任等系谱时，尚欠缺全面的经验、准备，这要求他们有更强劲的消化能力和拥抱现实的担当。

可20部优秀作品的榜单还是为我们理解网络文学留下了最后一个重要悬念，很多人会追问金宇澄的纯文学作品《繁花》为什么列入其中。

记忆的第一回溯应该是《繁花》发表的平台——如今已经主站撤销的沪语社区"弄堂网"，2011年5月金宇澄用"独上阁楼"的网名开帖写小说《独上阁楼，最好是夜里》，每天基本一段，到那年的11月截止。这是后来修改出版而命名为《繁花》的网络原作。我在代表众评委给入榜作品《繁花》写的评语中说："《繁花》几乎被纳入所有重要的当代文学奖项，迅速成为经典化的海派文学代表作。但它的另一重要价值始终未被充分认识,那就是它作为纯文学创作却完全使用了网络写作机制而获得成功,使它成了拥有巨大粉丝穿透力和网络性的作品,揭橥了网络文学概念的可塑性与未来前景。"

记忆的另一回溯是我 2014 年写的长文《网络文学发展大趋势》,文中提及:"网络时代的莫言、余华们也未尝无踪,'文学青年'……会完全适应并满足于与即时的读者(粉丝)互动带来的乐趣——这一点,金宇澄的《繁花》已经是最好的前驱和示范,将来在这个意义上还要追认他更大的典范价值。"果然,这次的网络文学 20 年 20 部优秀作品中,评委们"追认了他更大的典范价值"。我因此在微信朋友圈写道:"老金的《繁花》作为网络文学 20 年的重要成果,包含着一个重要的信息,互联网从来没有拒绝任何人、任何形态的写作,固然大众和小众总有所区别,但真正限制人们的只是短见和习惯。短见非常遗憾,习惯可以理解,后者事实上对我仍有效用,可不能妨碍我做诚实的判断。我目前的感觉是,如果你是一个文学人(而非商业人、政治人、科技人),关怀的对象永远是文学的生命力和它对传统的赓续。"

由此,中国网络文学的概念再次被拓展和重新定义,即大网络文学观成为学界比较认可的一种发展中的网络文学观。除了主流的稳定的类型小说,各种语言和精神系统的创作都可以在互联网媒介上展开,实现非定于一尊的生态平衡,以及互联网时代的整体文学地理。

故事的世纪红利与网络文学"走出去"

2019年10月的乌镇世界互联网大会已是第六届,却也是它第一次迎来网络文学的板块和声音。22日,中国作家协会和浙江省人民政府在那里举行了2020年中国国际网络文学周的新闻发布会以及中国网络文学海外传播圆桌会议。"国际"一词,成了这场网络文学活动在世界互联网大会上首秀的核心词。不到半个月,11月15日,海南三亚召开了"自贸港背景下的网络文学出海论坛",再次集聚了作协、网站、网络作家、网络文学专家60余人——出现在2019年最后一季的同一个话题热,可以看作网络文学20余年发展和近些年所谓"网文出海"现象水到渠成、登堂入室的结果。

要说网络文学和国际一词的关联,大抵是从新世纪初个别版权输出的涓涓细流开始,直至近四五年间业界、学界渐趋热闹地指出网络文学海外传播的种种典型案例、轨迹、景观,到如今以官方组织形式宣告——尤其是明年将要揭橥的中国国际网络文学周,可视作国家层面的肯定与加持。如果一直留意中国网络文艺流变、熟悉其秉性的人,可以结合国内外文化、经济等情势,看清楚这块实实在在的中国新兴文艺在跨国、跨文化的交流、传播、贸易上的崭新增量,它正在成为新时代环境下中国文化创造性转化和创新性发展的亮点。

故事的世纪红利

认识网络文学包括它的海外传播势能,有必要回顾文学与人类的一些基本关系。文学的创作和阅读,在大众文化遍及全球,且文艺作品与文化产品、文化工业紧密暧昧的接榫过程中,其一部分原始的功能、特征被极大地释放 —— 比如故事,比如娱乐,比如陪伴。

在过去的一个世纪,凡受过文学经典及其系统训练的人都知道并相信,语言是文学的核心。可以说,文学性主要就是语言的结晶,通俗地讲,对于纯文学而言,作品行不行,可以简化为语言行不行。语言不过关,就不要"玩文学"了。

但在专业的文学圈子以外,特别是大众文化的全面降临下,一个隐秘却展开的事实是:世界通用的文学的最小单位不是语言,而是故事。故事比语言的粒子尺寸更大、更粗粝,但也比语言壮硕 —— 越是精微的语言越是有局限,比如一个说法是"诗不可译",而故事很少被认为是不可译的。人们从小到老都在听故事、看故事、讲故事、成为故事,乐此不疲。好的故事天下流传,不同语言、民族的人们因为故事互相了解,共同陶醉在故事的套路和花样翻新里 —— 故事是人们共同的摇篮,它确实达成了文学对所有人的最基本的承诺:陪伴。

关于故事的特点及其时代,本雅明曾以"讲故事的人"为题,通过介绍分析俄罗斯文学史上的故事作家尼古拉·列斯克夫,讲到故事作家如何延续出色的传统,直接影响到了契诃夫、高尔基等人的写作,更关键的是,本雅明由此总结了故事和小说的区别,认为故事有传承经验、给予生活忠告的功能,而现代性意义上的小说从关注自我而扩及人性困境,对他人"无可奉告"。莫言是另一位用"讲故事的人"为题,在诺贝尔文学奖授奖词中描述自己创作跟中国故事传统之关系的名作家。他说他的文学创作萌芽于小时候听爷爷奶奶讲故事,听村庄来的说书艺人讲故事,以及山东老乡蒲松龄的《聊斋志异》。他说"我是一个讲故事的人。因为讲故事我获得了诺贝尔文学奖"。这些,也令我想到2018年网文热点的作品《大王饶命》。在这部幽默、自由而有所类型创新的作品中,作者会说话的肘子夹带了一段自己的创作谈,他说:"之前我在上海拍摄阅文宣传短片的时候,某位制作人就问我说,你们网文跟传统文学到底有什么区别,你们的骄傲到底在哪里?我想了半天才回答说,我写小说是因为我心中有故事……这个世界上总有许多遗憾,最终抑郁在我心里成了新的故事。也许我的故事里也终究会有遗憾,但我在圆自己的梦。好春光,不如梦一场,这大概就是我一头扎进网络文学世界的本质原因。与其说我是大神作家,不如说我只是个讲故事的人。"——无论经典的作家,还是新晋的网文大神,在"讲故事的人"这一点上达成了共识。换句话说,故事并未因20世纪以来的西方小说哲学性的变迁而真的翻篇了,互联网和新世纪给予了它全新的生命力。

　　当然,给故事带来"世纪红利"的原因肯定没有那么简单。今时今日的全球故事传播显而易见地与文化工业化以来的技术、资本和消费文化有关,影视、畅销书、动漫、游戏等成了叙事艺术向叙事经济转化的最佳媒介,世界范围内的《复仇者联盟》《魔戒》《哈利·波特》《冰与火之歌》《火影忍者》,包括宫崎骏动画电影等都在一次次实践与创造着这一语境中的典范。而新兴产业市场中的网络文学产业链更是一项引领全球的中国式创举,印证着故事经由文化工业这班车,积极全面地向着互联网时代的数字经济挺进。我们看到前一个阶段顶级的网络文学大神的读者与社会影响力、创富价值、海外传播价值等，就能明白这种以故事（IP）为核心的生产链条所具备的当下性和现实性。其中的典型案例既有像唐家三少《斗罗大陆》、南派三叔《盗墓笔记》所代表的热闹型的全产业链、多时段开发模式，也有如阿耐现实题材《大江大河》（原著《大江东去》）、都梁革命历史题材《亮剑》所代表的品质型的影视改编模式，其成功即在于市场规律的运用。在这种生产环境和大众文化场域下，"粉丝"作为积极的参与者促进故事产品的转化速度和口碑，每年都有他们密切关注、热议的作品进入产业链、影像化，成为"粉群"的"福利"和"口粮"，比如2019年的热门网剧《陈情令》《长安十二时辰》，以及年末的《庆余年》《鹤唳华亭》《从前有座灵剑山》，都充满了"粉群"与业界的共舞效应。

如果仔细观察和思考，我们会发现人类已整体上从文字中心（文字作为文化最重要而崇高的传承手段）极大地转移到视听图像中心，是否损失掉宝贵的深度精神体系姑且不论，但对于故事，它幸运地躲过了灭裂的浩劫，甚至因为视听艺术而回到了需求的核心位置区，不再掩藏自己的身影。无数的年轻人从文化接受到文化创造，都愈益跟视听艺术有关，他们为此而创作故事，成为这个时代以及未来很长时间的故事青年、故事生产者。有趣的是，比如在影视编剧这样的行业中，故事的主流地位事实上并不偏爱文学语言意义上的作者——好的故事就可以，而不是好的语言。好的语言只是更为高级，而非必须（相对的，否定语言对于文学的重要性，同样是不智的）。

我个人认为这些人类文明的选择是不可逆的，是有其内在的历史——人性逻辑的，所以大多数人、大多数情况会选择故事与整个文化工业的深度结合，形成发展优势。但我依旧支持精英文学及其意见对于这一趋势的介入，历史经验表明，文明的价值、文化的深度是平衡与合力的结果，其主流也应该是融合或者至少是分层和分众的结局。

网络文学的海外贸易

在当前这个互联网时代下，"故事"的呈现形态之一便是网络文学。中国互联网20余年的时空范围里，写作群落也从传统"精英"的少数派重回"草根"大众的多数派，这至少在故事的来源、生活的广延、知识的多样、传播的基数上获得了综合的效应场；作为同样广泛的受教育后的普通读者，他们很大程度上跳过语言洁癖，接受故事及其背后的新知、想象、思想性与价值观，最终造就了截至2018年12月统计的4.32亿读者、1400余万写手（其中各大网站实际签约作者68万人）的这样一个大众阅读人口景况、人口红利。还有一些数据也跟网络文学20年有关、跟网络文学的海外传播有关，那就是截至2018年，各类网络文学作品累计达到2442万部。这种数量和体量上的实存，客观上会形成宏伟的故事库，向下游文化产业各端口倾泻而出，并跨越国界和文化圈寻求国际交流、传播和贸易的最大化与公约数，最终构成自己的"故事云"效能。这种大众文化、文化工业和产业经济现象并非有些人认为的"中国式怪物"，这同样是人类文明今天的通用选择，作者与专家们就曾概括了所谓"世界四大文化现象"：美国好莱坞电影、日本动漫、韩国电视剧和中国网络文学，前三者的出现都与网络文学有类似之处，甚至正是网络文学努力模仿和寻求达至的目标与参照。

而回溯中国网络文学的发展历程，可以发现，一直在努力推高这一"故事的世纪红利"的是产业市场与新的盈利模式，主体就是那些网站、数字内容公司和资本。2003年起点中文网成功实现的VIP收费阅读模式，2010年中国移动手机阅读基地的成立带动的手机阅读市场，至今来看是最大的普惠的两次赢利模式；2013—2017年影视、游戏等资本推动的网文IP热，让网络作家中的头部作者版权收入瞬间爆发，"一部分人先富起来"了。其间，2008年盛大文学的资本收购多家文学网站和全产业链运营，尤其是2015年以来中文在线、掌阅、阅文在内地和香港上市等，构建了网络文学企业的一片资本蓝海，并且直接支持到以这些企业为龙头的数字内容和版权的海外输出，通过四五年的布局后预计会在2020年形成基本的国际盈利模式。

当我们担心2018年国内市场中网络文学的触顶盘点，担心会不会就此缺乏活力和动力时，我认为网络文学的海外贸易将成为其发展的新方向、新的增长极。网络文学从来就不是我们传统观念里的静态文本，它是全球化环境中多元力量动态共生的结果，是一种新时代的新型文艺。在当前的国际国内形势下，经济下行压力加大，部分产业及其资本投资处于过冬期或者调整期，网络文学原有的盈利模式遭遇了重大瓶颈，经济效益和社会效益的平衡也需重塑，短时间内的内贸动力趋于滞缓，因此如果我们的眼光改换路径，向外扩展，那么网络文学在外贸上的需求量可谓日趋增长——为世界大众读者写作、为世界文化工业提供改编资源、为故事的世纪红利创造流动性，成为中国网络文学（企业和作者）的战略与愿景。

根据艾瑞咨询2019年最新研究报告，从海外网络文学读者对中国网络文学的评价来看，67.4%的读者认为中国网文"值得一读，根本停不下来",网文的娱乐休闲属性、故事新颖性和情节丰富性成为海外读者认为的最具吸引力的选项;有50%的海外读者认为中国的网络小说比之海外的奇幻文学"更加充满想象力",在线连载、题材类型多样和读者能够更多互动反馈也成为他们认知和认可中国网文的主要特征。关于国外的本土奇幻文学作品未能充分满足大众读者的阅读需求方面,海外读者认为能符合自己口味的原创奇幻文学作品总量偏少,故事背景相似、情节内容单一、作品更新慢、互动性弱、价格贵都成了主要的问题,这也成了海外读者选择中国网络文学(比如奇幻、玄幻)作为替代物(即阅读对象)的契机,有90.9%的受访者认为当他们因为海外奇幻作品无法满足自己阅读需求时,将会选择中国网络小说来阅读。

从早期的国内成名的作品译介到海外如我吃西红柿的《盘龙》、天蚕土豆的《斗破苍穹》、耳根的《我欲封天》、忘语的《凡人修仙传》,到近期热门的横扫天涯的《天道图书馆》、二目的《放开那个女巫》(又名《魔力工业时代》)等,一方面海外网站翻译与国内原创连载同步愈益成为趋势,于是对同一部小说做实时的接受学比较研究成了可能;另一方面,正如艾瑞报告所言,西方奇幻的设定,或者东西方幻想小说传统的杂糅,比如《放开那个女巫》以西方奇幻的女巫主题和中国特色("种田文"、现代科学愿景)奇妙结合,直接带给海外读者既熟悉又陌生的有趣感受,这的确就是他们选择中国奇幻作品替代西方本土奇幻缺位甚至长期阅读中国网文的原因。这种关联性和陌生感的混搭,也同样可以解释言情、都市、历史等为何容易为亚洲读者所热爱。

此外,艾瑞还通过公开数据、专家访谈、用户调研等综合手段推算,认为海外潜在的网络文学读者数量着实不少。与中国有着相似文化背景的东南亚地区，随着移动端的火热，未来网文的用户规模还将持续增长，预计将超过1.5亿；在欧洲地区，奇幻文学长期积累的人气加上欧洲电子书市场的不断发展，中国网文将受到预计超过3亿用户的关注；在美洲地区，随着海外网文论坛、翻译网站及出海阅读平台的共同发力，预计网络文学用户潜在规模会有4亿以上；在非洲地区，大量预装在中国生产的手机内的阅读软件帮助中国的网络文学快速进入非洲市场，预计未来非洲地区的网络文学用户规模会在3亿以上。而这些潜在的市场规模将在300亿元（人民币）以上。

翻译问题与海外网文的本土化原创

尽管中国的网络文学在海外具有很大的市场规模，但在海外传播（也就是网文外贸）的过程中，始终存在一个核心问题：网络文学的翻译问题。

网文翻译起始于粉丝翻译。他们主要凭自己的兴趣爱好，即本身就是某家某作或者某类型的网文爱好者，因为热爱而倾注热情，用业余时间参与其中，成为网络文学海外传播的最早的使者，有其"粉丝文化"的典型性，但这样的翻译通常效率较为低下，质量也难免参差不齐。市场化之后，专业的翻译小组、全职签约译者出现了，他们采用标准化生产方式，翻译的质量和效率自然比自发的业余爱好者要高很多，但此时需要付出的成本相应提高了。

从网络文学市场主体（即内容运营商）来说，创造海外阅读消费力和提高翻译速率并有可能采用较低成本的手段，是他们想方设法"技术攻关"的对象。于是2018年像"推文科技"推出的AI翻译生产系统(机器翻译),成了目前网络文学翻译问题最好的解决途径。有数据表明,人工智能翻译生产系统的应用,可以使得行业的效率提高 3600 倍,成本降低至原来的 1%。比如以法翻网站 Chireads 的机器翻译与人工本地化编辑相结合为例,首先通过基于他们自有的 Google Auto ML 训练的 AI 翻译引擎,对网络文学原文进行初次翻译,在此基础上再进行人工翻译和校对,最终形成海外版译文,这样的翻译模式大大提升了翻译的效率并降低了成本。以一个 3000 字章节为例,传统人工精细翻译需要 3 个小时,而机器翻译+编辑的模式下,仅需不到 15 分钟,而 Chireads 的目标则是控制在 5 分钟以内。固然,机器翻译一定会存在着另一些问题,比如准确度、质量,以及翻译和编辑的内容版权分散、法务成本较高等,但面对网络文学海外贸易这样的市场窗口期,以及网络文学"文不甚深"、故事为王的特征,AI 的机器翻译一定是当下网文出海最重要的技术推动力。

有论者提出了网络文学的精品精译,这与纯市场、机器翻译是两极思维,已然考虑到了网络文学海外传播中的经典化问题。优秀的网络小说理应有负责任的、走向国际经典的翻译质量相匹配,从而实现海外传播的双翼效果,我想这同样是今天网文翻译的重点和难点,也是真正爱护网络文学、珍视网络文学历史价值的建议。在我 2016 年欧洲之行时,欧洲一些中国当代文学一流的翻译家也有愿望了解甚至着手为网文做翻译,只是对浩如烟海的网文无从选择以及面对一部字数上巨大的作品,他们很容易望而生畏。我想,这个维度的工作还需要中国的专家同行配合才能事半功倍。

有趣的是,以网文海外输出巨鳄阅文集团为代表的企业,富有创造性地开辟起海外"网络文学本土化运营"的战略,也就是直接吸收和激励海外读者在网站平台上原创他们母语的网文。阅文总裁吴文辉在介绍他们这部分业务的时候以一位24岁的西班牙软件工程师阿莱米亚为例,2018年4月他在"起点国际"开放原创功能之后,尝试性地发布了第一部作品《最终愿望系统》,从此长期占据原创作品推荐榜前列,并成为网站首部签约进入付费阅读模式的原创作品。吴文辉说:"像阿莱米亚这样怀揣网文梦想并开启写作的年轻人不在少数,经过了一年多的发展,起点国际的平台上,已有4万多位海外作者,审核上线了6万多部原创英文作品。事实上,在欧美市场,以及人口基数非常大的东南亚市场、亚非拉市场,写虚幻小说类型的人其实有很多,而我们的平台,提供了实现写作梦想的机会,并通过付费阅读模式让他们获得收入。"

由此,我们完全能够看到中国网文资本创造性运用全球化规律,正在溢出旧模式和小格局的探讨范畴,实现全球文化生产力及其生产关系配置,输出"同一个世界,同一个梦想"的那么一种有关"故事的世纪红利"的叙述。从中国文化产业的全球征途看,这就是一场创世界和梦工厂的宏图伟业,并且演绎着"国运同文运相牵,国脉同文脉相连"的时代内蕴。

两种文明以及奇幻历史代入法

——谈二目《放开那个女巫》

1959年，英国物理学家和小说家查尔斯·珀西·斯诺（Charles Percy Snow）在剑桥大学做过一场甚具影响力的演讲，提出了"两种文化"的问题。他指的是当时在英国社会中"科学文化"和"人文文化"相看两厌，形同水火。那些文学家和人文学者认为科学家是一群肤浅的乐观主义者，对深邃的人文知之甚少；而科学家们作为回击，认为文学家不过是一群病态的愤世嫉俗者，连初中水平的物理知识都搞不清楚却妄议世界。固然，斯诺说的"两种文化"的割裂和人群上的撕裂感都应落实到具体的背景、成因（即其历史阶段性）中，不必生搬硬套到其他时空一概而论，但科学和人文的差异甚至观点对峙也确乎是常态——不如把它们放到人类文明的不同性格经验与解决方案这样的范畴里去思考，就会豁然开朗，并且能够感觉到人类发展的富有张力的结构性。

关于二目的奇幻种田文《放开那个女巫》，我开始以为也是这样一个意义上的网络小说，将文学想象层面的奇幻叙事传统和工业文明所代表的科技文化联结在一起，做一场美妙的建功立业的构想——这已经是一种不错的结果，既冲刺了奇幻门类下女巫文的新高，也充满了男频科技主义的专业度、爽感，可以说是一个阴阳调和、科技与人文兼济的代表文本。然而，直到读完这部近 340 万字的长篇，我才意识到评论的主题兴许可以更上层楼，无论作者创作上达至的效果如何，他原来的立意构画是这样的！

两种文明的故事编织及宇宙哲学设想

《放开那个女巫》是作者二目的第一部网络长篇，连载于起点中文网。2016 年 3 月 29 日始，2019 年 6 月 4 日毕，总字数近 340 万字。小说至今已在起点中文网获得 708.53 万人次的推荐票，评分高达 9.1。类型标签为"史诗奇幻"，作者自定义标签为"种田文"。这部小说在 2016 年甫一推出就被读者热议，使得作者二目当年就登顶起点中文网的"十二天王"，实现了"一书封神"的奇观。

小说写的是地球青年、机械工程师程岩因加班过劳猝死而穿越至中世纪欧洲风格的异世大陆，以四大王国之一的灰堡四王子罗兰·温布顿的身份展开功业的故事。当这位地球心智的罗兰·温布顿在圆形广场的高台铁椅上清醒过来快速确定着自己究竟是谁、为什么这般打扮、正在何处的同时，那个审判的现场也逼迫他迅速地读解到被替代掉的四王子的记忆区——他的面前那位羸弱肮脏的犯人正是一名"女巫"（女巫安娜最终成了他的妻子）。也就是说，小说开篇要言不烦，以情节环境催动背景交代，迅速地和盘托出，不仅仅是奠定了穿越即其男主的人设，还有则是全篇的核心要素"女巫"在第一时间就出了场，告知读者这不但是中世纪文明水准的异世大陆，也是真正有女巫存在的异次元世界。这样，作为小说类型的西方奇幻在此拥有了不折不扣的正宗血统，引领着读者入场，也调动着读者所有"前阅读"中的有关西方奇幻和女巫文的经验记忆。读者在开读之时，就仿佛知道了小说大抵是怎么一种特点的叙事，这就是类型小说文脉的优长特色之处，即读者是在悠久的类型模式和类型期待中加以（或者重加）体验的。我们研究网络类型小说，就得领受这种接受学上的常态，常识，并在很大程度上视之为"一种杰出的传统"。

二目在小说的第一部分（即三分之一篇幅）几乎就这样稳当地递进着人们对于女巫文的基本心理期待，并且由于他的文笔优异、结构舒徐，大多数读者都会赞叹作者此文的"良心"。比如有读者评价，"这本书的优点就在于一个稳字。一个水准远在网文写手平均水准之上的作者铁了心地一门心思地很认真地在写爽文，就问你怕不怕？"又或者说，"前1000章整体来看基本是种田文巅峰水平，构思谈不上新颖但整个构架很好，伏笔收放、多视角叙事、爽点布置也都做得不错，开挂程度恰到好处……此外人设塑造和日常描写非常能戳到网文读者的点，无怪乎国外好评如潮"。如果说，作者不仅仅按套路加文笔的办法在应对读者的期待，而是有什么匠心独运的话，我觉得定然是在作者虽写奇幻、写女巫，却在小说落笔之前就精心想好了女巫之"魔力"在小说世界里的控制，即一种有限性。这和一般写奇幻、写魔力的网文拉开了距离，我们很容易看到的是这类网文随波逐流大用特用巫术魔力的"金手指"拼命开挂以获取爽感，或以扮猪吃老虎的手法炫耀扮酷。然而作者从一开始就限制了这种"大路货"的做法，仿佛对他来说，"有限"的爽才是更有意味的爽，而关键的是，魔力与科技究竟可以怎样合作？乃至于伏笔千里最终一齐指出作者对于二者关系的"哲学性"理解，这些成了小说颇具苦心孤诣的设计，显示了作者自我立意的高度和写文的追求，值得我们读罢赞佩其境界、其用心。

所以说，光看小说的前三分之一，依旧可以用"两种文化"——奇幻叙事的文学传统和工业文明的科技知识相融兼济来肯定《放开那个女巫》的一些特点。由四王子罗兰所代表的地球工业文明知识体系及其从中世纪开始奋勇开拓的实践，以及由女巫们所代表的超现实的各自不同的魔力技能，通过小说巧妙的设计，比如女巫们起初被人类王国视为"堕落"与"邪恶"，不得不依靠罗兰来庇护拯救，比如罗兰的工业造物必须由女巫的相应种类魔力帮助才能完成，比如每一位女巫的魔力各不相同且可以通过数学、物理、化学等的学习获得进化，比如女巫以近似科研工作者的角色与人类中的知识精英合作，得以不断发明机械、枪炮、航船、火车、高楼、飞机、汽车、电影、核武器。于是，天马行空的奇幻想象被理工男的科技思维不断消化控制着，求得了文学和科学在小说里的内在平衡。

然而，当小说的第二部分突然出现了罗兰的梦境世界后，新的悬念打破了之前工业与魔力共同开疆拓土、统一大陆王国的"种田文"惯性，似乎酝酿着小说中现实世界和梦境世界的崭新关系。读者一方面极其关注这种剧情的转捩变化意味着什么，它将提供何种新鲜的答案，另一方面，则担心作者无法自圆其说，甚至有的开始埋怨作者多此一举。作者在这一部分着意于写小说里现实世界内几大文明（四大文明尚余其三）的竞争关系，这种关系在小说中被命名为"神意之战"，而人所面对的正是魔鬼族群的强势侵入，胜者覆灭对方的文明还可获取"传承碎片"以提升整个族群的文明等级。这一部分，罗兰的梦境世界揭开了现实空间的力量紧迫较量之外的玄妙的"意识界"，换言之，罗兰的意识所形成的梦境世界在神明的意识界中形成了自己的结界（犹如浓汤中的一粒气泡），将探究现实世界种族征伐的隐秘，也预示着罗兰对于神明拥有终极挑战的可能。

小说第三部分不得不触及终极（哲学）的领域，作为现实世界的人类领袖和梦境世界的缔造者之一，罗兰理应选择一条跳出神意安排的族群文明间优胜劣汰之零和博弈的路径，作者为此花费了不少脑细胞构画着现实世界、意识界、梦境世界间如何联系并存的解释系统。拔升至此的小说不可能用戏剧化庸俗化的套路来收尾了，却也因为触及哲学、宇宙、文明这样的大命题而有些捉襟见肘。但二目的企图心还是了不起的，当他用宇宙的高度看待小说中的文明体系时，他形成的不再是"两种文化"的和衷共济了，而是关于"两种文明"的科学、哲学解释及其宇宙观设想。

小说在第一部分讲，"对众多穿越者而言，科技是第一生产力。而在这里，女巫才是第一生产力"。这个时候，重点还在于工业化的魔力、魔力的工业化这么一种开疆拓土、构建工业文明体系的思维。但小说也隐隐约约地表达，魔力可能来源于另一种文明，一种罗兰所谓地球科技尚不了解、尚未掌握的另类科技。到了第三部分末尾，小说把努力铺垫构架的文明来源做了最终的介绍，原来这个世界的文明——包括魔力、四大文明的"神意之战"等，皆是曾经存在于此世界中的"十七万六千四百二十五个文明达成了一致协定"，"迁移上千亿个星系，把宇宙万分之一的物质聚集在一起，来制造一个人为的引力裂隙。一旦成功，世界的走向将彻底被改变——而这个工程，便是门计划"！当此间世界被引力拉裂撕出一个细小裂隙之后，魔力就被引入世界，代价与意外却是缔造者们也被抹去了，世界的运行依靠一套智能系统及其规则在不断地作新文明的优选。"活着，就是在逆天而行！"异次元世界的人类所坚持的探索创新价值和地球人类的我们何其相似，即便走向部分的毁灭。所以说，貌似偶然的一切都来自过往文明意志的选择,异次元世界的魔力文明和罗兰从地球带来的科技文明,在这里都被科学化和哲学化了。

奇幻历史代入法的功能和奇趣

被拔到宇宙流的结尾,是《放开那个女巫》最大的争议所在。一个原因是读者从西方奇幻和种田文的期待入手,却没有料到作者收尾玩得那么大、那么高深,以至于不少属于故事和人物层面的可感、好看与细腻之处受到了损失,不少人觉得惋惜。所以,如果说该小说的最大认同公约数,还是前半部分。在那里,人物的塑造、情节的推进、工业文明一桩一件的出炉,都在作者的把控中,亦在读者的舒适区。

《放开那个女巫》的一个鲜明的阅读快感就来自重新演绎人类历史中工业文明到来的诸多细节以及由此形成的蒸蒸日上的科技乐观主义。"在热兵器时代,口径就是正义,射速就是自由,威力越大越光荣,炮塔越多越平等",类似这样的科技至上、科技崇拜和强国理想,通过小说人物的口吻及其精神、行动表达得淋漓尽致。这貌似源自作者的理工男、工业党的思维认知,但其实也是人们观察分析历史尤其是二百多年人类工业文明快速递进的历程后坚信的一些事实与价值。换言之,如果说现实题材式样的网络小说如《材料帝国》《大国重工》等渗透着中国民间知识者对于叙写工业史、彰扬新中国成立以来工业文明和时代精神的一种表达类型,那么,到了《放开那个女巫》以及同类的如《临高启明》《奥术神座》等,则可以认为这种工业与科技思维认知已浸入了玄幻、奇幻类型之中,形成了不同程度的"科玄合流",这也是很多男频技术性小说的硬核标志。

在通俗的大众的类型小说中,"述史"其实是一种渊源有自的传统,而"代入"则是与读者构建读写关系的一种共鸣共情的基本能力。于是,当述史(包含知识谱系)与强烈的代入感叙事合二为一时,它们承担着也构成着一种独特的小说与历史关系(方法),我称之为"历史代入法",像《放开那个女巫》这样的奇幻类型下的知识与历史谱系,则是"奇幻历史代入法"。具体讲,就是作者以某个专业知识谱系的传播普及为目的,通过网络小说、类型小说、通俗小说,构建了一个拟真的"小说 — 历史(知识)"还原场域,导引着新的读者走入一段过往的相对陌生的历史(知识)长廊。由于小说的高度虚构真实,不但加强了人们对于陌生历史(知识)的接受可能,关键的是增强了体验,使人更富感性经验地领略到了历史(知识)本身在生活、生产中的过程、价值与美感。这是很重要的一种文艺功能。

对于《放开那个女巫》来说,18世纪60年代开始的工业革命历程,在整部小说中一一得以重现,只是它的出现方式、整合方式是奇幻化的,一项严肃的机械技术在小说中有所交代,然而被包裹在好看的故事情节以及女巫的魔力特点共建之下,让你忽略了工业科技本身的枯燥和晦涩,乐于了解和理解一些工业技术的来龙去脉,并被书中造物者、使用者、旁观者的文学化叙写带动了情感情绪,体味到类似人类历史上时代人物可能产生的快感、成就感与时代精神。

从这个角度说,《放开那个女巫》的思想基调是简单而乐观的。可资对照的另一极的作品是卡夫卡的《变形记》,"格里高尔·萨姆沙从不安的睡梦中醒来,发现自己躺在床上变成了一只巨大的甲虫",怪诞失意一层层地到来,展示着作者对于资本主义工业文明下人的异化的真切感受与批判;而同样是开篇,《放开那个女巫》中的程岩被政务官巴罗夫唤醒,却迎来了他四王子的身份和工业党建功立业的新生。这就是看待历史(知识)的"两种文化"了,也一定程度折射了《变形记》代表的严肃文学和《放开那个女巫》代表的网络文学所呈现的"两种文化"式的关系。

坐在百年叙事门槛上"讲故事的人"
——海飞和他的谍战世界

海飞说,他"会养一些故事。所谓养,就是不停地吸收与消化,和酿酒没有两样,一定的时间内,这些故事会发酵,成熟,饱满"。——宛如家乡绍兴诸暨的酿酒师傅,海飞一手做小说,一手做影视编剧,忽忽已十余年。这种"左右互搏之术"居然渐渐清晰精湛,并未陷入小说与影视编剧鱼和熊掌不可兼得的必然论,似乎是个奇迹,自然也就可以作为样本。

他依旧是纯文学期刊的常客,但更加为人所知的则是《惊蛰》《麻雀》《旗袍》《花红花火》这样的电视剧里的谍战戏、战争戏。在这些作品中,远不止是一干知名的演技派戏骨或流量小生从这些剧本中演绎出了若干好角色,关键的是故事本身的逻辑越来越扣人心弦,具有了强情节的硬核特征,推着人物于谍海的特殊环境中时刻如刀尖行走或健儿弄潮一般,也带着包括年轻观众(读者)在内的观者,体验到了国产革命历史题材的类型化叙事的快感和谍战剧情的智力型质地。在我看,这就是故事的技艺,海飞这些年的小说也好,影视编剧也好,固然谨守着两种文体的界限区别,但更多的是它们共同回归或者说沉浸到了"故事"的神髓之中。

一个判断在我的文艺观察里也愈益明确，那就是我们时代的文学艺术中，"讲故事的人"正全面复兴。海飞就是其中之一，并且是特别有价值的典型，无论他自己是否意识到，我们的文艺评论的判断力是否意识到。

之所以"给讲故事的人"加引号，是因为它早已是一个固定概念、一个典故。从本雅明的《讲故事的人》到莫言在诺贝尔文学奖授奖时的讲演"讲故事的人"，中间包括约翰·伯格、苏珊·桑塔格、纳博科夫都在不同的背景下以此为题、为关键词，表达着各自对于"讲故事"的看法。而本雅明的那篇《讲故事的人》几乎是元评论，他在那里论述了为何现代社会以来"故事"愈行愈远，"这门艺术已是日薄西山"，而"小说"在现代兴盛起来。他描述的现代，至少包括了印刷术和书籍的普及、新闻报道对于受众信息上的充塞，还有就是第一次世界大战之后讲故事最要紧的"经验"——"贬值了"："战略经验遇到战术性战争的挑战，经济经验遇到通货膨胀的挑战，道德经验遇到当权者的挑战。幼时乘马拉街车上学的一代人，此时站在乡间辽阔的天空下，除了天空的云，其余一切都不是旧日的模样了。在云的下面，在毁灭性的洪流横冲直撞、毁灭性的爆炸彼伏此起的原野上，是渺小、脆弱的人的身影。"

我们曾以为卡夫卡以后的叙事就将这样归于孤独的个人，按本雅明的说法，这些作家个体经历的叙事对于大众（别人）是"无以教诲"的。故事也在文学的国度里开始变得等而下之，就像是说民间的经验是低级的，或者故事的传统是古典（口传）文学的一部分那样。但有思想的判断是要基于时代社会的总体性变化的，本雅明当年写《讲故事的人》正是基于那个时代节点的媒介、信息和战争，而百来年之后的今天，作用于社会文化的力量元素又有不同，比如影视媒介的资本化兴起，大众文娱对内容产品的刚需，过于专业化的分工对人们知识经验的割裂肢解，竞争性的现代生活急需故事作为逃避所和补偿器，还有就是国家民族意义上的"讲好中国故事"，等等。这些都在要求故事以新的技术和艺术形式，再次统领公共文化的日常。

海飞恰好在21世纪的开篇从先锋小说的后裔向影视编剧的中生代位移。他的小说即便是与影视同期声的谍战系列，仍然呈现出极简风的峻拔和感受力上的诗意，这是一种现代小说训练有素的教养。具体说，比如其作品中的大热门《惊蛰》等，小说文本终究显得凝练简省（像《麻雀》《惊蛰》《捕风者》《唐山海》《棋手》《醒来》其实都是一个个小长篇、大中篇的量级），其故事、其叙事，内部充盈着文学性——陈山摸着张离的手，"手指颀长，但全是泪水。陈山像是捧着两条刚刚上岸的湿漉漉的鱼"；陈夏的眼睛即将复明，"纱布一层一层从陈夏的眼睛上揭开，像揭下她黑暗而绵长的往事"；陈山痛苦地发现妹妹被培养成日本特务的监听员，"他觉得脑门里灌满了蚂蚁，让他的脑袋一阵阵的刺痛"……而他笔下这些谍战小说的英雄们，大约也总会感到，"此时此刻，这个国家正全身长满了伤口，他仿佛就在这样的伤口中进进出出"。

但影视是我们时代的主流叙事形式，尤其是肩负了文化工业和大众市场期待的影视媒介、影视艺术，它对于作家／编剧的考验和改造是巨大的。过去我们习惯从文学、从现代小说的角度否定电视剧尤其是其编剧的文学性，但似乎很少考虑对于讲故事和讲好故事而言，影视的要求才是与远远的故事传统、"讲故事的人"遥相呼应、隔代相亲的，这直接刺激着一套叙事体系和美学特征的创造性生成，改变着之前一个时期"作家"这个名词的局部定义和工作伦理。海飞说，"当又写小说又写剧本时，我突然发现，每一个行业，都不允许我去轻视"，他讲到了很多做影视编剧对其小说创作的了不起的影响，比如他对历史真实和艺术真实的理解、对故事发展和人性挖掘的理解、对作品结构的理解、对类型叙事中创意点的理解、对桥段和对话的理解、对细节决定成败的理解、对小说和影视剧本同和异的理解，可以说，他借助访谈、创作谈构成了一套像样的、有法度的、富有实际操作价值的技艺体系。这从他的影视作品中可以观察得更为清楚，在那些谍战剧中，影视的结构要求进一步改造着海飞小说中的情节、细节、人物主次，行动和情感显得更为具体、落实而又繁复、宽阔。海飞从小说家的自我又分裂出一个编剧的自我，服从这种影视与大众的故事诉求，且渐趋熟稔与自信。

所以，统一于"故事"而又精分为小说家与影视编剧的海飞，典型地体现着从现代小说传统到新故事"说书人"（编剧人）复兴的过渡期特征，及其合二为一的优势。他因此又开始从技艺层面的津津乐道跳脱一步，较为自觉地提及了此刻的创作和时代和世界的关系："我们要清醒地认识到，世界已不是印象中的老样子，我们不能停留在以往的生活经验中，目光和思维跟不上瞬息万变的时代节奏，不能对乡村与城市还是陈旧认知，不能套路化地写作和表达，不能写作颓败无力的故事和弱不禁风的文学作品。""我想文学有蓬勃发展期，有沉静孕育期，在一切皆有可能的时代，对于作家而言，做好所有的文学准备，创作出精良的小说，结果会由时间和时代来检验。"[1]——做好所有的文学准备，在这里显然不是机会主义者的那种意思，我认为恰恰是他面对两个一百年间要素变迁的分界期的直觉、感受和决定积极介入的判断使然。

然后，剩下的不过是切口，是趸入哪一道门，耕耘哪一块文学地

---

[1] 海飞、王雪瑛：《海飞：在"海飞谍战世界"里，我努力为每个人物赋予独特的气味》，《文汇报》，2020年6月22日。

理。海飞于谍战是有天性上的吻合的，我总觉得他服兵役的经历和男性化的思维，甚至曾经偏于内向的气质使他特别适合做这一类题材人物和智力构架。一方面他会满足大历史压力下中国共产党、国民党、日伪三方格局的定式抗衡、此消彼长，他一定能够在历史的逻辑里读出紧张而又丰盈的故事性，并进一步抽象某些关系、要素，使之更为吻合影视改编所需要的集中性原则。另一方面，他会很自然地在历史和剧情的大前提下放松文学性的表达，将这种修养带进小说卷帙，除了语言，便是充分体量人物的个性风格和生死离别间的人性、信仰、情怀、情愫，完成他比较独特的"谍战深海"系列。

讲到系列，这大约又是海飞的一个特点、一种性格、一项策略。像《惊蛰》和《麻雀》，主要人物固然不相连，但次要人物会相互穿插并像介绍谍战前辈般烘托这条战线层层叠叠的英雄谱系；又如唐山海，是《麻雀》里军统抗日谍战的干将，但《麻雀》的主角是中共的陈深，那么意犹未尽的海飞就为唐山海写了个网络小说，所谓"番外"。于是，一部部谍战故事编织成一个富有辨识度的文学地理的小型矩阵，通过电视剧的系列改编，慢慢稳定为海飞笔下的谍战山峦。这也是成熟老练的写作者刻苦经营的经验所在。

2019年《收获》的长篇专号刊出了海飞的《风尘里》，杂志社公号宣传用了我过往给海飞写的印象记《惟有写者留其名》，我意料之内又意料之外地从《风尘里》看到他把自己的谍战世界延伸到了明朝万历年间，那是个多事也是多故事的年代啊，可谍战似乎自龙一《潜伏》、麦家《暗算》至今带给我们固定的年代界定和概念模式，海飞却施施然做了破题，突入漫漫中华史的罅隙皱褶，开启了他所谓"锦衣英雄系列"的大幕。这就是我所熟悉的海飞，那个当代语境中越发生机勃勃的"讲故事的人"。

猫腻和他的《大道朝天》

《大道朝天》是猫腻的第七部长篇小说,连载于起点中文网和创世中文网,2017年10月15日开篇,2020年8月21日完结,总字数299.96万字。实体书从2019年11月至2021年1月已出版6册,天闻角川出品,云南美术出版社、羊城晚报出版社先后印制发行。

猫腻在完结那天的"后记"中宣布,这是我的"最后一部大长篇",并且由此宣告他向读者承诺的"三部曲"因为《大道朝天》的结束而和盘托出——"很多年前写《朱雀记》后记的时候,我就说过我想写'神经三部曲',分别是入神、出神、走神。应该很多朋友没有注意到《大道朝天》最后一卷叫出神记,是的,这就是三部曲的最后一部。……从《庆余年》到《间客》再到《大道朝天》,这是我一直想要完成的一个世界"。[1] 猫腻在《大道朝天》的后记里透露了很多信息,仿佛是老猫(网友对他的昵称)告别一个人生阶段、迈向新的愿景的一种顾盼、梳理、自得与筹划未来之感——比如他从对于自己笔下虚构世界的完成、年龄、兴趣等原因表示接下来将进入中短篇的写

---

[1] 猫腻:《大道朝天》,起点中文网,2020年8月21日,https://m.qidian.com/chapter/1010496369/563392327/。

作，比如他要亲自参与《间客》的影视化，"自己想拍个电影"……这些都让读者在跟随和期冀之外，更为珍惜起眼前这部《大道朝天》的价值与位置。

一

《大道朝天》也确实是一部颇具特别之处的作品，无论是在猫腻的小说创作序列中，还是放在网络玄幻小说的总体下考量。因为它实际上可以视为一部小说的两截体文本，或者两部小说的一体化文本。小说第一至第七卷的200万字构成了一个标准意义上的玄幻小说，与修仙、与古装、与中华传统调性丝丝入扣，所以猫腻自己也在那里讲"真诚地说，把《大道朝天》前面两百万字单拿出来，相信也是部很不错的修仙小说"，但他同时也"提前示警"，"喜欢纯正修仙流的读者朋友们，看到这里就可以了"，因为这是"我最后一部超级长篇的最后一百万字了，容我放肆一下"。于是，小说的第八卷至第十二卷，将飞升后的主人公井九的故事安排为了"另一部小说"即软科幻的场景，借用科幻文学的术语，那半部则是——太空歌剧。

所以，猫腻的《大道朝天》破天荒地成了一部"东方玄幻（修仙）+软科幻（太空歌剧）"的结合体，它不仅考验着网文读者的习惯、经验，某种程度上还必须调动读者对于猫腻其他作品的了解度——在《大道朝天》的文本结构里，蕴藏着猫腻过往长篇叙事的两种主要类型，即玄幻和科幻的两类作品、两股传统。过去，猫腻用《朱雀记》《庆余年》《将夜》《择天记》来主要承载玄幻叙事及其传统，而用《间客》构建了更接近科幻的机甲流和太空歌剧式的想象与传统，二者都可圈可点、足以扛鼎，构建着网络文学创作史的重要材质。——但过去它们毕竟分而治之,不怎么"打架",这一回,猫腻的"放肆"之举是将二者组合为一,让读者在200万字和100万字之间直截了当地体验文明材料的跨界,也即阅读体验的跨界、文本感受的跨界。这强化了猫腻这位网络作家的独特性,他始终居于网络小说的市场化、收费阅读和爽文力量之中,但又一贯用另一种胜利法挑战读者的舒适区、消化功能,比如情节的出人意料,比如人物生命意志的强烈前进,比如文青式的语言造句,比如小说类型的多元实践,而这一回更是让两种异质文本大剂量地衔接融通,让读者不适或者妥协。这让我们对网络文学的一般评价有所失效,市场化、类型化的网络小说不就是对最大数量级的读者们的顺应吗?那么如此份额的挑战怎么理解?是因为猫腻足够大神了所以施受关系逆转,可以任性,还是猫腻擅于使用挑战的手法刺激读者,激发了他们更强的阅读欲?这些源自猫腻《大道朝天》文本特质的实验性,包含着丰富的、复杂的、有趣的、有价值的时代创作的技术和艺术、可能性和创造力。

那么,回到猫腻的"三部曲",事实上这种异质文本的打通同样在解决《庆余年》到《间客》到《大道朝天》的内在关联。也就是说,猫腻自己是认为这种"玄幻+科幻"的组接并不违和,它不是外在的形式探索,而是内在的思想展开。《庆余年》中的神庙以及范闲的母亲叶轻眉,《间客》的星域以及许乐,都为《大道朝天》的两个世界(朝天大陆和科技太空)做了准备,除了有些许人物的关联(即地球核战失控后有两个人类组织选择逃亡,在遥远的异星群里建立了联邦与帝国,范闲女儿范小花误入飞船到达新星系成为《间客》主角许乐的先祖。许乐最终成神牺牲自己点燃恒星,阻止《大道朝天》飞升后世界中的暗物之海蔓延),还有的正是关于大道绵延和终极意义的探究,换言之,猫腻从社会制度、宇宙科技到终极意义,用"三部曲"演绎了他的关怀与构想。所以,他在《大道朝天》的后半部中说明了朝天大陆的修真世界只是遥远的文明史上前代宇宙文明所存留的封闭空间(监狱),后来被许乐作为了保存部分物种类型的实验所,这样,玄幻的修真世界就被纳入了更广大的宇宙文明的现代科幻之中,并因为始终处于同未知的暗物之海的博弈,造成了小说中强烈的生命紧张感以及关于生命终极为何的抵达之谜。

在此意义上,我过去讲从我吃西红柿等作者的小说看到了网络文学"科玄合流"的趋势和巨变,而猫腻的这个《大道朝天》就直接是二者的形式与内涵的焊接了。

二

生与死,生命的大道,因此成为猫腻绚烂纷纷的故事剧情背后始终悬置乃至绷张的意义之弦。

《大道朝天》的主人公井九是朝天大陆里不二修真者,因为道心的不二,万物一剑的合体,他在小说里无论怎样貌似懒散,不得不料理青山宗内外世事,屡次迎击强敌,甚至昏睡数年不醒,其实都在不停歇地修行。那么,不停歇地修行是为了什么?从小说情节看,自然是飞升仙界。那么飞升意味着什么?为了"得长生"。长生为了什么?猫腻在小说后记里有这样一段话:"活着的意义到底是什么?是要看看山那边,是要想想水为什么往下流,是要找到一切的源起,存在的道理。如果找不到呢?那就继续找。那如果一切,包括存在本身就是没有意义的,那怎么办?这是一个伪命题,就像书里说过,永生是无法被证明的,一切没有意义也无法被证明。所以井九才会不停前行,用活着证明活着,用追求意义证明意义的存在。"[1]——用活着证明活着,用追求意义证明意义的存在。猫腻由此还引用了另一位网络作家流浪的蛤蟆书里的话:千般法术、无穷大道,我只问一句,能得长生否?他说,"这就是我从小以为的修仙原则"。

所以在当代网络文学尤其是男频玄幻小说中,类似道家的"得长生"甚是有趣地出现在一众作品的意识之中,其作用还高出于儒家的"浩然之气",更远过于佛家的"缘起性空",这是一个值得细究的文化元素。当然,猫腻直接将生命的有限性原则的反弹"得长生"与"向死而生"的人类对终极奥义的求索紧紧联结,我以为,既有以意逆志的个人性情,也有对具体亲与爱的生命消逝的感喟,更有源自现实科技的全面进展所影响到的关于人类未来思想情感的那么一种忧乐在里头。

猫腻把生命大道的理解寄托在《大道朝天》中,他说"我的真实想法就是想把大道写成一首诗",然后他说:

> 是哪首诗呢?就是书里用过的那段话。史铁生《我与地坛》最后的那段话这几年一直在抚慰我,我觉得那就是一首好得不能再好的诗,请允许我再次抄录于此:
>
> 但是太阳,他每时每刻都是夕阳也是旭日。当他熄灭着走下山去收尽苍凉残照之际,正是他在另一面燃烧着爬上山巅布散烈烈朝辉之时。
>
> 那一天,我也将沉静着走下山去,扶着我的拐杖……

---

[1] 猫腻:《大道朝天》,起点中文网,2020年8月21日,https://m.qidian.com/chapter/1010496369/563392327/。

有一天，在某一处山洼里，势必会跑上来一个欢蹦的孩子，抱着他的玩具。

当然，那不是我。

但是，那不是我吗？

宇宙以其不息的欲望将一个歌舞炼为永恒。

这欲望有怎样一个人间的姓名，大可忽略不计。

这些分行和标点的改动，自然是猫腻所做的，为了使之更像诗，还是无意而已？但有价值的是关于生死和生命，这部异想天开的小说似乎同《我与地坛》的情怀情愫与认识认知，保持着文学和哲思上的一致。

网络文学的社会关切与专业精神

一段时间以来,部分网络文学作家脱离现实、闭门造车的创作态势引起业界重视与批评。而本文及时关注到网络文学创作队伍的新变化、新趋势,这对浙江省乃至杭州市网络文学作家而言,具有积极的指导意义与借鉴价值。深入火热生活、书写伟大现实,是作家、当然也是网络文学作家的责任与担当。

在中国社会科学院新近发布的《2020年度中国网络文学发展报告》中,当下中国网络文学创作队伍的一个新趋势值得关注。随着国家政策倡导和平台支持引导,网络文学对现实题材的关切已融入创作类型化发展中,大量都市文、职业流作品背后涌现出一批专业技术人员的身影。

第31届中国科幻银河奖最佳网络文学奖获奖作品《我真没想当救世主啊》的作者,毕业于四川大学环境科学专业,曾长期从事一线环保科研工作;获国家新闻出版署和中国作协联合推介作品《大国重工》的作者,是中国社会科学院工业经济研究所的博士、北京师范大学的统计学副教授;被称为"2020都市职业文最强王者"的《当医生开了外挂》的作者,是一位三甲医院的医生……这种新趋势,与年轻化、低龄化的网络文学创作队伍有所区别。

从网络文学发展历史看，早期的网络文学因新媒介与知识分子的率先遭遇，短暂出现过一批拥有名校背景的知名网文作者。受到中西幻想小说传统的洗礼，武侠、玄幻、奇幻等类型是这些高学历作者的创作乐土。之后，随着中国网络文学市场化，读者受众分层，资本驱使下的类型化复制提速，使得网络文学写作过分依赖"爽感"套路。相应的，大众阅读的数字化转型在为网文作者创造财富和IP奇迹的同时，也形成了低年龄、低学历、非专技化的创作队伍。固然好作家未必与年龄、学历、专技背景画等号，但泥沙俱下是网络文学发展至今毋庸讳言的基本事实，网络文学的品质与内涵问题始终是一个待解命题，这与作者人群结构性密切相关。

也因此，近年来社会对网络文学发展的核心关切，就是现实题材创作如何提质增量，如何总体提升网络文学的审美水平，完成精品化，迈向经典化。网络文学所拥有的骄人之处不仅仅是"爽文"可读性，还有强大的知识传递能力——作者专业知识背景多元化后，在网文中呈现各行业专业信息与丰富经验。在此意义上，各行业的专业技术人员兼职或转为专职的网文作者，将逐渐成为网文界最为硬核的特点。我们有理由把网络文学精品化的一部分期望寄托在他们身上。

从既有专技人员撰写的网文作品来看，技术知识脉络细节精准、故事与科技融合密切，呈现出了真实感和历史感。比如《大国重工》作者对于中国重工业各门类基本知识体系和发展历程的熟稔度，读之宛然帮助我们弥补了认知的短板，从故事和人物中温故了新中国成立以来工业发展的筚路蓝缕和精神风貌。又比如《大江东去》，便蕴含了作者作为一个企业管理人员，对改革开放以来各类型企业实体在社会主义市场经济浪潮中发展和经营的理解。读这些小说,不只是代入回忆,同时也是增补见闻。

另一方面,专技人员网文创作呈现的现实主义写作精神值得肯定。他们所呈现的知识与价值,影响了更多有追求的网文作者,与网文传统里重考据、擅物质与历史建构的特质完全融合,于是出现了《大医凌然》这一类的作品。虽然依旧用的是网络文学的"爽感"机制,但对医学、生物学的知识及实践体系几近专业级水准,令读者体验到科学的美感、一种写一行而专一行的现实主义写作精神。

专技人员参与网络文学写作,这会是网络文学发展的未来趋势。也即是说,由网络文学及其IP改编等带来的生产机制将创作的中心由语言转向故事,类型化的模式也为专技人员展开他们的作品提供了基本的情节递进模板。网络文学障碍的破除、门槛的降低将鼓励更多各行业群体来到创作的园囿,他们埋藏在心中的创作欲、表达欲将转化为叙事力、生产力。在这当中,更具综合修养和思想力量的专技人员会恰逢其时,他们的优质作品会纳入网文创作史的经典卷帙,为网络文学重塑强烈的社会关切与专业精神。

批评应在短视频中寻找"作者"和"文本"

从不足15秒到20分钟左右，网络短视频的学术概念尚未彻底分明，但近五年来随着抖音、快手等平台App的手机应用，中国9亿人的网络视听用户中有88.3%都跟短视频亲密接触，也就是说有7.9亿多人。这种日常的浏览行为是消费、是生产，也是大众文化与时代文艺。并且你说它是神经末梢的生理反应罢了，它却以倒逼的方式挑战着传统的美学规范和评价、教学机制。在文艺评论家的视野里，短视频大约只能是宏观文化现象的一处活跃的征候而可加以现象批评、文化批评；可在大学影视视听学的课堂里，学生则会提出，如何评价短视频及其未来的生命力？潜台词是，可不可以教授一套短视频的技术和艺术？

其实没有文艺批评不会干的文艺活，也没有文艺批评不能涉及和无法抵达的文艺对象。无论是从"作品"的立场审视（必然产生和需要批评），还是从学者、教师面对学生提问甚至盼望着的处境入手，文艺批评都应该离短视频更近一些。我的意思是，短视频以其庞大的总量、无时无刻的生产、泥沙俱下的面貌、丰富生动的反映在互联网中游刃有余，实际上也就充满了文艺批评本就该直面介入的现场和文本。

有人会认为，网络文艺及其短视频，已经无法用传统文艺作品的"文本"概念来面对了，其流动、复制、繁殖、戏仿、碎片、交互的"去中心化"特征，以及平台自身的评论功能、形式的设计，完全跳开了专业的文艺评论家，呈现着典型的互联网模式，兑现了把创作、传播和评论的权利交还给每一位网民的"技术 — 文化"契约，如何专业、如何文艺批评？但在我看来，"作者"是永远存在的，媒介和商业的属性"带走"了我们熟悉的那种作者，也"带来"了新的作者。

文艺批评应该跟新的作者"签约"。他们有可能是农民、工人、出租车司机、快递小哥、大学生、摄影师、民间艺术家、非遗传承人、建筑师、律师、舞者、街头歌手、网络作家，他们来短视频平台的初衷无外乎是自我表达和流量变现，但他们使用了文艺的方法、技巧、创意，开始着意于短视频自身的技术和艺术总结，在某种意义上出现了艺术的好胜心和召唤批评的结构。我觉得这个时候，是文艺批评寻找"作者"和"文本"的时候。

短视频的文艺批评因此需要增加对作者、作品给予评价的面向。这种评价过往如果说有，基本停留在李子柒的乡村田园（或者叫古风美食）的作品中，但现在看来远远不够。当理论上说每一位会使用视频拍摄软件的人都是作者时，必然有审美上、技艺上高人一筹乃至有足够艺术经验的人参与其中；当每一位视频制作者考虑记录乃至设计自己的作品时，必然有故事、情节、情感和内涵贯注其中；当短视频制作变成有利可图的成本计算（文化产业）时，必然有专业工种的分配、专业团队的建立……而这些，都是短视频文艺批评发生的基础。

以创意、专业的精神记录、表达真善美为评价标准，当然首先看到的是大量粗鄙、无聊、不专业、未完成，乃至盗版、价值观不正确的短视频内容，从总量看短视频自然存在着种种问题。但同样需要理解的是，既然是技术下沉的大众文化狂欢，问题的涌现、浮泛在所难免，这主要留给媒介治理、内容管理和社会批评、文化批评来处理。文艺批评的一个作用恰恰是通过自身的角度介入，净化创作环境，提升创作质量，形成价值谱系；其行动的一个具体思路则是关注具有文艺性的对象，形成自身批评的垂直领域。

在这个定位下，我们很快会发现一批专业文艺工作者投身短视频创作的身影，比如表演艺术家陈佩斯（抖音号"陈佩斯父子"，685.7万粉丝，3464.7万点赞），喜剧演员郭冬临（抖音号"郭冬临"，691万粉丝，9798.9万点赞），魔术师、默剧演员张霜剑（抖音号"张霜剑"，100.7万粉丝，890.2万点赞）等，他们日常打理着自己的短视频作品，设计、表演、制作着短视频，所以不仅仅靠过往的身份来引流粉丝——这和众多明星入驻某平台而并无短视频创作是不同的。

但我更想关注和评论的是短视频平台中的民间创作者，他们以非专业的身份参与短视频创作，却形成了自身的作品系列、风格特色、影响力和迷人的情怀，这就是需要批评家寻找和品评的"发现"之旅了。在2020年11月20日开始了第一支短视频创作的抖音号"说出你的故事~阿斌"（214.7万粉丝，2376.2万点赞）的125个作品中，他坚持用摄影的方式，在街头寻找他的人物：路边夜宵摊的老板、深夜的女出租车司机、牵手同行的七十岁老闺密、跨年夜仍在工作的女代驾、因采访没见到姥爷最后一面自责的女记者、喂加班到凌晨的外卖小哥吃生日蛋糕的女友、在街头绣十字绣谋生的残疾人……当他用运动相机和快速打印机配合将定格的照片立刻完成、打印装框给到人们时，交流和欢喜在简短的采访中变成短视频的另一部分核心，常常能让人看到劳动者的不易与他们的坚忍、自强、乐观以及相互温暖。另一位"爱唱歌的骡子"（387.9万粉丝，1766.8万点赞）的专车司机，则用他擅长的唱流行歌曲的方式，征得乘客同意后献上一曲再出发，收获了众多乘客的开心和回忆，并同步传达了长沙市民文化的正能量。"房东老胡"（427.3万粉丝，4358.8万点赞）则塑造了一个面冷心热的包租公老胡的角色，从他和租房人群的故事切入某些阶层的喜怒哀乐。在视频中，老胡都是冷脸恶色开场，却最终用实际行动帮人排忧解难、送去温暖，固然剧情设计有套路之嫌，却收获了大众评论的长吁短叹和热泪盈眶。而最令我惊讶的是三位陕西老农组成的"三根葱"（708.3万粉丝，6793.5万点赞），以极土极地道的方言和品相编出了211个作品，传达出一种民间智慧、人生经验、道德训诫和励志感，从镜头的运用到台词的喜剧味，令人好奇他们背后的团队究竟是何方神圣……

  这样的作者和文本，在短视频的民间创作中脱颖而出，稳稳地透露着我们时代的创意价值和一种文艺的可能性。文艺批评可以用理论、用田野调查——更可以用褒优贬劣、推荐分析的文本评论本身——来贴近他们，构成对话、跟踪、筛选和引导，并借此恢复一份文艺批评本该与人民、与民间的联系。

类型小说的传统与个人才能

一

故事滥觞于口传文学和农业文明。而类型小说的发达则与机械复制有关、与城市和工业有关、与有闲的中产阶级的趣味有关,也就是说,故事以类型小说的形式潜入现代,从未死亡。

二

本雅明有《讲故事的人》一文,他站在"一战"的残损和颓败前,说"经验从未像现在这样惨遭挫折:战略的经验为战术性的战役所取代,经济经验为通货膨胀代替,身体经验沦为机械性的冲突,道德经验被当权者操纵",于是他刻画了一帧奇妙的蒙太奇,"乘坐马拉车上学的一代人现在伫立于荒郊野地,头顶上苍茫的天穹早已物换星移,唯独白云依旧。孑立于白云之下,身陷天摧地塌暴力场中的,是那渺小、孱弱的人的躯体"。[1] 那一刻,他虽然缅怀故事的传统,却

---

[1] [德]汉娜·阿伦特编:《启迪:本雅明文选》,张旭东、王斑译,生活·读书·新知三联书店,2014年,第96页。

认为它已然全面衰亡,人的文学要让渡于现代的概念:小说。原因是,旧的土壤失去了,农耕让位于机器,经验让位于惊诧,百无聊赖让位于信息爆炸,面对千年未遇之大变局,现代的小说家是"闭门独处""离群索居"的"个人"所呈现的"生命的深刻困惑",他对自己"缺乏指教",对他人亦"无以教诲"。

如果说本雅明所感受并确认的时代历史真实,以及这真实对文学、对人性的直接影响曾让我们感同身受、奉为圭臬,那么,难道你没有觉得说话和做判断的语境在今天又巨大地裂变了吗?百余年后,工业加速为数字智能,信息坍缩为茧房,生活无比内卷却又满足于无尽消费的填充……而创作者不再是"闭门独处""离群索居"那样的悲摧(精英?)形象,改为全球经验互联互通的"众筹"化叙事和"部落"化集群。凭什么认为个人化的现代小说还是创作的主潮呢?难道不是跨文化、跨地域、跨年龄代际的知识分享、集体想象和"数据库写作"在构建他们的共同体文学和分众文学?故事在这个意义上,成为全人类写作者的最大公约数"方法",再次通过互联网、影视和游戏等全面降临。所以我说,这是"故事的世纪红利",它借助互联网时代"全面复兴"。

三

故事自然不再是农耕的故事,它在现代早已化身为类型小说(类型文学)的样子,接受工业化、城市化以来的一切之收编和调教,成为市民和中产阶级的消遣娱乐,以及一种智力训练途径。到21世纪,它又遭逢雄奇的互联网,成为当今中国网络文学的中流砥柱、大众主潮。这样看来,现代的类型小说不仅有源远流长、浩大光辉的传统,亦有受雇于互联网而形成的当代语法。没有理由它不受喜欢,没有理由它不发展壮大 —— 它触类旁通、喜闻乐见,上搜神话传奇,下达世道人心,它给欲望以故事的形式,它给现实以异次元的出口,它有时非常深刻悲悯,却主动化为世俗的一场虐、一口甜、一次"金手指"、一份野心而温和的"种田"式扩张。

在类型小说里,还总能感觉到创作者(包括读者所共同经营)的那么一种"工艺"感、工匠精神 —— 拿我们写评论的话说,就是所谓网络类型小说中鲜明的"知识体系"和行业题材类型的"专业度" —— 还是本雅明,他说道:"讲故事,很长时期内在劳工的环境中繁荣,如农事、海运和镇邑的工作中。可以说,它本身是一种工艺的交流形式。……讲故事人的踪影依附于故事,恰如陶工的手迹遗留在陶土器皿上。"[1] 其实在互联网时代的类型小说中依旧如此,人们从各自的岗位、学科如医生、律师、教师、建筑设计、历史学、物理学、数学、企业管理、IT 等走来,放下白日的工作却又把自身所知的劳作、技术和感想、人物带入夜晚的创作 —— 劳工的专业性和文学的业余性促成了以"网络文学"为代表的这样一种时代类型小说的"工艺"体系。即便后来网络类型小说逐渐被产业资本包揽,很多作者放弃了现实的工作成为职业作家,但他们类型小说的知识性和专业度依旧模仿着从岗位和学科中走来的样式,形成了良好的考据习惯。所以说,让我留下深刻印象的类型小说大多具有来自生活和历史的工匠感、工艺感,显示出作者们在天马行空和叙事套路之下的真诚和真实,"恰如陶工的手迹遗留在陶土器皿上"。我把这叫作类

---

[1] [德]汉娜·阿伦特编:《启迪:本雅明文选》,张旭东、王斑译,生活·读书·新知三联书店,2014 年,第 103 页。

型小说呈现的"新民间性"。

四

通常令人疑惑的是类型小说的"类型"之累。所谓类型，意味着满满的套路，成熟的和不成熟的、模仿的和戏仿的。然而套路就是传统呀，或者说是形式——文的形式和人的形式。类型首先是对形式的充分研究和探索。从它在现代社会的发展来讲，工业的机械复制直至互联网的类型划分，都与受众所在的消费市场有关，这都必然要求和强化小说叙事的类型化、套路化、模式化。对于类型文学而言，类型性就是它的文学性，否则你怎么有资格做（谈）类型小说？推理自有推理类型的经典遗传谱系，那么，玄幻也有它跟武侠——玄武合流，以及捎带起科幻——科玄合流的种种广谱的编码。

但学习、尊重传统并非匍匐于传统，何况这传统有随时被资本竭泽而渔的可能。所以，如何创新以增益传统，让类型文学依旧有文学一面的内在渴求，成为一种优质的创作者秘而不宣的使命责任。这里头的关键，我以为还在于艾略特讲诗歌时候所说的"个人才能"。

五

《庆余年》电视剧之后，网络作家猫腻真正实现了"破圈"。当众人以为他会趁着热度在此类小说中乘胜追击时，他却宣布当时正在连载的《大道朝天》是个人"最后一部大长篇"。

有了之前六部大长篇所奠定的幻想类（玄幻、科幻）顶流作品以及《庆余年》影视改编获得巨大成功的保驾护航,他的《大道朝天》在纯粹的市场化类型小说中实在可谓任性。他把一部小说分为了两截体的文本,或者说把两部小说连接成一体化的文本。小说第一至第七卷的 200 万字构成了一个标准意义上的玄幻小说;第八至第十二卷的 100 万字则是"另一部小说"——软科幻的太空歌剧。结果当然造成读者意见的"打架",如何适应两种材质的兀然拼贴,给习惯了舒适区的读者粉丝以巨大的挑战。——而猫腻,其实是网络"大神"中素来擅于挑战读者的家伙,过去固然他的小说总能让读者喜欢,但每每读者所给出的可能性都为猫腻剧情所不取,他乐意寻找读者思维所不及的空白来形成自己故事的构架,这种作者与读者挑战(挑逗)与训练的关系由虐而爽,不可与常人道也。

然而我想说的是,猫腻的《大道朝天》所发挥的个人才能在于其思想性。他用修仙世界的青山派掌门井九所贯穿的东方玄幻场景和太空歌剧场景,其实质是不断追问和探索生命究竟为何,尤其是在当下 21 世纪各种科技到达临界点之后,在飞升中被迫"人剑合一"(人机混合)的井九还是不是"人"?面对飞升后的科学世界的危机,原人和井九(新人)在伦理上会被区别对待吗(小说中表现为谁该牺牲)?未来——什么是人呢?主体意识的人如何确证生命的存在、意义和价值?

从热闹中抽身的猫腻其实始终具有这样一种强烈的个人印记的形而上色彩,其中蕴含着他不屈不挠的自由意志和人间追问。可人家同样把类型小说做得明媚动人,清晰地界定道:"我写的是'爽文',但必须要有'情怀'。哪怕是商业小说,'情怀'也是一个作者区别于另外一个作者、一部作品不同于另外一部作品的最根本性的东西。"——这是个人才能。

六

马伯庸的《两京十五日》是他继《长安十二时辰》之后的又一部历史悬疑类强剧情小说。同样靠电视剧的成功，让"地名＋时间"（文旅＋类型故事）成为"马亲王"作品的一种稳定格式。《两京十五日》因此倒真的是乘胜追击,冲着这一成功模式"复制"的,不久也能让无数粉丝欣喜地追到一部好看的剧集。

但马伯庸类型小说真正的硬核在于他的"知识癖（考据能力）＋脑洞（想象力）"的结合。换言之，来自他的个人趣味、素养和工作伦理。这种优势过去多年早就从他的小说艺术溢出，渗透到他的新浪微博等自媒体。读者粉丝多多少少认为，粉马伯庸是自身趣味和素养兼备的一种表征，是比较高级的。

《两京十五日》讲明仁宗将殁、太子朱瞻基从南京逃回北京一路被追杀的故事，十五天水陆兼程必须完成小说中的"任务"，由此构架出一场多方较量的好戏。这种封闭式结构（时空限定）在类型小说中并非鲜见的做法，故事由此变得纯粹：要素集中、悬疑剥笋、人物对攻、遇题答题。马伯庸在紧张的情节中，依旧从容地兼及了年轻的团队各自在十五日中的成长史，这是作者的叙事功底。

然而我想说的是，马伯庸在《两京十五日》中借王子落难式的传统故事模式深深贴近了一种同样来自传统故事的民间叙事立场，他像一个说书人、讲史者那样绘声绘色，但也像那些真正懂得民间、来自民间、热爱民间的叙述者一样，沉浸于民生、民意、民哀、民乐。王子的视角在此变成人的视角、民的视角、人的同情、民的同情。《两京十五日》像很多民间经典一样，让中国故事继续大有光辉。——这是个人才能。

七

最后想讲一下蔡骏。他的《春夜》是类型小说的逆行者，一部纯文学作品。

然而谁都知道蔡骏，是一位类型小说的"老"作家。我们从他的悬疑小说中看见过推理、恐怖、灵异，也看见过他的变化、努力、突围。蔡骏写《最漫长的那一夜》，并用里面的单篇获得纯文学奖项，我就感觉到他的一种变化、努力、突围。有时候觉得他是不是要急着证明自己类型小说以外的才能，又或者为了左右逢源？

不过《春夜》花了30万字的功夫让我感受到了类型小说作者的广阔精神向度和同样广阔的可能。它是一部"融合"特色鲜明的作品，也就是说，它擅于讲故事，有瑰丽的想象，然后向魔幻现实主义致敬，打通了很多文学流动流通的意象和元素。

小说写1998年以来20年间上海国有大厂三代人的故事，见证了历史、情义、体制变革、人物命运。但小说最喜欢讲的、最有劲的是关于灵魂，或者按照书中说法，关于"魂灵头"。蔡骏把关乎人物和关乎历史、关乎城市的内核性的东西一律用"魂灵"和"托梦"编织起来。欢喜写小说、成了作家的"我"（骏骏）就成了打小被各种魂灵托梦言事、托梦言志的灵媒，从而使《春夜》具有了魔幻现实主义的灵异和浪漫。这恐怕已不只是写类型小说扬名的蔡骏之能事，而是他充分认可小说家本质上具有巫一般的通灵功能的那个古老的身份。

我曾评论道："如此魔幻现实，增饰的不仅是小说的审美觉知，实际上还在不遗余力、主动积极地'招魂'。当作家的个人记忆和社会记忆产生创作意义上的融合与自觉之后，他会在理性上想要复活一段有'我'参与或与'我'相关的城市历史的生命性,有关于此的书写恰如一种'招魂',用文学的一切方法以确立其不可磨灭的历史价值和审美价值。文学,小说,在这个意义上是人类记忆的一支巨锚,成功了便稳住了一部分重要的灵魂,留下了一段可能被(或已经被)时间冲刷遗忘的生死气韵。"[1]——这是个人才能。

八

类型小说的游戏规则是被市场和传统定型的,但作家的个人才能永远是创新的大道,并且永无止境。

---

[1] 夏烈:《春夜的气韵,以及一场关于城市的招魂——读蔡骏的长篇小说〈春夜〉》,《长篇小说选刊》,2021年第3期,第341-343页。

技术流和手术宅的另类现实主义

——读志鸟村的《大医凌然》

《大医凌然》是志鸟村的第五部网络小说,连载于起点中文网。2018年5月14日开更,2021年8月30日完结,总字数349万字,均订高达4.5万,长期居于起点月票榜前十。在此之前,志鸟村的几部作品都与科幻或都市有关,"技术流"风格鲜明,能够看出作者富有现代和未来感的思维特质。《大医凌然》依旧是技术流的底蕴,但选择了医生行业的具体技术作硬核切入,专业质地令人叹服,所以不仅自身业绩骄人,还带动了像真熊初墨的《手术直播间》、手握寸关尺的《当医生开了外挂》等精品医生行业文的热潮。所以也可以认为,对《大医凌然》的剖解,颇能一窥同类作品之全豹。

一、真实医疗技术建构的"小说—知识"场

《大医凌然》讲的是医学生凌然突然在脑内获得了一个"系统",该系统给予的外科技法和任务让他借助大量的临床手术为广大病患治疗和消除了病魔。凌然也由此一心精进,最终成为卓越的外科医生。

整个故事中,现实题材创作的常规方法、逻辑,——比如人物、情感的塑造及其在小说内的中心位置等，不再是《大医凌然》的主要遵循，——仔细想，这是令人惊诧的事。但在网络文学语境里，这也并非不可能完成的任务，《大医凌然》在人物（宅化的人设）、情感（两性情感的扁平化）上既然选择了打破常规地另辟蹊径，那么只有把更吻合网络文学特质的某些"长板"效应发挥得更加出色，击中固定受众群落的"爽点"，造就自成法度、长板极长而短板任其短的操作术。

具体而言，在《大医凌然》之前，医生文以"神医流"为主，即以臆想性的中医为治病救人的方式，以"显摆打脸"为主要剧情。而志鸟村这部作品打破了"神医流"的写作传统，通过真实、硬核的医疗技术吸引读者，将手术拟化为"打怪升级"的过程，开创了颇具现实精神意味的"硬核流"医生文。作为类型小说，每一种网文流派的诞生，都意味着一种新的阅读快感被发现，一种新的读者需求被满足。《大医凌然》作为时下大热的"硬核流"医生文的开山之作正是如此，志鸟村敏锐地发现了其读者群体的一大需求：求知欲。求知欲是人类进入文明的必然动力，对专业知识的欣赏、渴求表现了文明进程中人们对理性与技术的崇拜，以及对其在社会生活中事实赋权的价值追求。有关于医学尤其是外科知识与技术的精细化、完美化的呈现，对当今医学科学认知下的现代人来讲乃是诸多价值的复合——其中包含着美的因素和爽的愉悦。志鸟村就是在这个意义上精准地把握和创造了《大医凌然》的美感和爽感，他以具有代入感的文学叙事，将相对枯燥的专业知识糅进故事，使得读者只要付出较低的代价——时间成本和订阅花费，便能学习到一个陌生学科的知识，满足自己的求知欲望。

为了还原真实的医疗现场，志鸟村专门去医院考察了数月，认真查阅相关论文和专著资料，近距离观察手术过程。正是基于志鸟村严谨认真的写作态度，他才能在《大医凌然》中将知识散布在翔实的细节描写里，以生活经验构筑起"小说世界"的真实性，通过细腻的笔触尽实描写了医疗手术的全过程，并以幽默的语言描绘医生的生活百态，构建出一个"小说 — 知识"的独到场域。这种更富感性经验的讲述方式将读者引入了一条相对陌生的知识长廊，借由读者的"亲身体验"，较为深刻地领会到医学科学在现实中的位置和意义。

二、"手术宅"的身份何以成立

《大医凌然》固然有如上的"实"的一面，但也有极度虚构——脱离现实题材常规和逻辑的一面。我们可以把后者视作网络小说的"失真"特质或二次元气质。

小说中凌然高出天际的颜值，以及那个天赋的、没有来由的医学知识的传授系统，都属于创作者极度夸张下的产物，属于凌然这个人物身上"虚构"的部分，无法诉诸现实，是脱离现实的"失真"。这正如志鸟村在小说中用一句颇为"杰克苏"的话来形容凌然的美貌："这是个凌然露出微笑就能心想事成的世界。"而系统的存在更是让读者"出戏"，难以忽视"小说世界"与物理现实间的迥然分别。

所以为了让读者移情于凌然，志鸟村必须将凌然身上的某一部分特质与现实相映射，作为人物与读者沟通的桥梁。比如说，凌然应该是读者在小说中的"化身"——那么，是哪一类化身？他又必然要代那部分读者"发声"——他的言行举止又代表哪一类读者群体的典型性格？就在小说的开篇，凌然得到"系统"、怀疑自己的精神出了问题，他主动用达沃斯认知偏差评定量表进行了测试。书中通过凌然因测试结果差 0.55 才算精神病而高兴这一行为，巧妙地凸显出凌然性格的"不正常"。这种"不正常"的性格除了营造喜感,还有强大的张力,能够吸引读者的阅读兴趣,符合网文以趣味为导向的书写经验,但更重要的是通过凌然的不正常,志鸟村将一个典型的"理工男"形象,或者说一个"御宅族"形象的主角推到了读者面前。这种"理工男""御宅族""直男"感的人设及其细节,吻合并概括了当下青年人群尤其是不少爱好这部小说的男性粉丝们的认知与习性特征,切实地让读者受众(或在社会生活中接触过这样人群的其他读者)感觉到凌然的亲切、熟悉、简单和喜剧性。

从"御宅族"这个日系亚文化词语出发,它往往可以在基本义的基础上与各种名词连用,形成多种多样的子集,比如"化学宅""军宅""历史宅"等。按照这一命名方式,我们就可以称凌然为"手术宅",即:凌然对于手术的痴迷使得他沉溺于自己的兴趣世界中,因此人际交往的能力是较弱的。

小说就是这样把凌然的性格设计为"御宅族"的典型代表,他的困境是御宅族现实困境的典型体现,而小说中的他依靠自己的颜值和"系统"的帮助所达的社交自由境况,自然也是现实中御宅族梦寐以求的生活状态。借由文学的"代偿"效应,御宅族读者短暂地脱离了现实,进入到"小说世界"中,与凌然融为一体,借助他实现了自己在现实中所不能实现的欲望满足。也是在这个意义上,本来不合规、不合格的现实人物塑造问题反而转化为网文人设和现代人自我认识的一类新典型,自圆其说地活在《大医凌然》的次元世界里。

三、另类的现实主义

《大医凌然》属于现实主义作品吗?如果从恩格斯的论述来说,

《大医凌然》虚化了现实世界的物理和社会逻辑，神化了那个没有来由的系统，并非对真实历史的"典型环境中的典型人物"加以叙事，所以不属于现实主义作品。但恩格斯的论述本身也是对艺术真实的概括，换言之，并非指现实真实的简单摹写，更重要的是以艺术真实的方式所透达的现实精神和现实质感。恰如罗杰·加洛蒂在论述卡夫卡作品的现实性时所说，艺术里的真实是一种创造，即通过人的存在来改变日常现实的面貌。因此加洛蒂提出了扩大现实主义作品指认之外延的"无边的现实主义"。

而对于《大医凌然》来说，它的小说现实是以部分失真和部分极真的高度结合（网络文学式结合）来表达呈现的。从惊人颜值到天赋系统，从人见人爱到技术打关，统统是真实现实的"失真"，是一种网络文学世界允诺的、共同设计构建的扭曲或者说完美次元；而外科技术本身、云华医院的医务实操及其伦理、医生间和医患间关系等，又都尽量秉持精确，甚至作者在此表现了技术主义、技术流的高度现实精神、现实主义面貌，令几乎所有读者都叹服于此而大呼过瘾。这样，一个奇妙的"拟真"又"非真"的云华医院世界毅然矗立。我们认为，一定会有很多读者认为志鸟村所构筑的凌然的工作与生活空间"真实"地反映了现实生活里千千万万个御宅族的社交困境与"代偿"方案，他们希望拥抱这一种可能。那么，是否因此有一种更为深刻、更易接受的现实主义内生性地从作品中生长出来，这份现实主义或许并非实存性的现实主义，却是情感真实的现实主义？——这大约就是志鸟村这样的网文现实主义作者们所想竭力佐证与建立起的规则。

下 编

场 域

文学未来学：观念再造与想象力重建

文学要有一种未来学，便于他勘破对于现在的迷信。

这么说，是因为我对当下文学界的不满足。不说不满意——不满意是一种价值判断，会令人（也包括自己）很快地沦陷于文学权力的泥淖里喋喋不休，而不满足正是要摒弃由文学体制即特定的文学历史渊源所生成的权利关系，尽可能地回到文学自身观照其命运，从文学作为人的创造物和伴侣来省视他的位置和发展，换言之，是对文学的存在与可能性的重加体认及想象。并且，我认为，眼前这时候恰到好处。

中国当代文学正面临着一个反思与重建的良好契机，这契机却是通过危机与焦虑表现出来的。如果说20世纪90年代文学的变迁还可以用"现代／后现代""启蒙／消解""理想主义／经验主义"等术语勉强概括，那么，2000年后开始的"新世纪文学"让20世纪80年代以来的传统诠释方法或者说文学知识谱系局部失效。

不是说自20世纪80年代建设的文学传统和作家序列没有进步，恰恰相反，他们一定程度上造就了中国当代文学的高度，以至于王蒙、陈晓明等面对异邦他者如顾彬的"垃圾说"（被媒体误读与放大的结果）时，认为"中国文学处在他最好的时候""中国文学达到了前所未有的高度"。[1]一个显而易见的硕果同样颇具喜感地自异邦他者舶来，2012年10月11日晚7时，莫言获得了诺贝尔文学奖，这成了20世纪80年代以来中国当代文学传统和作家序列建设的最高荣誉，象征了该传统和序列建设的世界性意义与价值。但另一景况是，20世纪80年代的"纯文学"概念设计以及新时期三十年来形成的作家与体制关系，没有办法包含最近15年的文学新变，无法遮蔽事实上的"两个文坛"的分治。

在不久前作的一个小文章《类型文学：一场非典型性文学革命》中，我还描述了最近15年来存在于传统文坛以外的两次非典型性"文学革命"。

> 一是1998年通过第一届"新概念作文"诞生的"80后"文学现象，其文学效应随着韩寒、郭敬明等代表作家的成长和沉淀，至今爆发着逸出于20世纪80年代建立的文学秩序的力量。固然作家协会和传统文学期刊试图包容、团结这股力量，但毫无疑问，他们的生成带着对传统文坛有意无意的反叛，更重要的是，他们中佼佼者的长成几乎全盘被畅销书市场和网络新媒体接收，成为在商业上和技术上领先于传统文坛的"另类"。当然，因为同"新概念作文"之母体《萌芽》杂志（作协体制与文学标准）的血缘关系，"他们的话语系统透露的思想气质虽与前辈迥异，但语言套路还是纯文学的继承者，份属一脉"。
>
> 二是同样追溯1998年为其"元年"的网络文学大爆炸现象，

---

[1] 王蒙语出2009年11月8日在法兰克福文学馆的演讲；陈晓明语出《羊城晚报》2009年11月9日。

则彻底游离了传统文坛的体制机制。"与'80后'作家相较,类型文学作家们天然地失去了主流文坛和文学观的支撑,在文学品类上长期被文化精英斥为'垃圾',他们的写作伦理自然而然地倾向于为大众读者和市场'卖命'。"他们是真正属于大众文化生产机制中直接来自新媒体的力量。由于抛弃了传统文坛的由编辑代表文学权威作"前置型"筛选的机制,采用了同网民读者互动的比较自由的"后置型"筛选的机制,造成网络文学、类型文学写作出现名副其实的数量级"大爆炸",出现了一系列的特点和缺陷,"网络写作和发表无门槛、无成本、无计出身,赖此'三无',不免'三有':意淫者有、小白者有、注水冗文者有——我的意思是,第一,网络小说无论种马文,还是耽美文,都是YY(意淫)的乐园;第二,众多YY小说集体沦落到小白痴的写作和智力状态,没有难度,谈不上啥技巧,遑论原创力和深度;第三,越写越长越写越长越写越长,长长长长长长长,不见黄河天际流"[1]。——但网络文学、类型文学亦可谓中国式想象力大爆炸的仓库,并在题材上补充了传统文坛作家的盲点,个别作者以边缘和业余的姿态生成了一批逼近中心和专业的作品。如何从恒河沙数中披沙拣金,几乎是传统文坛不可能完成的任务,何况还有文学观的隔膜与对立。因此,两个文坛的事实既出于不同的社会历史基因,又可谓彼此造就。——传统文坛基本无兴趣也无能力经典化网络文学,网络文坛同样无兴趣也无感情崇拜传统文学。这种描述在个别的双方人物中并非如此泾渭分明,但总体上讲,依然是准确的。

---

[1] 夏烈:《且以小说慰生活——序"短腔调"小说书系》,载马伯庸著《我读书少,你可别骗我》,浙江大学出版社,2012年。

评论家们试图描述和概括上述现象与现场，我们知道，成功的理论概括有助于我们把握世界、稳定心态、建构新的范式。2009年白烨提出的"当下文坛三分天下说"是被广为引用的一种描述和概括，即21世纪以来中国文坛呈现为"以文学期刊为主导的传统型纯文学，以商业出版为依托的大众文学，以网络媒介为平台的新媒体文学"[1]的三分天下的局面。这一描述和概括的好处犹如为散乱的物品打造了个木匣子，虽然只是简易的三格，但总算都叫"文坛"，并且搁置争议似的各自分类，共同开发。此外，"三分天下"的说法是否还包含了一个平等的意思？不以蜀为正宗，也不以魏为正宗？我们看到，有些时候一个貌似简易的设计携带的观念突破，有意无意地改造了我们的思想和行为模式，自然会有研究者和评论者介入这三者的分类研究和比较研究，他们因为这个"木匣子"的设计，会认为三者的平等与均衡是合法的，是自然而然的。

历经现场的人们，才会知道未来研究者和评论者认为合法与自然而然的描述、概括实际上充满了思想斗争和权力交割。但其实无论文学场中的人们怎样苦心孤诣，事实上改变我们文学结构和文学观念的并不仅仅来自创作内部，而是社会中与文学平行的其他体系正在发生革命性的裂变，比如大众文化与文化工业，比如科学技术与日常生活，比如现代民主与社会发展模式，比如现代性与现代性反思。换言之，是世界和中国语境逼迫我们必须重新设计观念和调整秩序。

美国的哲学教授唐·伊德在《技术与生活世界》一书中说，"哲

---

[1] 白烨：《"三分天下"：当代文坛的结构性变化》，《文汇报》，2009年11月1日，第8版。

学能做好两件事情：它可以为观察地形提供一个视角……其次，哲学可以为理解提供一个框架或者'范式'（paradigm）"。我想，目前对于文学视角的调整和观念的再造，其实就是一种哲学方法介入文学的工作。他同时在书中引述了克尔凯郭尔《恐惧与战栗》中的一个比喻："克尔凯郭尔在描述抉择的无可避免的段落中，把我们描绘成在大海中航行的船长。掌舵的人已经就位，改变方向还是不改变方向都需要做出决定……领航员置身于大海中，船和大海都处于运动中。他必须测定方位、找到方向、定位自己的位置和目的地。这种视角发生在一个动态的和流动的情形中，因此必然是相对的。然而，对领航员来说，这种情形却是常态。"[1]——我觉得这些话非常适合说明我们在时代文学场中的感受和评论家的功能。我们应该在文学的海域中确立自己领航员的"常态"伦理；如果你对之麻木没有感知，你就失去了作为掌舵者的资格，很有可能是你对文学在世界中的位置和历史中的运动了解得不够深彻，或者犯了本质主义、"原教旨主义"的毛病。

而熟悉文学运动常识的，却不担心这种"文学革命"的到来，反而有些"唯恐天下不乱"，为新生的文学力量错过他们的黄金周期干着急。陈思和在参加2010年6月复旦大学召开的"新世纪十年文学"国际学术研讨会后撰文说："上世纪（20世纪）80年代开始形成的、秉承了'五四'精神的巨大批评能量在文学创作中逐渐减弱，后继乏人的迹象似乎已经显明，而各种被媒体、书商、利益集团所支配的文化现象：媚俗、趋时、自我矮化、庸俗化、娱乐化等等愈演愈

---

[1] ［美］唐·伊德：《技术与生活世界：从伊甸园到尘世》，韩连庆译，北京大学出版社，2012年，第9—10页。

烈,借助媒体批评推波助澜,吸引了大量的青年读者。这样的断裂,与以往文学史上的每一次断裂都是由先锋运动来推动社会批判和传统批判,催化主流文化发生新的蜕变的状况不同,仿佛是倒过来了,陷入了一种'危机'。……(我)期待的是年轻作家们新的先锋宣言,期待着他们在孕育他们写作的环境中发出新的反叛主流的声音。我并不在意他们将站在什么立场上反对主流,而是希望通过挑战和争论来激活当前文学的超稳定状态,我期待的是我们的时代应该出现新的美学观念上的断裂的跳跃发展。……但是我失望所在是没有,不知道是新世纪十年的文学真的不足以产生新的自我审视自我批判的青年先锋因素,还是青年一代的作家在社会环境的熏陶下变得圆滑而温顺。"[1]——他所指的青年一代作家,主要就是我上文所说的来自"80后"与网络类型文学阵营的人物。

陈思和的"期待"能够深刻地感染到我,我个人便一直认为,必须常态化地重新平衡文化与文学生态的结构性,一定意义上形成新的文学思潮和文学运动,打破任何一个超稳定结构,重估纯文学和俗文学各自的腐败与益处,这是解放和回归文学自身的必由之路。文学无运动,就是死亡和专制的孳生之地,是反文学的。但我也深切地感到在另一个文坛中的青年作家们一方面被资本和商业精神劫持(虽然商业精神对文学而言并非全无益处,如果他们鼓舞斗志、擅加使用的话),他们兴趣的指向不太相同,比较缺乏所谓文化自觉;另一方面,他们的思想准备和知识准备是不足的,是否有先锋精神指引着他们把握时代的文化任务,这是一个问题。过去15年中,

---

[1] 陈思和:《期望于下一个十年:再谈对新世纪十年文学的理解》,《杭州师范大学学报》,2011年第2期,第14-15页。

无论"80后"还是"网络文学大爆炸",始终没有像样的主张、宣言,没有与之共生的批评家。这是精英消解之后文学市场化和娱乐化的结果,也是两个文坛完全分治、缺乏互动学习的结果。

所以,发轫于时代事实的观念再造的使命,一直在期待通过新的设计完成其结构性的跨越,从而刷新文学的核心价值与尊严。就这个目的而言,我以为"当下文坛三分天下说"或者对"先锋宣言的期待",都是暂时性的乃至借助旧观念诠释新问题的思路,而更为前瞻的,不如建立一种与现实相参照与发明的"文学未来学"。

"文学未来学"此前不见经传。有限地搜索,发现1986年《文学自由谈》第2期,李洁非、张陵在论说"现实主义概念"时,加过一个系列名:新时期文学思想未来学。但一直以来,大家似乎都无兴致开拓其新的内涵与疆域。

其实最有价值的文学未来学文本早已进入我们的经典文论之中,广为人知的就是伊塔罗·卡尔维诺的《未来千年文学备忘录》[1]。这一讲稿参照蒂博代在《六说文学批评》中的分类,无疑属于最具"审美创造"的"大师的批评"。纵观全稿,你会发现卡尔维诺在"未来千年文学"的预告中,确立了文学未来学的一些基础,它们像用来固定帐篷的木桩,结实、富有力量。

如果从卡尔维诺的"木桩"出发,我们可以惊喜地领略一个更为完整的文学世界的版图。首先,《备忘录》中对文学历史的追溯远及神话、传说、哲学和史诗,换言之,文学未来学不是一种虚无谵妄

---

[1] 这是卡尔维诺1985年为哈佛大学著名的诺顿讲座准备的授课讲稿,遗憾的是,他在行将赴美的时候离世。

的学说,它的未来是从过去开始的,它将激活被庸俗唯物论者所局限的想象力和生命知觉,它向"怪力乱神"敞开了大门,接纳了今天可以被称为新神话主义的各种元素;其次,卡尔维诺的文学世界又向科学(物理学、生物学)致敬,从中求取生命的诗学,"在广阔的文学天地之中,永远存在着有待探索的途径……但是,如果文学还不足以令我确信我是不是在追逐梦景,那我就要求助于科学来培育我的景观,因为在科学中一切沉重感都会消失。今天,科学的每一个分枝都旨在表明,世界是由最为细小的实体支撑着,如脱氧核糖核酸所包含的信息,神经元的脉冲,夸克,以及自从时间开始就在空间漫游的中微子……还有计算机科学"[1]。卡尔维诺认为科学呈示的想象力和生命感觉将成为文学的泉源,并与古老的哲学和神话殊途同归。此外,卡尔维诺还积极地思考社会科学的新鲜成果和都市文明。这一切都预示了富有未来镜像的文学世界是超出于现实三维空间的,如果不关心过去已有的人类想象与体验,更不关心科学与生活正在裂变的宏观与微观所提供的想象与感受,那么,文学是干瘪不会飞翔的,痛苦是不能与轻逸产生对比的复调的,文学就失去了在未来生活中与其他平行体系之间对话的能力。

反观中国当代文学的资源,我以为是先天不足的。一,中国文化底盘处于"断裂期",我们与传统文化中的神话、宗教、哲学、名物前所未有地疏离,年轻人对于中国传统的文字和图像的陌生感犹如异邦人士,作家群体也很难说高出多少,近代以来的历史更迭和观念系统逐步压抑了丰富绚丽的民族文化资源参与当代文化社会的

---

[1] [意]卡尔维诺:《未来千年文学备忘录》,杨德友译,辽宁教育出版社,1997年,第5页。

构建，今天需要我们重新去寻找和学习。一些属于未来文学的重点比如人与宇宙、人与自然的理解、体验大量地存在于中国古典文学和哲学之中，它们本该在当代叙事中赖作家智慧给予激活。二，现代白话文不过百年历史，逐渐摆脱与古典文言文的关系，独立的同时也会牺牲与传统文学语言系统甚至民间方言之美的融合，文学语言的未臻完善可能限制了广阔多样的探索。三，中国当代文学写作似乎很少从科学、物理学、社会科学以及技术化生存中找到自己的写作资源和生命感觉，至少这在传统文坛不是一条路径。事实上，它们完全可以成为乌托邦、反乌托邦和异托邦等文学创作类别的思想来源。四，新时期三十年文学奠定的"正统"（正宗）文学观念和经典文学序列太过狭隘。早期的现代派学习和文化寻根努力并没有赓续它们长久的生命力和作为，怎样在新媒体时代应对中国社会（尤其是都市生活）日益复杂的现实，怎样应对中国文学自身的现实主义任务，怎样应对民间文化和大众文化的高潮，新时期三十年文学的"正统观"无疑缺乏它的不尽活力。

我们注意到评论家和作家有着各自的批评针砭和实践突围。记忆中雷达关于中国小说原创力匮乏与拯救的观点，程永新关于中国文学缺乏想象力造成陈词滥调充斥的批评，叶舒宪关于从世界文学和影视（西方奇幻与科幻）发展趋势激活新神话主义的倡议，蔡翔关于历史新语境中对纯文学概念的反思和突围，贺绍俊关于当代白话文不应放弃与古典汉语的美学联系等，都是一些有说服力的药方。而作家的创作实践中，莫言的《生死疲劳》以西门闹半个世纪在畜生道中的轮回写灵魂的游历，用传统文化资源中"怪力乱神"的"六道轮回"之说呈现中国20世纪历史中的严酷与荒诞及人性持久的疲劳，使得"苍生"之忧与"鬼神"之患交糅为中国历史的一番魔幻现实，指示了对民族古老想象力的接轨是可以创新出当代小说之深度的。而出自非传统文坛刘慈欣的《三体》，利用科幻小说的套路，在人类文明和外星文明之间演绎黑暗的"丛林法则"，将"文革"在宇宙框架中重写了一遍，推倒道德的铁律，猜想宇宙社会学构造的根本。如果说莫言的想象力是借道传统而走向未来的，那么，刘慈欣的想象力则是通过走向未来而重估历史与现实。他们的文学实践其实都是想象力与严肃精神的合一，都是卡尔维诺在评价米兰·昆德拉时说的："他的小说告诉我们，我们在生活中因其轻快而选取、而珍重的一切，于须臾之间都要显示出其令人无法忍受的沉重的本来面目。"[1]而这样的作家作品，在中国当代文学中只属于少数人。如果对写作者群体要有比较全面的提升，在于我们亟须再造观念世界，形成新的视野。

新的视野应该会来自"文学未来学"这个提法。未来学，又称未来预测、未来研究，是研究未来的综合科学，是以事物的未来为研究和实践对象的科学，是应用科学的理论和方法，探索和预测事物发展的趋势、动向、前景，研究控制事物未来发展变化的对策，为规划、计划、管理、发展战略和各种决策服务。文学的未来学固然应该为规划、计划、管理、发展战略和各种决策服务，但我以为，首要目的是在社会转型和文化裂变的阶段比较精准地指出文学理应关注的生命视野，刷新创作者旧的观念认知，重新发现人与广阔世界的关系，激发创造力、想象力和批判力，并且重估文学经典的秩序——至少能够与原来身处边缘的优秀作品甚至可能是伟大的作品真诚地交

---

[1]［意］卡尔维诺:《未来千年文学备忘录》,杨德友译,辽宁教育出版社,1997年,第4-5页。

流。所以，与其他未来学不尽相同，文学未来学的侧重点应该是增进文学叙述的生命涵量和包容力。

那么，从文学未来学着眼，人与世界的关系首先成为思考文学本身的最基础的"木桩"，它们是：人与宇宙、人与自然、人与社会、人与人、人与自我——这五大关系。工业革命二百多年以来，人类社会的变化处于加速阶段，19 世纪欧洲小说曾紧紧地攥住了一个"大时代"的叙事高峰，几乎验证了"十九世纪之后无小说"的谶语；但来自科学、社会科学、技术、创意设计等方面的突飞猛进，进一步改造着人们的生活观念和情感方式，在一个插入了网络、手机、平板电脑、博客、微博、微信等硬件软件，以及"宅""腐""萌"等生活方式与后现代美学新概念的今天，更富现代性的人性细节应该被敏感而有创造力的作家捕获，生成各种文学叙事的崭新可能。总的来说，中西文学过去二百多年在人与社会、人与人、人与自我三个维度上做着可谓深富成就的表达，但未来是否会逐渐加重对于人与宇宙、人与自然的眷顾？

中国由于特殊的历史文化境遇，在传统的三个维度上的创造仍有相当的空缺。在 20 世纪中国历史的重写和重估上，《白鹿原》《生死疲劳》《蛙》《圣天门口》《秦腔》《废都》《受活》《兄弟》《风和日丽》等做出了重要的贡献，令人印象深刻，但更多的历史清理还远未完成；都市的人际现实则大大地赶超了文学所表现的，安妮宝贝、慕容雪村、卫慧们笔下的"私人化""妖魔化""欲望化"都市既填补了都市文学的空白，又可能只是抽象了都市的一种情绪，那么都市中别的崭新的情绪呢？"今后中国文学的成败，取决于能不能写好城市""今天，中国正经历着规模空前的都市化运动，狄更斯和巴尔扎克笔下的伦敦、巴黎，不过三四百万人口，而在中国，城市几百上千万人口有不少，中国作家如何面对这样的新形势？我觉得中国作家正面临一个千载难逢的机遇"[1]；在自我身体与心灵的探索方面，张悦然、笛安、七堇年等青年作家所继续的一些"私小说"还未浓酽到当年陈染、林白的程度，当我体会过与她们同龄的日本芥川奖得主——清淡如青山七惠、狂野如金原瞳之后，我以为，这种自我的探索还可以更深邃、精准、个性、细节。有趣的是，非传统文坛作者其实一直在补充某些空缺，除了上述的安妮宝贝、慕容雪村，官场小说、职场小说、都市言情小说乃至网络历史小说，一直都在提供传统文坛缺乏创造的那个部分。《侯卫东官场笔记》是一部当下中国官场的百科全书，它留下了时代真实的写影，它同样是一部写当代基层青年奋斗的成长小说，充满了向路遥《平凡的世界》致敬的意图；《杜拉拉升职记》填补了我们对都市职场的认知空白，将职场规则和成长、爱情调和一炉，完成了对都市"白领"阶层的一次缩影；关于新媒体时代人际故事的《网逝》，当它被改编成陈凯歌导演的电影《搜索》时，我感觉它与传统文坛最有媒介敏感的刘震云的《手机》相映成趣，成为极具时代特点的标志性文本；而六六，作为畅销书和类型小说作家出场，却以《双面胶》《蜗居》《心术》一次次扣住了生活热点，成为影视改编的热选并完成了与大众最有效率的交流……虽然这些创作都可能缺乏所谓文学自觉，无法满足精英小众对于文字"讲究"的诉求，但是，如何理解两个文坛中的多层次互补性，是我们重建当代文学生态的一个好视角。

但我要说的是，在文学未来学中，必须看重人与宇宙、人与自然

---

[1] 李陀、林梢青：《对话李陀：中国都市写作一向不够发达》，《钱江晚报》2012年10月21日，C6版。

这两个维度的位置。科幻文学、奇幻文学、生态文学因此都应该进入主流文学视野，而不因其"怪力乱神"或"非我族类"加以排斥。中国重要的文学作品将诞生于此，这类文学作品将直接使中国作品与世界作品同步。这种同步性、世界性不正是文学未来学要追求的结果吗？中国作家在清理自身复杂历史和现实样式的同时，理应直接接世界文学潮流进行创作。比如托尔金《魔戒》式的文明批判内涵的奇幻小说，比如多丽丝·莱辛式的科幻小说，比如帕慕克式的反侦探小说，比如村上春树式的异度空间小说——他在《世界尽头与冷酷仙境》《海边的卡夫卡》《1Q84》中不断地创造与现实迥异或错乱的异度空间，寄托了某种有意味的形式乃至政治隐喻，但这种构思其实直接来自物理学对于空间理论的猜想。受这种空间理论影响的小说和绘画名作不计其数，各位可以参看各种物理学科普读物和科幻小说史，只是我们原来囿于单向度的三维文学世界过于不求甚解了。

所以我想强调，未来的文学创作将会要求我们提升到一个新的智力水平和知识结构。过去文学的三维世界犹如古典的物理学，在一个范畴内它依然有效并长期等待我们精耕细作；但未来的文学创作将关怀更高级的维度，探索新的生命特征和我们的关系，恰如量子力学和相对论之后的物理学。一个有启发价值的参考来自美籍日裔物理学家加来道雄的物理学著作《超越时空：通过平行宇宙、时间卷曲和第十维度的科学之旅》，他在那里很文学地开了头：

> 童年的两件趣事极大地丰富了我对世界的理解力，并且引导我走上成为一个理论物理学家的历程。
>
> 记得那时我的父母亲不时带我去旧金山游览著名的日本茶

园。我蹲在那里的一个小池边,为慢慢畅游在水底睡莲之中五彩斑斓的鲤鱼所陶醉。这是我最快乐的童年记忆之一。[1]

之后他用同样散文化的语言说"一生就在这浅浅的水池中度过"的鲤鱼们,怎么理解它们的"宇宙":

在水底的鱼群中可能有一些鲤鱼"科学家"……会对那些提出在睡莲之外还存在有另外一个平行世界的鱼冷嘲热讽。他们认为,唯一真实存在的事物就是鱼儿们看得见摸得着的。水池就是一切。水池之外看不见的世界没有科学意义。[2]

鲤鱼的观念说明它们的有限性,见不到人所见到的三维空间——物理学家于是说,那么我们人呢?我们不是另一种鲤鱼吗?而文学批评者将在这里小径分叉:我们目前对于文学的观念、认知、想象是否也是一种"小池思维"?我们是否会自限为一种狭隘的文学纪律的制造者和专制者?

如果物理学猜想上的十维空间成为未来科学、技术和哲学不断探索和模拟的对象,那么必然和关乎灵魂的宗教、神话、传说重新接榫。世界性的文学必然会关注身体、灵魂、语言(文字和声音)三者在科学与神话的双重火焰中的表现力和表达力。幻想,将成为科学和神话共同的财富,而人性,将在新的历史语境中幻化出更加不同

---

[1] [美]加来道雄:《超越时空:通过平行宇宙、时间卷曲和第十维度的科学之旅》,刘玉玺、曹志良译,上海科技教育出版社,1999年,第3页。
[2] [美]加来道雄:《超越时空:通过平行宇宙、时间卷曲和第十维度的科学之旅》,刘玉玺、曹志良译,上海科技教育出版社,1999年,第4页。

的故事。

当文学的未来有朝一日以近似物理学的十维空间出现的时候,汉语叙事或者说汉字化文化想象力,能做好准备吗?

影响网络文学的四种基本力量

网络文学在过去的 15 年中,并非一成不变,恰恰相反,追随着互联网技术和经济的飞速发展,它的脸一直在偷偷地改变。

当我们回眸和梳理网络文学史及其代表作家、作品的时候,已经可以一目了然地比较出 15 年里文本的位移和差异,也可以看到萌芽于原初的各种创作形态怎样随着它的基础平台——文学网站的变迁,有的壮大、有的迁徙、有的退出。简单地说,安妮宝贝已然迥异于流潋紫,慕容雪村也不会写《斗破苍穹》;当年红极一时的"榕树下"沦落了,但文艺范在"豆瓣"中得以延伸和提炼;类型化的"起点""创世""纵横"在资本的拥簇下,裂变后加紧谱写起他们三足鼎立的故事……变化,是主旋律,不因为我们统一称之为网络文学而没有起承转合。换言之,网络文学是发展中的文学,是蕴藏着各种可能性的文学,自它诞生之初就不是单调的"铁板一块"。切实的研究还是要"入乎其内",描述出他们自始至今的各种存在形态、影响范围和相应价值,窄化它的门径既不尊重事实,也可能遮蔽网络文学未来的很多可能性。可以这样说,网络文学里既有文艺范的合乎文学性的东西,也有类型化、市场化、订制化的巨大的"内容资源",只是从目前来讲,后者——网络文学中的类型化创作是主流。

　　既然知道类型文学是目前网络文学创作的主流,就得对其形成机制加以分析辨明,以便了解其构成与合理性,也便于我们一旦认为过度、过量或者其发展有新的节点的时候,可以有效地干预。某种意义上说,重视网络文学的研究就得重视它的生成机制和生产机制,目的在于介入。"介入"——插入事件之中进行干预——我觉得是非常自然而富有能动性的态度。事实上,由于网络文学草根化、资本化的原因,我们过去的研究和干预都比较少、不充分,今天企图接上讲,实际却还是跟着跑。但时机是对的,条件已逐步成熟,一个建设性的"介入"可以由此开始。

　　关于类型文学在网络世界和大众阅读中为何大行其道,可以很快发现一些基本原因。其一,是跟文化工业、文化产品市场化直接相关的现代受众的消费习惯。人们去网站分门别类找自己想要的小说,其情形就仿佛去超市拿一听饮料、一袋方便面、一件饰品,它们都是卖场里的待卖品,并且消费终端的要求最终会影响到生产的起点。换言之,高度类型化(分类)意味着读者、媒介(网站或手机)、作者之间富含着职业化关系及其"服务"意识。其二,有赖于盈利模式的形成和背后资本的积极推动。既然作品同时是产品,21世纪的中国文化市场尤其是互联网经济的繁荣可以为网络写作行为提供强有力的推动力,资本所代表的利益方绝不会停止其独特的创造性,他们会应用"模式"来塑造作者和读者各自的"梦想",用"财富梦"来催生"白日梦",类型文学就是最佳的结合体。从社会生活和中国现代性进程来说,这些都是常态,理解并萌生研究的兴趣是我们和时代之间必要的联系,批判也是在理解和研究的基础上生成的,而不是相反。

那么，我的重点是，目前实际影响到中国网络文学发展的主流因素正是上述两种：受众和资本，但理论上讲不该只是两种，至少该有四种力量形成的合力矩阵。所以我认为现状就是介入的力量处于局部缺位，利好也就是说另两种力量毫无疑问大有作为。

先讲一下已经成熟的两种力量。

受众（读者），是影响中国网络文学、类型文学发展的第一力，也是最基础的力量，其他力量都是建立在它的第一性之上的，目的就是与它合作，形成自身话语权。之所以受众如此重要，是因为目前的网络文学主要就是"读者文学""读者小说"，是以读者的意见和消费选项为指归的。

当下，中国网络文学受众已经比较充分地分化出各自的层次，其基本的分布恰好跟承担的媒介相匹配。手机（阅读）因为它的普及化、日常化，形成了最便捷和底层的阅读消费。阅读层次较高的人士相对较少拿手机来长时间、大数量级地阅读网络小说，他们更注重对工作生活直接有用的信息，那么，在手机上大量阅读小说的真正人群是阅读层次较低或比较年轻的人士，这成了他们最廉价方便的文化习惯，与之相对应的文本总体质量偏差，有不少还涉及"小黄文"。各大移动阅读基地为了修正这一状况，也常常采取主动购买引进名家名作和举办正能量、主旋律的征稿活动等形式以期扭转这一印象，但目前还是受众决定了内容的基本面。

网络文学网站则吸引着一批长期付费阅读的订户，他们的阅读口味日益专业，对作品类型化的创新和发展比较精熟，会注重类型小说的技巧，习惯以即时互动的形式影响干预作者的更新，整个作品风貌因此有所提升。

纸质出版中的网络文学作品更加多样化，兼顾了"天涯""豆瓣"等网站的其他风格,在类型文学出版部分也经过了网站和网民的检验积淀,再由出版社编辑审稿修改而成,文本质量自然更高,而此类经过筛选的文本也更容易获得后期影视改编的机会,有了全民畅销书的资格。

分层的受众挑选着与之对应的作者,层级化养活了不同能力的写手和不同品质的文本。事实上,受众的文化选择权(消费选择权)能力也是不同的,越是阅读层次低的受众选择能力就越弱,一般被动地接受被排行的作品,他们最大的选择权不过是刺激性的标题。但无论哪一个层次,共同构成了影响中国网络文学发展的最基础力量,真实反映着目前中国的阅读结构(即阅读金字塔)的一个巨大的构成板块。

资本,总是建立在大众情感的周期性浪潮的敏锐嗅觉之上,并且以其富有想象力的商业模式架构着有利于它的力量。如果说受众的阅读喜好是自发的,那么,资本的引导力则是自觉的。资本的商业精神和活跃度同样应该受到鼓励和钦佩,因为成熟的文化市场所催生的文化生产工作者,不但光顾通俗的文学作品,同样也是今天严肃文学、艺术化作品所亟待拥有的。良好的市场及其理想资本应导向各种文学作品,只要有利可图,事实上如何营销好小众文艺作品使之拥有高附加值同样是商业智慧所要考虑的。

在网络文学这件事上,资本在最近五六年间发挥了强悍的功能,使这块崭新的中国独有的"蛋糕"获得了跨越式的利润回报。全产业链开发和版权运营模式的推行,由盗版的罪恶向打击盗版的缓慢回归,甚至成功地利用网络文学财富排行的形式塑造典范,同时也掩盖了事实上写手们脱颖而出的难度、身心的疲惫、写作套路的单一,这一切都是资本的本性。——问题不是来自资本的特点和文化霸权，而是来自平衡的力量没有同时涌现，施加的批评于是在影响力上微乎其微。

必须重视另两个力量的建设和崛起。一是知识精英的力量，一是国家意识形态的力量。

中国文学界的知识精英的力量在这一领域是偏于薄弱了。原因之一是文学形态上的不认同。这跟文学知识精英对于媒介换代的革命性认识与估计不足有关，也跟新时期以来纯文学观的界定比较狭隘并且一段时间内越来越狭隘有关。当他们延续文坛序列，意图深化新时期以来的文学传统、文学任务时，过多地隔绝了现实生活正在为新的创作人群赋形和授权的事实。

但网络文学已经是一个既成事实，目前的主流受众和资本夸张了网络文学的单向度，其问题非常明显。知识精英应该及时有效地介入，提出他们的网络文学主张、他们认可的网络文学和类型文学典范，创作与评论这些作品，形成影响力和话语权。当然，这都是要在尊重网络文学基本的法则和规律的基础上加以推进的。包括理想主义、启蒙主义、智力小说与艺术探索在网络作品上结合的可能性；包括研究并提出知识精英认可的网络文学、类型文学评价标准和评价体系；包括主导网络文学评奖输出审美立场和价值观。

从文学史来看，任何文学艺术发自草根民间，都是经由知识精英参与创作、给予评价才由俗向雅或者雅俗兼济的。而吸纳在新的领域出现的有素养的文化生产工作者使之成为新的精英，也是历史上常常运用的办法。

最后，想讲一下时代网络文学构建中不可或缺也不会或缺的第四种力量：国家意识形态。任何国家，都通过法律法规、检查制度、资助鼓励等来申明他们的价值立场和传播边界，其主要目的是引导和规约有社会影响力的文学艺术在现有法制与公序良俗间的尺度。严肃执行的"扫黄打非,净网 2014"行动就是国家意识形态的一种体现,其立足点即社会治理和公共文化环境净化。从打击过程中"涉黄案件"的三大特点来看,"小说成淫秽色情的主要表现形式"排在首位。事实上,这一净化不但是国家意识形态的必要,也非常合理地兼顾了对网络文学本身发展窘境的治疗,因为"小黄文"的大量泛滥及盈利模式的形成将挤压正规文学网站和广大网络作者的正常利益和名誉,不及时出手可能使网络文学创作态势扭曲化。

国家意识形态在网络文学上的作为,不等同于知识精英的作为。二者在提升网络文学创作清朗健康、裨益人心方面有一致的诉求。知识精英则更应在文学立场上合理构建大众文学的位置,鼓励提升其多样化和审美品格,甚至将未来文学的一部分重任交给网络文学、类型文学去承担。

只有上述四种力量平衡发声、互动建构,中国网络文学的环境才会全面刷新,最终捋顺网络文学在中国文化战略布局上的意义和价值。

网络文学发展大趋势

文学该有一种"理论物理学家"

我非常羡慕理论物理学家,觉得他们是这个世界上最有想象力的少数人。

他们摆脱了大多数人过度的生活引力,用"高大上"的身份理所当然地关注宇宙、星系、时间和空间。哲学和诗在那里依然有效,相互毗邻;特别厉害的是,他们不仅仅有文学式的玄想,居然还有公式、定律、猜想之类的数学性,表明他们干的确实是一件正经事。

两年前,阅读美籍日裔理论物理学家加来道雄的科普书《物理学的未来——科学决定2100年的世界蓝图》时,各种未来的发明深深地打动了我,也刺激了我思考。一方面,我知道人类的一切构思都不过是伟大而神秘的宇宙秩序中的一部分,换句话说,理论上讲只有人们想不到的,但凡想到的都可以实现;另一方面,物理学上人类所想到的,分分秒秒都在付诸验证、演算、实践,变成科学、生活,甚至大国间综合国力的比拼。

那么,文学呢?似乎没法感觉到构思、验证、实践、事实这样的动人逻辑。尤其是最近十余年,我们总觉得文学边缘化了,生活所呈现的远大于文学的想象,文学的经验怎么也无法穿透生活的盔甲,直达众生的心灵。在深感焦虑地解释说明、说明解释的反复唠叨中,我们看到"新概念作文大赛"诞生的韩寒、郭敬明们迈过去了,成为公共话题和大众文化的一部分;我们看到"网络文学大爆炸"迈过去了,全民写作和全民阅读正在以一种别样的方式绕过"纯文学观"的边界,依靠类型文学放闸泄洪,各种类型的小说对位着各式人等的欲望、期冀和好奇心,一会儿"穿越",一会儿"意淫",并顺顺利利地与世界范围内的后现代主义以及中国文化产业的振兴步伐连为一体。

我们的文学观其实需要哲学式的调整了。美国教授唐·伊德在《技术与生活世界》一书中说,"哲学能做好两件事情:它可以为观察地形提供一个视角……其次,哲学可以为理解提供一个框架或者'范式'"。他在书里引用了克尔凯郭尔的表述:当我们在做不可避免的选择时,就仿佛汪洋里的一条船,领航员置身于大海中,船和大海都在运动,他必须及时测定方位、找到方向、定好自己的位置和目的地,此时的视角是流动的、相对的,但这是常态,必须提供判断和选择。

在我看来,为了理解和去除旧有文学观的弊病,我们正过度地商量过去和现在的关系,——比如现在的网络文学是不是就是民国的通俗小说、"鸳鸯蝴蝶派"的还魂,到底是"五四"新文学传统更先进,还是应回归文脉意义上的晚清,——这些讨论反映了我们一贯的习性,向历史要办法,尤其是帮助我们舒缓当下的焦虑。这固然是学理探讨,也是人之常情,但我更在乎"未来"这个概念——文学世界是很少谈"未来"的,这是物理学教我的。

如果把思考的轴从"过去—现在"的二维拉到"过去—现在—

未来"的三维,甚至特别看重"现在 — 未来"的链接,我想,我们的心态会更健全,视角会更开阔,范式会更有活力,设计会有所前瞻。

至少,这会让我一下子看到文学不是自足的,它受到所有与人相关的范畴和其他机制的影响,其他部分的发展和变化牵引着文学的发展和变化,所以也就可以根据那些部分的发展和变化对文学有所设计、有所预期;文化自信和文化自觉,在某种意义上是因为我们对未来有清晰的畅想才被全面激活的,这依赖的可不光是我们对文学单纯的热爱,还有对世界及其未来的了解和构想。

那么,我们目前最缺的是:一种文学领域的理论物理学家。

网络文学就是未来的主流文学

网络文学就是未来文学的主流,媒介革命赋予了它这一位置。

人类从口传文学到纸质文学到网络文学,这个脉络正在被越来越多的中西鸿儒描述清楚。"网络文学"这个约定俗成的词语,之所以能够成立并被长期沿用,关键就在它亮明了自己的媒介属性:网络,是这两个字让网络文学不至于沦为甲骨文学、金石文学、竹木文学、丝帛文学这样的生造词而贻笑大方。基本可以认为,甲骨、金石、竹木、丝帛在纸质之前并非当时大众生活的主流传播介质,主流还是口耳相传,所以它们在文学影响力上缺乏划时代的意义,这个局面到纸张、印刷术的发明与普及才得到根本性的改变。

互联网之后的书写进入了一个全新的介质,这一媒介日益成为人们普遍使用和传播、交流的载体。拿传媒学者的口吻说,就是"互联网技术将成为社会的底层构架和标准配置,如同发动机和电力"。2013年,中国成年人的数字化阅读首次超越了纸质阅读,占50.1%,

这就是个媒介分水岭;电子载体和互联网迟早将以恰当的形式全面进入教育系统,与未来人口相伴相行,就像当年我们使用纸质教科书那样普遍。据此可以说,我们目前正处在"混合媒体"时期,即从一个旧媒介向一个新媒介过渡的丰富而紧张的边境线上。

所以,不管是什么类型、什么品质的文学作品,只要能够在网络介质上写作、传播、互动、发行、盈利,都是网络文学。

这中间涉及一个巨大的争议点。目前来看,在中国讨论网络文学的人都把"网络文学"这个词缩小到网络(手机)收费阅读模式下的类型小说、通俗小说,这在我看来是缺乏未来性的"当下中心论"。换言之,就是因为没有把"过去 — 现在 — 未来"的三维眼镜打开戴上,所以犯了一个不大不小的错误。

从中国网络文学近 16 年的历史来看,网络作家、作品的潮流就换了好几茬。当我们回眸和梳理网络文学史及其代表作家、作品的时候,已经可以一目了然地比较出 15 年里文本的位移和差异,也可以看到萌芽于原初的各种创作形态怎样随着它的基础平台 —— 文学网站 —— 的变迁,有的壮大、有的迁徙、有的退出。

简单地说,安妮宝贝已然迥异于流潋紫,慕容雪村也不会写《斗破苍穹》;就文学网站而言,当年红极一时的"榕树下"沦落了,但文艺范儿在"豆瓣"中得以延伸和提炼,类型化的"起点""创世""纵横"在资本的拥簇下,裂变后加紧谱写起他们三足鼎立的故事……变化,是主旋律,不因为我们统一称之为"网络文学"而没有起承转合。因此可以说,网络文学是发展中的文学,是蕴藏着各种可能性的文学,自它诞生之初就不是单调的"铁板一块"。

比如,2000 年网易".com 文学"频道孙健敏的小说《*程序》,就是诞生期内出现的另一路网络文学作品。全文采用游戏结构,为读者（玩家）提供了两种不同的阅读（游戏）方式，这和西方的网络小说即"非线性的超文本"设想与实验更为接近。此类文本，大致还包括超文本小说、互动小说、定位叙事、场景作品、编码作品、生成艺术、动画诗和聚合等基本类型。只是这一支在中国目前阶段尚未发育。

所以，当下的网络文学主流——网络（手机）收费阅读模式下的类型小说、通俗小说，未必是将来网络文学概念的唯一核心。因为还有很多新的人群（部落）、新的思想、新的玩法还没有安营扎寨。

一些红极一时的"网络作家富豪"照样会出局；另一些今天的网络文学"大神"会从流水线上"退休"，谋求商业化以外的成功和发展，比如创建新平台、比如文学史位置；还有网络作家未必在网络收费模式下爆红，却可以走向影视改编、脱口秀；自然还有更多不追求在网络收费模式下"日更"（每天更新）、"周更"（每周更新）当码字民工的，却以在豆瓣等网站写作中短篇小说赢得小众拥趸；更多网络"微文学"将以微小说、微散文、微童话和诗歌的名义应运而生，产生"小而美"的美学效果和碎片化的便利传播；超文本、超媒体文学在动漫、视频、微电影、听书等大发展的过程中酝酿着新的崛起……

正如大家都爱美食，口味却各有不同，未来网络文学会因为各种力量的萌动，更多年龄层、文化层的介入，出现"多极化"的格局，而非今天由资本推动的"单极化"。这倒有点像我们对国际关系的设计和想象。

只是无论怎样"多极化"，网络文学就是未来文学主流的判断不会改变。

一次如唐诗般的旅程

迟早有人会像归纳唐诗那样,去归纳网络文学的初、盛、中、晚期。这同样是历史经验,只要我们对网络文学给予未来的允诺。

以我之见,目前的中国网络文学,还处于初级阶段。对于纸质迷恋者和怀着纯文学观的人们来说,网络文学目前16年的历史都有点嫌长了,但事实上,它粗糙海量和"哗众取宠"的姿态正好说明它刚刚开始,既需砥砺精进,也应大有可为。

初期的网络文学会有哪些特征呢?欲望化和商业化就是它的鲜明印记。

不久前,在北戴河召开的全国网络文学理论研讨会上,某文学网站总编用人类的"七宗罪"——"傲慢、妒忌、暴怒、懒惰、贪婪、贪食、色欲"来归纳网络类型小说写作技巧的核心,生动地演示了如何让网络类型小说写得好看,从而最大限度地满足当代读者的原欲。这在探讨类型小说模式化和"顺应"读者心理的机制上,实在是精彩的、富有说服力和可操作性的范例。但简单的快感导向,以刺激人体多巴胺为归依的这一套方法论,透露着它背后盈利模式的强烈商业诉求。"小黄文"成为"扫黄打非,净网2014"行动的最大打击对象,其滥觞也正是因为文学网站片面地迎合人类原欲和资本牟利的动机。什么是大众文化、通俗文学的伦理底线和社会责任?这终究是一个需要网文界思考和建设的问题,就像成熟的好莱坞电影已然形成其"故事的道德前提",才让创作长葆社会认可度与审美价值。所以,青春期的中国网络文学应该捕捉这由"危"生"机"的转折点,警惕、净化并沉淀智慧。

不少网络类型小说注意到了这一点,在好看、制造阅读快感之余，给励志乃至崇高留下了空间。被网民乐道的"中原五白"——东茄（我吃西红柿）、西豆（天蚕土豆）、南机（梦入神机）、北少（唐家三少）、中辰东，都是"小白文"（比喻没有什么深度、较通俗易懂、符合一般年轻人口味）的代表作者，但他们的作品大抵对励志、自强、热血、意志力等成长要素有所考虑和布局，开始营建作品的积极面向。而另一个说法中的"四大文青"——猫腻、烟雨江南、烽火戏诸侯、愤怒的香蕉，意味着网络类型小说创作依旧可以讲究文字和内涵，像猫腻的《间客》《将夜》，都在"爽文"的情节中赋予了崇高的寄托，被一干网文的高端读者、知识精英所激赏。

网络文学的初期，以民间作者、类型小说为主流，毕竟留下了《悟空传》《后宫·甄嬛传》《间客》《明朝那些事儿》《新宋》《侯卫东官场笔记》这样的佳作；且从大众文化层面如影视改编的影响力立论，还有《步步惊心》《失恋33天》《杜拉拉升职记》《亮剑》这样的超级成功之作，以及正在改编为影视作品、备受粉丝期待的《鬼吹灯》《盗墓笔记》《华胥引》等，其成就和景况也差可比拟初唐的诗歌阶段了。

有人问，为什么独中国会产生世界所无的网络类型小说创作高潮？又为什么欲望化书写如此五花八门、高低杂陈？

这至少跟中国文化产品的供需关系不均衡，以及中国传统文脉中被压抑的"怪力乱神"的基因性反弹有关。前者尤其关键，比如美、日、韩这样的文化产品输出大国，我们可以发现，其影视、动漫、游戏、演艺等文娱方式和题材类型大量存在、充分发育，人们对网络小说并没有非此不可的精神性饥渴；这些国家还拥有全产业链上的专业化、职业化，即高技术性、高市场性的团队人才，其生产水平、管理水平也因长期的经验积累，突显出全球化的战略优势和产品优势。中国经济上升、思想解放之后,来自民众的强大文化消费诉求与实际的文化产品原创能力之间存在着巨大的落差,这个时候,网络类型小说成了最快捷和廉价的替代品,并逐渐形成了"内容池"和"人气值",今天还能向下游的产业溢出越来越多的红利。

未来的网络文学在很长时间内依然会依赖这种市场发展模式延伸和改变自己。有趣的是,下游的产业资本将与上游的文学网站既合作又竞争,主动攫取他们可用的作家资源和作品资源。精准了解文化产业需求的中介公司、经纪公司如果能及时找到位置,加入版权交易和开发服务,获得金融支持,形成行业,也将是不可小觑的一股力量。由此引发的社会效益和经济效益,将使网络文学成为各个方面共同关注的兴奋点,管理和推动都是必然。

相信这一格局之下,网络文学会加快它步入盛期的节奏,富有集大成意味的精品可能接二连三地出现。同时,由于"未来"维度的提醒,我相信关涉人类生存的热点问题将促使科幻文学、生态文学的勃兴,终极关怀将赋予他们重要的使命和关注度。

而网络时代的莫言、余华们也未尝无踪,"文学青年"在网上写作过去有,将来随着文学网站的多元化和主流化,他们也会选择网络作为他们作品的首发地,只要盈利模式一解决,他们会完全适应并满足于与即时读者(粉丝)互动带来的乐趣——这一点,金宇澄的《繁花》已经是最好的前驱和示范,将来在这个意义上还要追认他更大的典范价值。这部沪语小说最早是在网上发表并完成的,后来获得了文学界的广泛关注,一举摘得2012年度中国小说排行榜长篇小说第一名。

"后现代主义阶段,文化已经完全大众化了,高雅文化与通俗文化,纯文学与通俗文学的距离正在消失……总之,后现代主义的文化已经从过去那种特定的'文化圈层'中扩张出来,进入了人们的日常生活,成了消费品。"美国著名学者杰姆逊曾如此描述。那么,必须思考,怎样使审美和崇高介入这一文化的工业生产及其商品化的格局中,将奇妙的烙印打进内部,而不是悬置其外。

登堂入室会有时

网络文学的登堂入室主要看它在高等院校中被研究和被传授的可能。

一所非学历教育的"网络文学大学"于2013年10月30日率先成立,莫言任名誉校长。由中国作协指导、十几家网络文学网站发起成立的这一网文培训机构一时间成了媒体的聚焦点。担任副校长的17K网站创始人血酬写起了《网络文学新人指南》《网络小说写作指南》的教材,还有不少资深的网络作家、网络文学研究者正投身于网络文学写作培训和教程的编纂之中,相信不久一定会蔚为大观。

2013年12月25日,盛大文学和上海视觉艺术学院宣布联合创办"国内首个网络文学本科专业",使得网络文学写作的学历教育成为事实。由网络文学企业和高等院校联手打造网络文学本科课程,除了有利于一个实际操作性强的学习体系形成建立,关键还为网站培养和拉拢优质作者资源奠定了基础。

网络文学的写作传授,在今天高校日益普及的"创意写作"学科设置下将得到名正言顺的吸收和消化。我们甚至可以设想,当一些知名的大学对外宣布自己与某些大众文化领域的"超级大神"联盟,为热爱写作的青年提供本科、研究生的教学、科研条件时,那些出生在这个时代的年轻人会多么兴奋。

学者们开始研究并"经典化"正在发展中的网络文学作品,这是他们的基本功,也是他们的岗位需求。有趣的是,中国网络文学初期诞生的绝大多数文本是老妪能解的通俗小说,这和高校文科学者过去经典文学阐释者的经验有所不同,那么,他们一定会借用十八般武艺来配置网络文学,当然,也会创造性地指点和提升网络文学作家、作品的精品化,使得网络文学真的呈现出写当代《红楼梦》或者赶超《哈利·波特》的抱负。

　　网络文学的"多极化"会带来学者研究和"经典化"过程中的"多极化",那又是一场场充满争辩的好戏,我做好了围观的准备。也鉴于网络文学在新媒体时代牵涉如此广泛,自然会诞生从文学、文化、产业、科技、意识形态、社会学、人类学、神话学、未来学、精神分析学、后现代主义、女性主义等各个背景对它加以研究的学派和成果,如果那一天到来,证明它已完全成熟。

　　文学,是人类情感的园圃;作家,是人类情感的工程师。一切文学的成功,也许就是建立在人们周期性情感浪潮之上的建筑,大多数建筑终将倒塌、翻新,只有那些富有洞察之魔力的作家和他们的作品,才会被时光留住,成为记忆的博物馆,等待后世的不断参观与共鸣。这一点,无论网络文学还是其他介质时代的文学,概莫能外。

网络文学的综合治理与时代使命

网络文学也许到了一个需要综合治理的节点,这个节点在 2014 年的预兆不可谓少。

主流化网络文学及其新常态

1 月,浙江省成立全国首家网络作家协会,7 月,上海市网络作协相继成立,地方党委政府和作协积极主导推动其事,团结、服务、介入的定位与其说标志着"网络文学主流化",不如说首先意味着"主流化"网络文学;4 月到 11 月,全国性的"扫黄打非,净网 2014"行动突出"涤荡污泥浊水,还网络清朗空间",对包括网络小说中的"小黄文"等在内的网络负能量给予了严肃惩治,这与此前此后的一系列互联网整治事件共同构成了 2013 年"8·19"讲话精神以来关于党的宣传思想工作尤其是新的历史条件下网络阵地、新媒体阵地的"守"与"治"的清晰理念和方法手段;7 月,中国作协、《人民日报》文艺部、《光明日报》文艺部主办的"全国网络文学理论研讨会"第一次有规模地集聚了全国网络文学代表性研究者和各大文学网站的负责人 70 余位,全天候地研讨了两天,成果汇编收集为中国作协创研部编定的《网络文学评价体系虚实谈》(作家出版社);10月,习近平总书记做了文艺工作座谈会上的讲话,涵盖自然远大于网络文学而遍及所有当下的文艺样式,讲话直面文艺界的时代病,作为"一时代之文学"的时髦货,"有数量缺质量""抄袭模仿、千篇一律""机械化生产、快餐式消费""在市场经济大潮中迷失方向""低俗""欲望""单纯感官娱乐"这些毛病同样存在于浩如烟海又品流复杂的网络文学之中,足以引起热爱网络文学、抱希望于网络文学之未来的创作者和研究者们的警惕与细思。

总的来讲,今天网络文学的主题仍然是成长和发展,其主流价值也是在满足人民群众(网民受众)的精神文化需求的前提下,竭尽所能地在主流价值观和市场(对大多数网络作者而言则是生存)之间找到一种更为优化的平衡。但毫无疑问,2014年开始的一系列网络文学生态场的变化,正如我今年的另一个判断,影响中国网络文学的力量正由过去的"受众和资本"两强,变为"受众、资本、文学知识精英、国家意识形态"四种基本力量的合力矩阵,这种格局的出现是趋势性的、中长期的,是一种"新常态",标志着网络文学综合治理已然加快了步伐、提升了意义层级;当然也意味着网络文学现在以及未来都已不是一群单纯的业余作者的吟风弄月、异想天开,而是随着它的影响力增长、读者人群庞大、社会效应和经济效应辐射力牵连甚广,成为一块连接着中国当下各个方面、各种权力意志以及各种表达、各种写作可能性的非边缘性文化场域。

资本的提示和"网络文学IP元年"

有趣的是,这一年资本在网络文学领域丝毫没有懈怠,依旧表现出国家将文化创意产业提升为国民支柱性产业战略下的商业作为。

一方面,作为网络文学平台的各大巨擘的格局不断遭遇改写。如果说2014年上半年依旧流行的是三足鼎立的"起点、创世、纵横"或者另一个版本"一起创"(17K、起点、创世)的话,那么,靠近年底,随着"百度文学"于11月27日成立和"腾讯文学"12月8日召开腾讯产业峰会,一年之内,国内网络文学疆域完成了从所谓"三强鼎力"到"两霸争雄"的格局位移。过去多年处于"一超多强"的"一超"——"盛大文学",在整个资本市场的夹击和本身资方战略布局的转型下,轰然解体,归入腾讯的版图,此中故事细节自然是将来一部网络文学发展史的好材料。而这种资本运作的特点再次说明,网络文学目前的主流就是市场化文学,不研究、不了解、不尊重市场规律和游戏规则,可能对网络文学的研究尤其是治理,都不免隔靴搔痒、不在点上。

另一方面,2014年下游产业链资本的上溯直接导致了网络文学今年的最热词是IP或者说IP价值。也许没有这一年的普及,我们连IP究竟是什么都搞不清楚,以为无须顾问——IP, Intellectual Property的缩写,直译为知识产权,全称为Intellectual-Property Right,指无形的财产权,或称智力成果权。当一个核心智力成果向下游产业链衍生的时候,会诞生无数的产业新价值,作家们最常见的就是小说版权被购买影视改编权,而网络作家同时还有可能被购买其作品与作品中人物形象的动漫、游戏、衍生品、海外传播等产权;作家可以靠一部或多部作品较快形成庞大的产业利润,国际如 J. K. 罗琳和她的《哈利·波特》,国内如唐家三少和他的《斗罗大陆》,天蚕土豆和他的《斗破苍穹》,流潋紫和她的《后宫·甄嬛传》……2014年中,《盗墓笔记》《鬼吹灯》《何以笙箫默》《华胥引》《琅琊榜》《云中歌》等网络类型小说名篇纷纷在影视市场开机,更多的网络小说名篇正在成为影视业IP价值寻觅的热点,同样的情况也发生在动漫、游戏等业界。所以,把2014年称为"网络文学IP元年"并不夸张。

在此背景下值得深思的是这样几个问题:

第一,资本尤其是下游产业链资本的内容诉求大量生成,进一步加剧了网络文学和网络作家的市场化程度,文学与经济的天然规律在繁荣文娱产业的同时,也催生了我们这个时代关于写作与金钱的欲望神话,作家主体可能在此间异化,忽略和遗忘"一部好的作品,应该是把社会效益放在首位,同时也应该是社会效益和经济效益相统一的作品。文艺不能当市场的奴隶,不要沾满了铜臭气。优秀的文艺作品,最好是既能在思想上、艺术上取得成功,又能在市场上受到欢迎"[1]这样的辩证关系和创作伦理,患上"就低不就高"、纸醉金迷的时代病。如何修养我们自身的灵魂,对文艺创作的价值及其时代使命有更为高远的认识和判断,我想是考验网络文学"大神"们的一次重要"试炼"。

第二,由于资本的逐利性,热闹的IP元年带来的还有可能是一种竭泽而渔的IP浪费、IP资源粗放型开发。这就仿佛人类对地球能源的渴求,自工业文明以来的二百多年透支的是大量不可再生的资源,并由于技术能力薄弱达不到精细化开发要求,急功近利中完全来不及琢磨一种生态保护意义上的可持续发展道路。换言之,理

---

[1]《习近平在文艺工作座谈会上讲话(全文)》,人民网,2014年10月15日,http://culture.people.com.cn/n/2014/1015/c22219-25842812.html。

想资本不应该是对青春期的中国网络文学资源和环境施加浪费、污染的掘墓人，而必须是一群富有生态意识和长远眼光的文化儒商；与此对应，理想作者也不应该是一拨粗制滥造、重复拷贝，并且毛孔全是金钱、妄想自我利益独大的"土豪与屌丝"的结合体。网络文学的超级 IP 得来不易，需要养护和精耕，需要与之相关的产业链上的各类专业人才通力合作，这是考验我们网络文学产业智慧的另一重要"试炼"。

理想资本与综合治理

在我看来，理想资本实际上是中国网络文学下一步发展暨综合治理工程中最需要有所认识并加以培养、挑选、鼓励的核心要素。

换言之，市场化文学不仅要用文学的标准去导引，更要用市场的手段去导引；并且，文学的、审美的、价值观的注入同样可以借助市场的手段深化其说服力，这是组合拳，也吻合网络文学长期积淀的性格基因。目前很多在外场的批评，固然有其超越性、学理性，但内场才是切身与肉搏、交互与融合、热爱与创造的终极路径，这过程富有酣畅的生命力，也急需高明的整合力。网络文学是一方极富中国特色的、具有可塑空间与期待值的热土，他考验人们的恰恰不是单一化的解读和工作思维，而是复合型的、交叉性的思维，需要具备跨界的、创意的，与时代政治、经济、科技、文化相伴相行的本领和勇气。

内场的方式，现在看来也有两条路：一条就是"进网写"，比如金宇澄在弄堂网里写《繁花》（虽然不是类型小说，但意义重大），比如邵燕君、庄庸在北京大学实验网络文学创意写作课程，让学生在文学网站里"开更";一条则是"进网投(投资)",代表着"理想资本"背景的国有、民营出版机构,文学网站,影视集团,动漫游戏公司,策划人,版权经纪人等应深度掌握网络文学资源,互相之间形成理想、共识、联合,因势利导其文化产业价值,形成生态性的网文"育人"机制,精细化、专业化中国网络文学的 IP 运营模式。后一条路,虽然我们在文化产业上的投资动辄过亿,却仍因认识不足、专业度低,至今是产业结构上的短板。此外,我们也较少从综合治理的角度思考着眼,协同创新,用理想资本来引导网络文学创作的方向和流变。把市场化的文学仅仅交给文学去办是不妥也是不够的,市场一面的经验还需补位、做好、做强,最终能够让我们的大众文化产品立得住、走得出,像好莱坞大片般运行,承担起国家意志和民族文化的传播功能。

网络文学的时代使命

网络文学目前的市场化并不是一条错误的道路。错误在于介入力量的不平衡,在于不平衡后变却的人心。

我们选择文学,是因为文学考量灵魂,无尽表现造物设计的奥秘,呈现人间的苦难和欢喜,温润与坚强我们的心智;选择文学是选择一个务虚的位置,是尊重我们内心伟大而神秘的召唤。观察生活、观察人性、观察生死之间甚至之外,是文学创作和研究最大的价值与乐趣。享受过这种价值与乐趣的人群,对于市场化是能看清、看透、看宽的,理应明白我们在这世间的位置、操守,处理好自己的进退分寸。

网络文学作家是否能领悟和自证这一点,决定了他的作品能走多远，证明了其个体是否明朗智慧。我们的文学评价体系要在这个意义上寻找作家、作品，看得到网络作家、作品之间的差异和闪光点。

由此回到网络文学自身，我以为，它的第一层时代使命就是做好通俗性、大众性、网络性，坚持它的大众文艺立场，而不是邯郸学步、失其故行。目前的网络文学主流是通俗的类型小说，这条路的发展进一步弥补了过去文学观念、文学评价体系中对通俗文学的压抑，使我们续接了更古老久远的文脉，也使我们的文艺创作在另一维度上更接"地气"。又因为媒介革命和国际化背景中的大众文化、流行文化、亚文化因素的嫁接，当下的网络文学开启了"ACGN"（动画、漫画、游戏、轻小说）文化及其产业循环的模式，也为我们注意年轻一代的文化缘起，关注流行文化问题，梳理和矫治大众文化走向敞开了门户。

一方面，网络文学就是要把类型化的技术性、专业性做好，试验和研究清楚里面的叙事模式、创新可能，维护好它的通俗、大众、网络特点；另一方面，只有熟练地认知这些群众喜闻乐见的叙事模式和传播规律，才能灌注新内涵，输入和输出核心价值观。

另一方面，中国网络文学 16 年发展路径是一条民间创造力、文艺生命力自由生发，破除传统文学观念"大一统"以及部分傲慢、偏见、孱弱、无根之弊的自发之路。要把它纳入文学创作本身的破旧立新或者被压抑的"旧"托网还魂的文学运动律令里去看待，也就是说，它的另一个时代使命就是创作和阅读的多样化诉求，以及对稳定的文学场的合理扰乱与重构。

在这个意义上，我们要善待网络文学的奇思妙想乃至怪力乱神。网络中最典型的玄幻修真类小说中的主人公往往表现出的那种如饥似渴、狂乱快意的热血情怀、修炼模式,其实正是网络文学现阶段不择良莠、泥沙俱下的海绵般无尽吸取一切的状态写照。各种粗粝的"爽度"都在证明它不是一个已完成的"自我",而是一个全凭天赋、神志懵懂的处于高速发育期的少年。恰如"一根藤上七朵花",每个金刚葫芦娃都有神通,但得看是被善良的人养育,还是被蛇蝎二精掠夺。

未来,网络文学的最终使命却是消灭"网络文学"这个概念,让它留在文学历史当中,这意味着网络文学走向了成熟和新的稳定。"土返其宅,水归其壑",本来就没有什么网络文学、纸质文学、丝帛文学、甲骨文学之分,只有"文学"是永恒的命名。大众的类型文学是消灭了热闹嘈杂的网络文学时代之后比较靠谱的名字,他们理应在文学创作的谱系中拥有自己长久的位置和荣誉。而当一切创作的发表、阅读、评价都以网络及新媒体的方式展开时,再提网络文学已经没有了新鲜和革命的意义。

媒介裂变下的文艺批评生态和批评者重构

在互联网作为崭新媒介对实际生活尤其是文艺批评发生什么了不起的作用前,文艺批评在当代中国已经积弊重重。在将近20年后的今天,人们把讨论的焦点转移到"互联网+"(即其媒介革命)的背景时,一切看上去变得如此时髦也更加轻盈,就此所展开的论述和成果犹如改天换日,无须考虑前一周期是阴还是雨。——然而覆盖总是令我心存疑惑,因为阴天和雨天即便在互联网时代还会出现吧,这恰如大雪掩埋了土地见不到地上的碎石瓦砾了,但雪一化终究会露出原本的残损狼藉。当然,新一轮的太阳或者大雪铺天盖地,昭示着不可逆的造物之共同体的存在,不在其上构想创造与批评的世界,批评家也就毫无意义了。批评家在这个意义上讲,总是当下的、前沿的、此刻的;没有比批评家更热烈地关心和思考其所在这一刻之特征的人群。

"前互联网时期末叶"文艺批评的问题

我所说的"前互联网时期末叶"是个特殊的概念,大约指20世纪90年代。

一方面，中国民用和商用化的互联网从1996年登上历史舞台。1998年，是之后被界定为互联网文艺的最早表现（也是最不需要复杂技术手段）的网络文学"元年"。换言之，与这些网络环境相伴而来的网络文艺批评也可以从1996年讲起，它们在新世纪（2000年后）逐渐生长、繁茂、泛滥；那么，20世纪90年代恰好成为传统文艺批评的一个末叶。

另一方面，如果将20世纪90年代视为某个比较稳定的文艺批评时期，比如"新时期文学""纯文学"乃至"世纪末文学（艺）"等概念的尾声——这些概念都有专门的界定或者一定程度的共识，是曾经被创制和使用过并已然进入相关史述的命名，那么，20世纪90年代的文艺批评又恰好是这些概念统治效用的最后阶段。之后，它们被"新世纪文学""80后文学""网络文学""网络文艺"等新概念替代、挤压和版本覆盖。不是说传统文艺批评手段就此失传，更不是说20世纪90年代所象征的文艺批评问题已经解决和全无讨论必要，只是说为什么将"前互联网时期末叶"这个提法定位于此——因为当时文艺批评的基础、方法和手段仍然全盘运行（呼吸）着，关于它的问题（呻吟）亦尚未被"互联网+"这个话题干扰而留有末叶的整个儿活态。

手边的一册理论评论集可作为缩略的观照物。2016年1月，由张燕玲、张萍主编的《今日批评百家：我的批评观》一书由广西师大出版社付梓，该书汇集了《南方文坛》自1998年1月开设头条栏目"今日批评家"以来的98位中国一线代表性文学批评家的"我的批评观"一文。由此，我们可以看到1998年延伸至2015年的"50后"至"80后"批评家谱系及其观念系统的传承性和变异性，了解不同时候登上这本典型批评刊物的人物们关心的当下问题究竟是什么。

结果,在20世纪90年代最后两年的议论中可以看到我上述"前互联网时期末叶"的文艺批评家的注意焦点:

> 更为严重的情况出现在批评内部:一些批评家似乎丧失了必要的信心,他们对于批评的前景忧心忡忡。……他们习惯地说,批评已经"失语",陷入了"危机"——"失语"或者"危机"正在成为两个时髦的反面形容词。
>
> 现在的批评论文晦涩难解。……不可否认,不少生吞活剥的批评论文很难赢得足够的耐心和尊重。然而,是不是还存在了另一种可能?——交流的中断也可能归咎于读者的贫乏。如果读者对于20世纪以来的一系列重要学派一无所知,那么,一大批生疏的概念术语的确会产生难以负担的重量。……没有必要在一大片茫然不解的眼光面前自惭形秽,害羞地四处道歉。
>
> 批评家甚至使用一些夸张的言辞为作品指定一个并不恰当的位置。这种批评一部分来自不负责任的友情,另一部分是商业气氛的产物。大众传媒一旦分享了作品的销售利润,这种批评可能在某些圈子之内愈演愈烈。[1]

九十年代批评家心理有些不平衡。一则文坛功利色调愈重,作家拿批评家当敲门砖的行径不单日益普遍,且较以往更不加以掩饰,一旦达到目的就将批评家一脚踢开,令批评家失落、切齿。二则批评家在名利两方面与作家的差距都在不断而迅速地拉大,

---

[1] 南帆:《低调的乐观》,《南方文坛》,1998年第1期,第1页。

为人做嫁衣裳之叹遍及评坛。[1]

　　在文坛上,有一个专以文学为对象的"职业批评家"群体,这是1949年后特定的政治、经济和文化格局的产物。随着这种格局的变化,这样一种文学群体也终将消失。……
　　"职业批评家"群体的存在,使得值得批评与不值得批评的作品都被加以评说,也使得好作品与坏作品一时间无从区分。[2]

在更多的不需引用的文学批评家自述中,类似的批评的批评、社会的批评、文化的批评、历史的批评、人性的批评、职业伦理的批评以及强调文艺批评家理想、志业、精神、灵魂、自由追求、审美追求的观点、意见成为"前互联网"时期文艺批评的主调。

从当时文艺批评之传统和社会变化的关系来看,20世纪90年代的改革开放向市场经济深化这一选择,事实上成了紧张关系的决定性因素。商业化、大众传媒的勃发,功利主义与实用主义、作家与批评家在名利上的不平衡,乃至读者对于批评文体、文风的龃龉嫌弃(一种市场化后供需关系与服务购买的意识转变),都与中国的社会主义市场经济实践有关。如何处置义与利、崇高与消解、精英与大众、艺术与消费等相互间的关系,尤其是在极具精英意识、知识分子认同,以及传统媒介与体制下权威文艺阐释者形象的批评界中消化、调整、重构这部分时代关系,特别地困难艰奢。

似乎没有人从批评家的收入来源和收入水平谈文艺批评的社

---

[1] 李洁非:《九十年代批评家》,《南方文坛》,1998年第6期,第1页。
[2] 王彬彬:《"职业批评家"的消失》,《南方文坛》,1999年第6期,第1页。

会地位及其改善的路径。如果这么谈在20世纪90年代有困难,那么今天为什么也不这么谈?——在新世纪的两个十年中,屡次掀起过由上而下的关于文艺批评中"红包批评""人情批评"问题的批评潮,这一问题实际上在20世纪90年代的市场化语境中已经大量发生,成为绵延而下的很长一段时间中国文艺批评家生活的"潜规则"和部分工作伦理。该情况有其市场语境、资本语境中异化和腐化的问题,但也有批评家劳动与劳动报酬是否匹配的问题。在前引的南帆、李洁非、王彬彬等的议论中其实都提到并批判了与之有关的"老问题",但十年、二十年过去了,症候和药方也仍是"旧模样""老例"。固然,"精神胜利法"在这个事情上有一定的作用,比如王干1998年借用弗洛姆"利己欲"概念加以申说的"批评家的牺牲精神":"一个真正的批评家必须克服自私自利的行为之后,才有可能肩负起批评的使命和责任","我则联想起批评家的精神历程,想起批评家的使命——文学繁荣的牺牲者","他是一个伟大的人梯,伟大作品的传世是和作者连在一起的,批评家是注定要被淹没和遗忘的。这有点像某种昆虫,在献出生命的汁液之后死去","他可以倒在批评的岗位上(岗位这个和平岁月里常见的词在此时如此地悲壮),但不能退却,因为他是肩负使命的人,他是文学的清道夫"。[1]然而,仅仅建立在道德甚至超道德律令的基础上谈文艺批评的坚守传承恐怕独木难支。

当我们认识、分析人类文明和中国社会发展早已历经了"资本论"及至"后资本论"的理念,国家也已进入了全球化文化战略及意识形态博弈的场域后,依然将文艺批评环境氛围的改良净化归诸批

---

[1] 王干:《批评的使命》,《南方文坛》,1998年第4期,第1页。

评家个体节操和群体清贫,不是用综合治理、现代公共文化建设和批评生态学等角度看待时代文艺批评的功能、作用、环境和未来发展趋势,积极描述说明延误而亟须解决的核心问题,借用公共言论和议政通道提出来、解决掉,多少有点"古典,太古典了"!换句话说,就是把文艺批评家在20世纪90年代以来的生活和工作焦虑看作社会问题而不是道德问题来思考和吁求,在文艺以外的社会、政治、文化场域中充分表达阶层人士的智慧意见和另一番道德勇气,以当代知识分子的身份、意识、作为来反哺自身的文艺批评事业,而非将自己视作"职业批评家""圈子批评家"对一亩三分地的歉收自怨自艾、自我麻醉、自我矮化,这才是破解市场化甚至资本化碾压的有效自觉和自信。所以,这种自我身份确认的差错和方法上的无力恐怕才是文艺批评界整体上最大的思维盲区和本领恐慌。

同样的,20世纪90年代由于特定时代环境呈现的"退回书斋"的倾向在进一步扎紧高校学科思维下的学术规范和评价体系时,也有意无意地阉割了文艺批评(包括批评家个性、出身、文体、文风)的多样性,即其在"学院"体制中被日益边缘、齐一、量化等弊端围堵、清扫、出局。20世纪90年代一方面仍然延续着20世纪80年代文艺批评的某些遗绪,比如书评、书话体的文艺批评仍大量存在,《中华读书报》《文汇读书周报》《中国图书商报》《读书》《书屋》《书城》等读书类报刊在一段时间内都相当景气(《读书》在1996年汪晖、黄平主事时期全盘转向思想学术类刊物,因"文风晦涩"为一部分老读者所诟病,与1996年之前的随笔化《读书》风貌迥异。这同样也是学院派加强其话语权重的一项标志。学院派批评的方式本身渊源有自,未必是问题,但如果整个文艺批评生态一花独放,难免就不是春了);另一方面,所谓"思想淡出,学术凸显"的语境中,文艺批评从"急先锋"沦为了似乎游谈无根的二等公民,论文体占领上风、愈益显赫,批评家学者化、学院化、教授化势在必行,作协派批评家日益减少,文艺批评愈来愈千人一面、创新乏力、读者窄化,高校文科教师科研考核加剧而一般文艺批评无分可拿,这些都限制了文艺批评的繁荣。再之后,多样化的文艺批评生态在出版和发表上都逐渐生出窘境,书评、书话体文集、文丛不再是出版社乐意出版的对象。这一转折是否寓意着"前互联网时期末叶"的学院精英与如火如荼到来的大众文化浪潮的切割和决裂?至少在文艺批评的写作和阅读感受上言,就是这样。

媒介赋权与文艺批评的新景观

媒介赋权,顾名思义。我这样使用,直接改造于新加坡国立大学国际关系和中国研究学者郑永年的一部专著名称——《技术赋权:中国的互联网、国家与社会》。这部专著描述和分析了作为中国百年来"科学的思维观念"和"技术的民族主义"结果之一的互联网技术,对于中国国家政治和社会关系的作用及其发展模式。另一个来源,则可列举马歇尔·麦克卢汉的巨著《理解媒介:论人的延伸》。他的"媒介即讯息"实现了西方哲学"语言学转向"之后的"媒介学转向",证实着一种新媒介的全面引入必然带来一整套新信息的系统,包括社会生活的尺度、速度和方法。

互联网、移动互联网等媒介技术通过数字表明了它在当代中国的全面降临。截至2016年12月,我国网民规模达7.31亿人。互联网普及率达到53.2%,超过全球平均水平3.1个百分点,超过亚洲平均水平7.6个百分点。中国网民规模已经相当于欧洲人口总量。其中我国手机网民规模则达6.95亿人,网民中使用手机上网人群的占比提升至95.1%,网民手机上网比例进一步攀升。[1]可以说,这些网民都是网络文艺的受众,在上网行为中接触到广义的网络文艺作品和产品的概率为百分之百。

这样一个网络文艺的时代是惊人的奇观,完全溢出了过往文艺批评者的群体经验。我们对"媒介赋权"缺乏人文意义的预判、评价、介入和信任,有分量的理论思考主要来源于域外。如何接受并相信从"书本的文化"向"写书的文化"(读者即作者模式)转型的一系列观看、写作、编辑、转发、评论、点赞、打赏的"动词"中,通过网民创作和全民互动孕育出"一时代之"重要和伟大的文艺作品?——这些基于新媒介的作品、产品早已不顾我们的迟滞,在受众和产业资本的推动下,以网络小说、网剧、微电影、网游、直播、订阅号等新名称纷纷扬扬地来到生活中。在这种创作和批评环境里,传统的文艺批评和"家"们意味着什么?

一些事件证明着"互联网+"时代来临后批评家们的理路、遭遇。

2006年3月,博客全盛时期发生了一场"韩白之争"。文学批评家白烨和"80后"作家韩寒在新浪博客爆发了一次冲突。从白烨的角度言,在个人博客上贴一篇《"80后"的现状与未来》的文学现象批评毫无不妥,一个核心观点在于他认为自1998年第一届"新概念作文"之后出现的韩寒、郭敬明、张悦然们的作品还不算"文学",只是一个文化现象,然后详细谈了从质量上讲够不上文学的理由。但

---

[1] 中国互联网络信息中心(CNNIC):《第39次中国互联网络发展状况统计报告》,http://www.cac.gov.cn/wxb_pdf/39CNNIC.pdf。

韩寒的发难和回击是凶猛的，以《文坛是个屁，谁都别装逼》否定了白烨们代表的文学批评标准尤其是象征体制化"文坛"的那套权力机制。媒体和新媒体的跟进与便利，很快让文坛朋友圈的陆天明、陆川、高晓松、解玺璋、王晓玉、李敬泽等与远为浩大的"韩粉"们共同牵扯其中，构成了博客这一媒介平台全盛时期的重要文化事件、文化景观。不同年龄、世界观、文学观的人们被崭新的媒介平台及其信息流裹挟，自觉不自觉地按照媒介权力的游戏规则展开批评"战争"，演练着互联网媒介的一种典型批评样式。事件发生一周之后，白烨关闭了自己的博客，以彻底告别这一新媒体的方式退出这一"混杂"的批评样式。将白烨个人博客的关闭当作一个典型案例来解读，我想并不为过，它反映了传统文艺批评与网络文艺批评的媒介性质迥异和面向这种信息流的心理准备与边界较量。从国内互联网媒介的文艺批评角度梳理，"韩白之争"是一个刻度，白烨的博客书写及其遭遇都非常有典型价值。

　　豆瓣在 2005 年的出现是另一个具有典型意义和价值的样本。固然从早期的西陆、水木、天涯等等 BBS、网站中都能找到草根文艺批评的痕迹，但像豆瓣这样专注于做评论，并以文艺范儿标榜和自我定位的批评类网站至今仍难有出其右者。豆瓣读书、豆瓣电影、豆瓣音乐作为网站的三大文艺批评支柱，给图书、影视、音乐的爱好者和更为广大的普通网民提供了交流、互动、评价、分享、批评才华展露的空间。你经常可以在一些颇具质量的文艺作品下面看到个性化、有观点、视角多样、携带知识分享等特点的草根文艺批评、民间文艺批评。在某些方面，由于鲜活、自由、知识背景不同等原因，那些批评文字或长或短，都能让拥有专业学科背景的职业批评家们感觉惊喜和羡慕。如果按照豆瓣体文艺批评的大致特征，很多学院式高头大马模样的论文在此将毫无生存空间(当然也许你可以在知网、万方、龙源、维普这样的学术论文网找到另一种存在感)。这也从一个侧面证明了媒介赋权并不就是旧权力的互联网搬移,而是实实在在地"赋"权,即通过媒介和信息在更广阔的虚拟地理空间内筛选出新的权力,以平衡甚至制衡旧有的权力,即便像这样在貌似不够社会核心的文艺领域。换言之,互联网的基因中带有"民主"的遗传密码,在创造这个虚拟世界基础的伟大的人物们身上,"科学"和"民主"是紧密联系的,这不就是新文化运动百年的最好的回馈和说明吗!在这个意义上,我支持一切有助于解放和平权的话语震荡,对这种媒介裂变抱有"五四"式的敬意。

另一类成规模的互联网文艺批评平台源自腾讯的微信业务即其公众订阅号。2011年1月,微信1.0版本诞生;2012年8月,公众订阅号平台上线。这极大地改变和推进了包括互联网文艺批评在内的新媒体写作,也改写了之前由新浪微博领衔言论批评和文艺批评的结构。如果说微博时期的文艺批评很难成为大众在互联网文化上的焦点(远远无法跟热点事件引起的言论批评相比),那么,微信的公众订阅号却给予了文艺批评以合适的平台、节奏、传播力。一方面,传统文艺批评的订阅号也开始有机会转身甚至华丽转身。比如《人民日报》《光明日报》《文汇报》《文艺报》等党媒的文艺评论都有各自的订阅号平台,而《北青报》《文学报》等的文艺批评订阅号还形成了特色,结果都比纸质的母体在传播上、口碑上好得多。学术杂志如《文学评论》《文艺研究》《文艺理论研究》《读书》《中国图书评论》等,也都纷纷做了订阅号,将每期目录和一些代表性文章做了圈层化的新媒体传播。

另一方面,针对文学、影视、音乐、戏剧、美术、书法、舞蹈、设计、动漫、游戏等文艺体裁的批评类订阅号也从小众圈层的立意被创立起来,出现了一些很有代表性和影响力的平台。以网络影视批评的订阅号为例,富有专业度的如虹膜、知影、文慧园路三号、桃桃淘电影、后窗、迷影网等,既综融了互联网大众影评的术语、黑话,更突出了他们继承自传统文艺批评之功底且有时代和国际色彩的影评风格。而这些新媒体诞生的影评人今天已经成为影视艺术的主流批评家,magasa、木卫二、卫西谛、叶航等渐次成为戛纳电影节"国际影评人周"、华语电影传媒大奖、金马奖等影视节展赛事的评委。而这些"'迷影群体'是一群热爱电影艺术、电影技术和电影历史的人群。他们的职业各式各样,包括电影从业人员、媒体从业人员、电影学专业学生、学院电影研究者、IT业白领、理工科博士等,但在网络上进行关于电影的写作,都是占据其生活与工作极大分量的活动。……网络影评人的身份一直是比较隐蔽的"[1]。

公众订阅号时期的互联网文艺批评呈现了两个重要的启示和要素:第一,传统文艺批评开始其移动互联网化的进程,并且取得了良好的成绩,与其他网民构成的或专业、或大众的订阅号同台并行,显现了媒介赋权由裂变向融合的方向过渡的特征,并正在形成某种批评生态矩阵。当然,是否能够在部落化、圈层化的新媒体时代进一步拓进和交融,依旧是一项复杂过程,尝试比退出好,变革比闭锁好。第二,从各行各业涌现的非学院体制或体制化生存的批评家,正在媒介赋权的过程中确立自己的坐标点,修正文艺评价的坐标系。事实上,每一次媒介赋权后,都会有从民间到主流的重构发生,

---

[1] 唐宏峰:《公众号时代的电影批评》,载中国文联理论研究室等编《当代文化思潮与艺术表达》,中国文联出版社,2016年,第267页。

一些人借此遴选到新的权威系统,包括批评家、作家、导演、演员、编剧等文艺岗位。因此,这就是一个由媒介裂变引起的批评阵营重构的问题,谁因缘际会,谁就有可能修改数据。

新媒体时代文艺批评家的要素

作为新媒体时代的文艺批评家,首先对互联网必须进行哲学性审视。在理论上解决自己网络批评实践的原动力问题。

在我的一篇文章中,曾对此有以下表述:

> 互联网及其虚拟世界尤其是分泌出的文化(文学艺术)黏性,是人类思想和智能发展到崭新阶段的"造物"。它本身是人类在向我们之上、我们之前——存在性的——"造物"者不断逼近、不断模仿、不断创意的结果。在互联网之前,人类至少还有两次对这一伟大造物者的模仿,一次是器物层面的生产工具和生活工具,其最终的形态则是物化了我们的生活,即形成了城市和社会;另一次则是写作。写作从造物的意义上说,即一种脚本设计:人物、性格、故事、情节、关系、命运,因为是人造之物,又无一例外地呈现着人类才有的情感、情绪、情怀——人性的踪迹、两性的踪迹、身心的踪迹。写作从抽象的、虚拟的层次再次逼近(模仿)伟大的造物者之谜,即其造物的方法、手段和心灵基因。而目前的互联网及其虚拟世界是第三次模仿——某个方向上进化了的造物方式,它再次召唤着人性的踪迹、两性的踪迹、身心的踪迹填充并且发展出人类的创造之域。上述三次人类"造物"之旅的理想形态则都是功能性和审美性的高度合一。所以说,当我

们把文学的虚构叫作"第二世界"的时候,互联网时代的虚拟艺术和技术就是"第三世界"的到来。而秉承马克思主义哲学,我们把人类社会叫作"第二自然"的时候,我确实在想像互联网所承担的内嵌的世界是不是一种"第三自然"。[1]

这样,我们的文艺批评实践就意味着在"造物"与"创世"的意义上添砖加瓦。而这一点,又必须要求网络批评实践者解决第二个问题:入乎其内的"粉丝""内行"的问题。一方面,随着网生代文艺批评者的出现,互联网处境包括ACG(动画、漫画、游戏)代表的"二次元"文化对他们都不陌生,真正的互联网文艺批评家将成功诞生在网生代的人群;另一方面,稍长的批评者,以及有志于成为具有深度的引领性的批评者,可以以亨利·詹金斯所说的"粉丝批评家"的定义训练自己:"有组织的粉丝圈首先就是一个文艺理论和文艺批评的机构,一个半结构化的空间,被不断提出、争论和妥协的相关文本在这里被赋予不同的阐释和评价,读者们在此思考大众媒体的属性和他们自己同大众媒体的关系",粉丝批评家是流行文化领域内真正的专家,"组成了和教育精英相抗衡的另一种精英"。[2] 类似这样一种"沉浸",是网络性对批评者提出的内在吁求。

至于过去萦绕于心的批评文体问题,似乎在"互联网+"环境中可以自行治愈。浏览数、点击量和好评、点赞等机制都在说明你的文体写作是否适合大众或小众读者。相信智慧者总会很快找到自己

---

[1] 夏烈:《网络文学时代的类型文学》,《山花》,2016年第15期,第130页。
[2] [美]亨利·詹金斯:《文本盗猎者:电视粉丝与参与式文化》,郑熙青译,北京大学出版社,2016年,第86页。

在互联网文艺批评中游刃有余的江湖,这就好比毛尖的得意:"我认为,就像我们有过盛唐诗歌、宋词元曲,眼下,正是批评的时代。互联网无远弗届的今天,'批评'告别传统学院派的模式样态,从自身的僵局中至死一跃,不仅可以有金庸的读者量,还能创造艾略特所说的经典,所以,如果要说批评观,我会坚持,用写作的方式从事批评。"[1]

最后的要素,则是批评家的自我批评意识。我愿意以何平的话作为结尾:

> 事实上,绝大多数文学批评从业者也只满足于自说自话,文学批评的阐释和自我生长能力越来越萎缩。而这恰恰是令人担忧的。在大众传媒如此发达的今天,文学批评并没有去开创辽阔的言说公共空间。相反,文学批评式微的一个直接后果就是文学批评越来越甘心龟缩在学院的一亩三分小地,以至于当下中国整个文学批评越来越接近于繁琐、无趣、自我封闭的知识生产。因此,目前该到了文学批评自我批评,质疑自身存在意义的时候了。
>
> ……文学批评从业者必须意识到的是在当下中国生活并且进行文学批评实践。……只有通过广泛的批评活动才有可能重新确立自己在世界中的位置,建立起文学批评的公信力,同时重新塑造文学批评自己的形象。[2]

"修辞立其诚",确实,媒介赋权的契机在我看来,正在于重建文艺批评的"信用"。

---

[1] 毛尖:《批评,或者说,所有的文学任务》,《南方文坛》,2010年第2期,第1页。

[2] 何平:《批评的自我批评》,《南方文坛》,2010年第1期,第2页。

态度与方法：
略说介入网络文学 20 年的学术资源

一

转眼间，中国网络文学 20 年了。最近这话题，由上海市作协推选"网络文学 20 年 20 部优秀作品"的榜单引起。

固然，以 1998 年作为网络文学的起点依然有事实上的争议——稍加考察就可以发现，不仅 1998 年之前台湾已经有像样的网络小说如奇幻的《风姿物语》、武侠的《英雄志》等名篇问世，直接影响了大陆暨整个华语网络文学的创作；而且，要再往前溯，20 世纪 90 年代初由北美留学生在互联网 BBS 上所揭橥的文学创作社群，亦可谓华语网络文学的发端——但 1998 年由痞子蔡的《第一次的亲密接触》所卷起的大陆网络小说创作潮和大众阅读的标志性事件，后来被网络、新闻媒体、社会活动和文学史家反复提起、议定，使 1998 年逐渐成了约定俗成的中国网络文学元年。即便如我这样早知道这个起点不甚靠谱的（如 2009 年我写《网络文学三期论及其演进特征》一文时就说过这个事），但多数情况下为了不纠结于这位"少年"出生年月的问题，就一概顺着 1998 年的断点往下说。不纠结的一个原因是，我和介入这一领域的不少学者都清楚地意识到，网络文学作为"一时代之文学"，其发展、场域、属性、特点、价值、未来趋势等，可研究并迅速刷新着的品质面貌实在有太多新鲜有趣的地方，甚至还因为我们的介入仍可发生重要的变化。那么，它是出生在1991年或者1998年目前有那么重要吗？换言之，一个新现象足以演变为学术新焦点时，如围棋之布局和中盘的搏杀肯定更为紧要，年龄的问题可留到收官的阶段。

20年来，当大众读者为中国网络文学着迷的时候，很多人文学者却表现出巨大的疑惑，他们一度无法忍受愈来愈被热议的网络文学，明里暗里地认为这是创作的堕落、时代的病相。既然这样，他们也就无法理解（遑论享受）我上面所谓"新鲜有趣"和介入式的快乐——我突然意识到，如果网络文学为时代大众所提供的是一种"代入式"的想象（幻想）沉浸，那么，对于研究者和批评家而言，最大的乐趣绝对是"介入式"的工作场域。如果人文学者和批评家没有办法借助时代占主潮的创作现象和代表性文本有效地与当下场域对话，而是选择视而不见、听而不闻的态度，那就是工作伦理的失职、人文兴趣的衰败以及最终能力上的退化。换言之，如果是由于时代其他部分的强力影响所致的文学稳定结构的震荡乃至标准的失范，恰恰就需要我们的工作勇于介入其中来重新调校；而这个过程，同样意味着我们将反思过往一段时长内对于世界和文学关系的看法，由此充实人文和文学研究、文学批评的生命力，再造一种观念的宽度。所以说，这是一个知识分子的态度问题。网络文学这一时代创作的庞然大物足以考验作为人文和文学守护者的知识分子们的态度与智慧。

二

20年中,参与到网络文学研究和批评的文学知识分子主要来自中文内的两大学科:文艺学(文艺理论)和现当代文学。

前者是哲学和科学在文艺领域具体作用的体现,始终保持着理论地看待世界,解释文艺变迁的思想性、逻辑性和审美意识,因此,该领域的一些学者呈现出良好的理论敏感性和创意力,网络文学诞生之初至今,以欧阳友权、黄鸣奋、陈定家等为代表的文艺学学者,开拓性地出现在网络文学和更为广泛的网络文化、媒介批评的处女地,有相当的活力、影响力和团队规模。

后者是文学创作的另一翼,从一般说的文学批评与文学创作两翼齐飞的形象譬喻,到广义的现当代文学学科作为正在发生中的文学史的研究者、提炼者、方案提出和实践者,事实上与当下文学保持着最一线、最密切的交流,成为其结构的重要部分。白烨、邵燕君、夏烈、马季、庄庸、王祥、黄发有、周志雄、何平、肖惊鸿、黄平、桫椤等等,大多是从纯文学研究和批评的队伍过渡到网络文学,或兼治纯文学和网络文学二者。这支队伍还可以扩及类型文学和创意写作的葛红兵团队,以及偶作论述但在网文研究界有一定影响力的李敬泽、陈崎嵘、南帆。

虽然貌似人数和名家不少,但20年来,无论文艺学还是现当代文学学科,始终对网络文学的研究、批评抱有怀疑、警惕和另类眼光。客观地讲,一方面是网络文学从互联网平台、民间草根写手出发的非传统路径、非经典序列训练,构成了对已然成熟稳定的过往当代文学秩序的新挑战,陌生和紊乱是人所不喜的,这也是人之常情,所以主动包容非常困难——况且这些新的作品还与大众消遣、市场生产、资本推动等因素直接有关。换言之，很长一段时间内，专业读者（人士）不会相信网络文学起步的创作可以诞生经典，并且成为中国文学史的一部分，这一点至今还是很多学者坚持的判断。另一方面，由互联网媒介所带来的平台飞地，跃出了旧媒介与传统文学的结盟即血肉联姻，完全不在他们视野之中，但又逐渐为广大时代读者（用户、粉丝）所占有、使用，形成了崭新的场域环境和新的权力结构。在新时期（20世纪80年代）以来经过一、二代文学特别是现当代文学学者的辛苦经营，先后厘清了文学与政治、与经济、与新中国成立后、与西方、与文坛代际关系等具体问题，形成其文本细读下的结构与秩序之时，忽然间一个"当代文学"史述的共同体可能因为巨大的异质内容、异质经验，瞬间面临"重写"乃至解释权的更迭，这自然是愈加艰窘的处境。所以，对于网络文学的不喜欢转化成对于网络文学研究者、同情者的不喜欢、边缘化或者压抑之，某种意义上也成了圈内心照不宣的普遍态度。

三

作为一个"70后"的文学评论者，对于哺育我们、深切影响我们志业和知识结构的"当代文学"史述共同体，我始终抱持不断学习的崇仰之情，事之以师、以父，并且认为面向网络文学这样的新世纪来蔚为大观的创作现象，确有必要思考其在"现当代文学"学科内部的归根问题，即对它的研究要回归到中国文学的现代转型历程中去，反哺于学科自身、学科内部。

也因此，我很自然地想到作为中国文学现代性发源的一种学术观点，即由范伯群先生花费半生精力深耕苦劳的近现代通俗文学研究和史述成果——他所面对的晚清以降的近现代通俗小说及其现代性、大众性、市场化，即被新文学作家"扫出文艺界以外"的巨大创作存在，与今天的网络文学、类型文学的情况、遭际何其相似，甚至可以说是真正的嫡亲。而同时，海外有分量的当代文学史家和批评家中，哈佛大学王德威教授《没有晚清，何来"五四"？》的宏文，曾在世纪末"重审现代中国文学的来龙去脉"，提出了"我们应重识晚清时期的重要，及其先于甚或超过五四的开创性"，"中国作家将文学现代化的努力，未尝较西方为迟。这股跃跃欲试的冲动不始自五四，而发端于晚清。更不客气地说，五四菁英的文学口味其实远较晚清前辈为窄。他们延续了'新小说'的感时忧国叙述，却摒除，或压抑其他已然成形的实验"。[1] 范伯群与王德威从近现代的通俗小说、类型小说中，分明看到了中国文学现代性的"多重可能"，"知识精英文学和大众通俗文学双翼展翅翱翔"是中国现代文学史观的"两个翅膀"。

这些前辈学者的鲜明观点和华硕成果是有益于我们今天研究网络文学而后反哺于文学学科本身和内部的重要启发，是网络文学研究可资借鉴、仿效的重要学术资源，从而使得一方面我们就近现代的通俗文学和当下网络文学的同异有所比较和分别，取得文学史内百年以来"传统的延传变体链"（chain of transmitted variants of a tradition）上的参照辨析；亦使得我们自现当代文学学科出发的研究者和批评家获得上代学者的传承和精神烛照，即便别是一家，仍属渊源有自，在习见和压抑中划出只问本源、不计顺逆的学统和

---

[1] 王德威：《没有晚清，何来"五四"》，载《想像中国的方法：历史·小说·叙事》，生活·读书·新知三联书店，1998年，第3、11页。

道统。

如果要稍加说明二者的异同、特征,我个人以为有这样一些点是非常生动的。

比如二者在不同的历史时期所遇到的媒介机运。晚清开始的通俗小说与报纸、杂志、图书出版的纸媒印刷技术紧密联系,由此让李伯元、吴趼人、包天笑们不再需要按照旧科举的路千里为官,他们可以选择在上海从事新闻、出版业而兼职写作通俗小说获得丰厚的生活物资,恰如范伯群说:"李伯元、吴趼人根本不想去考特科,也不是他们的清高。一方面,他们经济上有较丰厚的收入,另一方面,他们在新闻工作中看到了自己的人生价值。""这些后来被称谓为'旧文学作家'的人已在传统小说的外壳中显示了自己作品的新质,那就是时代的启蒙精神。他们兼报人与作家于一身,以启蒙中下层民众为己任。"[1] 而网络作家们,通过媒介跃迁至互联网,有意无意地形成了自己的发展优势,如果没有1995年后中国互联网民用和商用的普及,很难想象大量的无法通过纯文学期刊筛选迈入文坛的"文学青年"和"故事青年",最终会以网络文学的名义脱颖而出,演绎一番个人创造力、生产力和产业价值、社会影响力的宏大作为。

又比如,在创作类型化的大流中生成"类型文学"的叙事范式和类型传统。陈平原对于近现代通俗小说的类型研究形成了包括《二十世纪中国小说史·第一卷(1897—1916)》《中国小说叙事模式的转变》《千古文人侠客梦:武侠小说类型研究》《小说史:理论

---

[1] 范伯群:《论中国现代文学史起点的"向前位移"问题》,载《多元共生的中国文学的现代化历程》,复旦大学出版社,2009年,第46页。

与实践》在内的诸多探索建设。[1]而今天所谓网络文学的主流正是类型小说,由互联网、当下社会发展和中西文化所导出的新旧小说类型、次类型、类型元素,依旧是今天中国小说研究的新材料、新创造。葛红兵团队就曾于此用力做了系列的类型文学研究著述。[2]我也在《网络武侠小说十八年》一文中专门讲了,"与纯文学的'文学性'不尽相同……类型小说是一种坚持以类型化技艺体系作为其文学性指归的,并在此基础上呼唤个体创新和求变、不断丰富其风格的创作方式"[3]。所以,文学立场讲,今天狭义理解上的网络文学,其文学性就是类型性。

而但凡召唤近现代通俗小说入文学正史的,一般都会强调通俗小说亦具备了现代性和启蒙性,这毫无疑问是为了说服"新文学"到"新时期文学"占主导地位的精英史述能给予认同。但今天面对网络文学,我觉得另一个话题同样有意思甚至更易于突显,那就是百余年来始终不曾断绝的"颇合旧制"即与中国古典小说更多继承性、又雅俗共赏而与大众更亲和的"通俗文学 — 网络文学"脉络,是否

---

[1] 陈平原如此花费精力于晚清近代小说类型学或者一个类型(如武侠)文学文脉的梳理辨析,与他"平视晚清与五四"的主张直接有关,而具体的晚清小说及其类型学、叙事学研究则反哺了他将晚清小说实践与五四新文学共同看作中国文学现代化进程的认识。他说:"这不仅仅是具体的论述策略,更是作者一以贯之的学术立场。谈论'五四'时,格外关注'五四'中的晚清;反过来,研究'晚清'时,则努力开掘'晚清'中的'五四'。因为,在我看来,正是这两代人的合谋与合力,完成了中国文化从古典到现代的转型。"(《触摸历史与进入五四》,北京大学出版社,2005年,第3页)。

[2] 葛红兵2012年主编"小说类型理论与批评丛书"七种,由上海大学出版社出版。

[3] 夏烈:《网络武侠小说十八年》,《浙江学刊》,2017年第6期,第61页。

在事实上说明着骨血基因中的"中华性"记忆。这构成了"五四"以来文学话语主流的"西顾"和民众集体无意识的"东藏"间巨大的张力效应,也多少构成了知识精英和普罗大众的取向、兴趣、价值观和文化治理方案的不同。当然,这样的问题对彼此都是潜在的,流动的。可当今天网络文学和网络作家若自觉向"中华"核心聚拢的时候,映射着什么,趋势会如何,我们应怎样应对或引导?

四

在中文学科内部盘桓费心那么多,这实际上折射了我所处的"中间物"或者过渡者的状态。另一些来自艺术学、传播学、社会学的青年学者很容易地就逾越了这种学科边界——在4月份的一次网络文艺论坛中,青年学者直接从粉丝、二次元、佛系等亚文化词汇,或者同人、文本盗猎、IP改编等互联网创作现象入手,直接绕过了什么"现当代文学"学科及其传统,他们对我的沟通企图和反哺愿景表示理解和尊敬(同情?),但也明确说对于他们而言已无须纠结于旧法统的解释权,因为有更多国际化的学术资源可供采用,以融合现实。

这些年的网络文学研究中,以马歇尔·麦克卢汉的《理解媒介:论人的延伸》为圭臬的"媒介革命""媒介引渡者"和结合了二次元文化、超文本等的"网络性"提法成为颇景气的知识背景。其次,亨利·詹金斯的《文本盗猎者:电视粉丝与参与式文化》所引出的"学者粉丝"以及粉丝对于文本创建的专业性、同人性为包括网络文学在内的互联网文艺产品创制提供了共通的知识参照。

我个人的另一理论学习兴趣则在于布尔迪厄的"场域理论",打算以此处理和消化围绕着网络文学所形成的时代各动态力量的博弈过程，并确切地相信文化绝非理论家（知识精英）单方面主导定夺的，而是由包括底层草根、专业技术人员、商业和资本等共同参与创制和实践的。2014年，我用《影响网络文学的基本力量》为题构建了网络文学"场域理论"的四维：读者、产业与资本、国家政策、文学知识分子[1]，至今仍在此基础上继续推进其合力矩阵的研究。这实际上就突破了传统的学科边界，使我向文学社会学和马克思主义的文艺观靠拢。

同样属于马克思主义阵营的理论资源来自安东尼奥·葛兰西。如何面对网络文学这样的时代材料，形成某种"文化领导权""意识形态领导权"，是少数智库派网络文学研究者的取径。这无疑为网络文学的研究及其主流化带来了丰富而强势的发展可能，对于文化战略的制订、海外传播的作用等都有助推作用。

此外，即便在中文学科内部，文艺理论阵营的学者们早已经由法兰克福学派和伯明翰学派面对大众文化及其美学问题的观点、方案之争，领受过自本雅明"机械复制时代的艺术作品"至麦克卢汉"媒介即讯息"的理路、遗产，特别是结合了中国社会自身进入改革开放以来的文化市场大发展、2000年后文化产业的全面推进进程，对于网络文学在其中的出现和存在，也就远较现当代文学领域的一些本质主义为开阔。上述理论学说因此也就常常成为目前网络文学研究的资源，并直接为中文学者从文化产业角度研究网络文学打开了通路。

所以说，事实上在网络文学20年的历程中，各类同时代知识分

---

[1] 夏烈:《影响网络文学的基本力量》,《观念再造与想象力重建》,北京大学出版社,2017年。

子已经进场,他们为文化来源"混生型"的网络文学带去了更加混生的基因和建议。我个人总体上是乐见这种"介入"的,却也时时刻刻看顾着网络文学的生态场,良好的生态是这个年届弱冠的少年走得更远长,尽其使命而成为"一时代之文学"的美好保障。——目前的文学现场中,没有什么会比网络文学更迷人,它像台面上的一粒白球,用它可以击打开僵化的其他球体,让台面色彩绚烂。

网络文学 20 年的"杭州样本"

——从 1.0 优势向 3.0 优势的创造性转化和创新性发展

已经开始有不少人问我杭州网络文学起于何时。

事情酝酿和积淀到一定程度,产生渗透与溢出效应,才会形成这样的究根问底的愿望。人们把这件事当作重要的事、当作知识的一部分、当作与人交流的话题,就会希望从专业人士那里求教答案。网络文学,杭州的网络文学,就是这样的。这一点非常不易。

说非常不易,一是因为很多事情、很多工作、很多有意思和有意义的创造,哪怕经过 10 年、20 年,照样很难进入人心,有成为过眼烟云的风险,这是人类社会的常态;二是作为一名亲历者、参与者,特别清楚如果不是时代的因缘际会——大时势和个人化的努力,一切都可能会滞后,可能谈不上网络文学的"杭州作家群",谈不上杭州建设"中国网络文艺之都"的定位和使命。所以今天,对于这个来之不易的生气勃勃的"少年",我们理应"且行且珍惜"。

如果要追溯杭州网络文学的源头,从作家创作说起,无疑是一种最基本、也最简单的梳理法。那么,比如沧月,比如燕垒生这样的"前辈"就突显出来。

中国网络文学20年,是从1998年台湾痞子蔡的《第一次的亲密接触》算起的,然后带动了大陆第一代网络作家的小说创作潮。安妮宝贝、李寻欢、邢育森、慕容雪村们之后,就轮到杭州的沧月、燕垒生们了,与他们同时的国内网络作家还包括今何在、江南、杨叛、小椴、步非烟、沈璎璎、蒋胜男……

燕垒生年龄长一些,上网贴小说大概在1998年,注册网名(笔名)时想到了自己15岁时起的别名"燕垒生",语出明《小窗幽记》"是即风雨花,浮生燕垒"一句。沧月是2001年在榕树下注册的ID,用了出典于李商隐名句"沧海月明珠有泪"的网名(笔名),但她认真写武侠小说则可回溯到高中时期的1994年,成名作"听雪楼"系列就是那个时候开的笔。

这拨网络作家,其实已经奠定了今天网络文学主流——类型小说的基础,比起安妮宝贝、慕容雪村那些文学青年而言,他们虽然也一样"文学""文艺",但选择的路数则是武侠、玄幻、言情等类型小说,跟中国古典小说、古典诗文、传统文化可谓血肉相连,有浓郁的"中华性"(在青年人的流行文化看来,就是"中国风")。

另一些特点也值得一说。比如,第一,他们都是清一色的"70后"(尤其是"75后")作者。可以说,中国第一代网络作者主力为"70后"群体,对于"70后"而言,当时的民间阅读和图书市场,正好接续和迎上了港台新武侠、新言情这部分养料,与之相伴的则是唐诗宋词、四大名著、民国散文诗歌小说等,这是当时大众文化追求以及可购买对象的主流。

第二,他们呈现着网络媒介和纸质媒介的过渡特征。像沧月、燕垒生,其实在网络写作之前都已经开始了纸质小说的创作;待2000年前后借互联网红利扬名立万之后,又迅速转回了纸质刊物的发表和纸质图书市场的出版,这是当时更易传播和赢利的纸质媒介(出版商)集团。

第三,早期的网络作家中半数作者都有不错的受教育经历甚至高学历、海归背景。比如杨叛是海归博士,江南北大毕业后到美国读过博,沈璎璎是协和医科大博士,步非烟是北大博士,沧月是浙大硕士,凤歌是川大本科,今何在是厦大本科……这一信息可以读解出,在中国民用互联网开始推出的1996年前后,最早一批有条件和氛围使用它的网民往往是青年知识分子群体。其余像小椴、燕垒生等,虽没有名校背景和高学历,但几乎都是标准的文学青年和古典诗词爱好者,能写纯文学作品,至今葆有良好的旧体诗词创作习惯。

那什么时候是网络作家的大爆发时期呢?又涌现出哪些杭州的网络作家?

这依旧跟平台的赢利模式有关。当文学网站只是爱好者、同人们聚集更文、互相取悦的小天地时,写得有点名气和粉丝了,就会选择迅速转化为纸质图书,这对作者显然更保险、更有利。但网站经营者则不是。因此,网站的老板们必须想出赢利模式,让自己活下去——我们必须认识到,网络文学的市场化、产业化和资本属性就来自"活下去"的原始动力。以之为业的人们必须通过创新、创业、创富才能存在于时代之列,才能从崭露头角到出人头地。当时这个领域平地起楼,毫无背景、资源和体制保障,全靠生计线以上的自我挣扎。

2003年起点中文网实行收费阅读(VIP)模式率先成功,为"活下去"探索出了道路。网络作家开始通过给网站写书,不需要辗转到出版商那里就获得了第一桶金。

南派三叔、曹三公子(曹昇)、流潋紫都是在这一时期冒出来的在杭作者。虽然他们仍然跟出版商的利益捆绑紧密,但已经是网络收费阅读模式兴起、网络作家初步利好后信心倍增的产物。

2006年6月26日,一个ID为218.109.112.*的马甲出现在贴吧,这贴吧是当时的大神天下霸唱及其《鬼吹灯》的讨论贴吧,然后《盗墓笔记》开始了……该小说之后转至起点中文网正式连载,这也就是"南派三叔"的开场。

而差不多同时,一个ID名为"杭州病人"的作者(曹三公子)开始在天涯的"煮酒论史"版块连载他的《流血的仕途:李斯与秦帝国》。这部作品成了那段时间天涯历史小说(讲史)的双璧之一,另一本则是当年明月的《明朝那些事儿》。

同样是2006年,流潋紫却经历了被晋江文学网"挂牌"责罚的尴尬,原因是被粉丝举报有抄袭嫌疑。但她不久毅然离开网站,利用自己的博客一章章、一字字写下去,从当时的40万字变成400万字,最后成就了《后宫·甄嬛传》的地位。

这些杭州网络作家(按照网文圈的规矩,叫"大神")们的故事,2017年被我写进纪实作品《大神们:我和网络作家这十年》的第一部"星火时代",2018年5月由花城出版社推出。让这些亲历故事变成杭州网络文学发生、发展的文字记忆,变成史料,是我的愿望。而这一举动也让《大神们》一书成了杭州市文艺精品工程的重点项目之一。

在20年的杭州网络文学发展中,形成了本土网络作家和外来"移民"网络作家融合辉映的人才局面。像烽火戏诸侯、陆琪、燕垒生、疯丢子、七英俊等都是杭州地区土生土长的作者;沧月、南派三叔、流潋紫都是省内定居杭州的;而到了曹三公子、天蚕土豆、梦入神机等,则是外省人士定居到杭州的"移民"典型——这种四方来集的势头目前有增无减,成为杭州网络文学生态优势暨杭州文化、经济、服务等吸引力的重要体现。当然,这与我们过去十年的组织工作努力分不开,很多省外作家正是冲着杭州组织的人情味、归属感、好政策等移过来定居的。而组织优势也成了杭州在网络文学上继 1.0 阶段的创作优势后,领跑全国的第二项优势,是 2.0 阶段的标志。

可以说,有作家不一定有组织,有作家集聚不一定能称网文"杭军"。所谓"杭军",其实是组织力量施加和保障出来的,从而有力量,有凝聚,有团结合作,有集体亮相。

我非常荣幸,自己在 2006—2007 年赶上了也开启了杭州网络文学的组织工作。当时,我从浙江文艺出版社调到杭州市文联不久,2006 年底兼任杭州市作家协会秘书长。时任市作协主席为嵇亦工,文联主席为陈一辉。

当时的主流文坛、官方都还没有太重视网络文学,一个代表性的观点是认为网络文学是大众市场的消费快餐,不但文学上没有价值,而且从大众文化潮流来讲也一定会朝生夕死。但我作为体制内文坛序列的一分子,于 2006 年底提出来可以在杭州市作家协会内建立一个"类型文学创作委员会",作协的主席团并不反对,主席团的大多数前辈倒认为我有心做事、工作创新,至少是好的。

我清楚地记得,怎样一位一位地把这些网络作家从网络和生活里找出来,与他们沟通、斡旋、说服、激励、交朋友,其间发生了很多有趣生动的人际故事。最后是个好结果,沧月出任第一届创委会的主任,南派三叔、曹三公子、流潋紫、陆琪等一一加入作协。他们有了组织上的"家",我也有了为之辛劳已然十年的带有个人印迹的"家",这个"家"更是今天网文"杭军"的奠基。

在那之后，杭州创造了很多国内第一。自 2007 年 1 月我们在国内作协成立首个"类型文学创委会"，2008 年 5 月浙江省作协也成立了首个省级作协的"类型文学创委会"；2008 年 4 月，我们推出了"国内首本类型文学概念读本"；2011 年 2 月，我们启动了华语领域首个网络类型文学奖项"西湖·类型文学双年奖"，主办单位是浙江省作协、杭州市委宣传部、中国作协《文艺报》社、杭州师范大学；2014 年 1 月 7 日，全国首个网络作家协会"浙江省网络作家协会"在杭州诞生，同年"网络文学双年奖"启动；2015 年 11 月 10 日，全国首个省会城市的网络作协"杭州市网络作家协会"成立。

由于省、市委宣传部、作协、文联的重视关心，以臧军、曹启文、应雪林等为代表的作协、文联领导自 2014 年始坚持走在一线、走在前列，带领和帮助我们进一步深化了杭州网络文学的组织形式，夯实了作家的向心力和核心价值观。我作为省、市网络作协的发起人之一，先后担任浙江省网络作协常务副主席和杭州市网络作协主席。现任副主席包括烽火戏诸侯、天蚕土豆、管平潮、陆琪、蒋胜男、燕垒生、曹三公子等网络作家代表人物。沧月、流潋紫担任过第一届的副主席，梦入神机增补为第二届的副主席。

杭州网络大神们的日常工作增加了不少协会工作、涉外工作，以及新时代精神的学习等，他们总的来说是热情的、慷慨的、合作的；同时，他们的作品也愈来愈多地获得国家广电总局、中国作协评选出的奖项，以及包括浙江"网络文学双年奖"在内的重大荣誉，这使得他们信心满满，艺术上也自觉要求精进，形成了出精品、壮杭军的意识。

2017 年 4 月 14 日，中国作协决定在杭挂牌成立"中国作协网络文学研究院"，与浙江省作协、杭州市文联共建。2017 年 12 月 9 日，

"中国网络作家村"在滨江区挂牌成立,由中国作协、浙江省作协、杭州市文联、滨江高新区委共建。唐家三少、猫腻、蝴蝶蓝、月关、酒徒、匪我思存、玄色等男女频的一线网络大神,纷纷在杭州入住和注册;欧阳友权、白烨、黄鸣奋、陈定家、肖惊鸿、马季、邵燕君等学者、网络文学专家被聘为研究院的研究员。而转眼即至的2018年5月17—20日,首届中国网络文学周将在杭正式启航,国际、国内与网络文学相关的300余位人士齐聚白马湖畔,探讨全球视野下的中国网络文学之路。这一切,真正形成了中国网络文学的"浙江经验"和"杭州样本"。恰如欧阳友权教授代表网络文学研究界发言时所说,中国网络文学已经进入了"浙江时间"。

2018年4月的《中国出版传媒商报》上,学者庄庸、王秀庭有一篇长文《中国网络文学:正在进入"现实题材"新时代》,里面有一节题为"从顶层设计到基层创新:网络文学主流化的发展逻辑",是这样写的:"中国网络文学区域发展的'××模式'已成格局。以一南一北——华语网络文学双年奖为核心的中国网络文学浙江模式和中国网络文学+大会为核心的中国网络文学北京模式——为代表,探索和实践优秀网络文学作品创作和生产引导机制与体制已经提上轨道。"

浙江连续举办两届"华语网络文学双年奖",评选优秀网络文学作品;创办《华语网络文学研究》,开设首个中国网络作家村,成立中国网络文学研究院,一系列组合拳打造了良好的生态系统基础。

这是行家里手分析全局后,对"浙江模式""杭州样本"在全国地位和新时代文艺发展中位置的最准确描述。

如果要说杭州网络文学发展目前的短板是什么,下一步的发展重点又应该是什么,我的个人回答是,在保持好已有优势的前提下,务必推进3.0阶段的产业优势，这是网络文学产事业发展规律所决定的，也是杭州网络文学补短板的相对弱项，更是最终巩固、留住前两个阶段网络文学优势的必要保障。

目前来看，杭州网络文学至少有以下一些方面的问题。一、政策扶持不全（如税收、人才），作为网络文学资源基础的作家可能流失。二、没有形成国际化的推广路径，浪费了杭州网络文学的国际化传播基础。三、杭州缺少具有竞争力的文学网站。四、杭州仍未确立统一的聚集型网络文学产业整体规划和布局。五、面对文化产业，杭州的顶层设计已初具文化治理观念，但如何在执行层面运用专业智库和文化科技手段，尚欠认识。

上述问题的解决，我看主要可以依靠两个办法：第一，对以网络文学为代表的网络文艺、数字内容产业做崭新的、一体化的顶层设计，要重视其在时代社会中复合性的功能辐射效应，使之真正成为杭州城市国际化的新名片；第二，做好3.0阶段网络文学全产业链发展的文章，培育扶持企业主体，让市场的手段成为解决问题的主要办法，也要让市场主体有灵魂、有理想、有文化，为杭州打造网络文艺之都的可持续性发展壮硕精神与本领，做好基业长青。

创造性转化和创新性发展一直是杭州特色、杭州能耐的体现。相信我们在新时代互联网文艺的未来实践中依旧拥有智慧和勇毅。

网络文艺的主流化与发展观

一、如何理解网络文艺的主流化

网络文艺是对互联网各种新兴文艺类型的总括,也是1995年以来中国互联网进入民用和商用至今,"大众—用户"在这一时代媒介上展开文艺性创作、表达的内容海和行动轴。2015年10月,《中共中央关于繁荣发展社会主义文艺的意见》颁布,六部分25条,专辟一条"大力发展网络文艺",这是"网络文艺"作为概念及固定用语的真正开端。这之后,它被政、产、学、研等领域广泛使用、不断阐释,日益清晰了它的理论内涵,显现着该新词的传播力及使用价值。所以说,"网络文艺"词语的诞生,首先说明了它所指涉的对象正在发生主流化和已经成为主流现象的事实。

20余年的互联网技术及其内容生产的发生、发展,使得我们在传统的文艺认知和理论运用之外,愈益感受到"媒介赋权"与新文艺降临的交互关系。过去学科内部的微观视角并不适合纵观全局了,反而变得"只缘身在此山中"或者盲人摸象,有些文艺批评方法的捉襟见肘、难以置喙,我认为是简单搬用传统手段的缘故,每每忽略了在看待网络文艺总体性时需做点"聪明的笨功夫",重新给予哲学社会学的审视,而在对待具体作品(产品)时则更应理解和熟悉新媒介的技术性、资本介入、粉丝作用等问题。换言之,面对年轻而充满未来性的网络文艺,我们必须(也庆幸获得机遇)调整视角,充分回归到哲学社会学和中国实践中,归纳创新出新时代的文艺理论与批评方法,完成一次跃迁之旅,在文艺和人文上可以再次由远及近、由表及里。

网络文艺固然被概括为"一个"词,标志着在电脑前、手机上所见的文艺性的内容制品都深深地具备了网络性——但其实这些内容并非"一个",它们无所不包:文字中心的网络文学,静态视觉的CG绘画和漫画,动态视觉的影视、视频、综艺和动画,诉诸听觉的听书、音乐,实时互动的直播、游戏,作为批评元素的弹幕、评论社区(网站)、评分制度,还有给传统写作乃至学术文章带来新传播契机的订阅号……在此不但可以看到交互性极强的网生内容、机制的创新,也可以看到文学、绘画、音乐、批评等古老文艺传统的互联网转化。与之相呼应,有些领域我们使用传统的文艺评价方式依然有效(因为它们来自过去并保留了大量的传统样态),更多的却完全需要借助新的理论创新(这种新文艺理论需求将随着互联网与人工智能等技术的大结合变得越来越迫切,若干年后当一些技术"奇点"获得突破,我们一定会看到更加陌生的网络文艺主流)。所以说,"网络文艺"是一个综合的、混生的、开放性的总体,无论是文化来源,还是内在的文艺分类和分层,都是复杂并发展着的,它是一个基于互联网世界整体嵌入人类生活而出现的巨型文艺生态,也是过去人类历史上所有文艺基因的互联网"搬迁"与"移民",是一次走向新大陆和具有"诺亚方舟"之物种传承意味的千年之变。

此外,我们通常会基于另一个角度理解"主流",那就是作为时代典型影响力的思潮,需要承担其社会责任和历史使命。网络文艺的主流化概莫能外。既有管理部门的硬指标检查治理着网络文艺的各个门类,展开净化行动,施以禁令惩处;也通过讨论的形式就"三观"、正能量、社会价值与市场价值、青少年思想道德教育、优秀传统文化等主流化普遍的社会底线与目标界定要求网络文艺,在时代的"控制塔"中训诫这"野蛮生长"出来的草根文化,使之愈益成长。这也包括用文艺的标准来衡量大众文化、警惕商业资本的滥用。在此意义上,可以把既有主流社会对于网络文艺的规约比喻为一场"成年礼",其以"父权"的方式仪式化新旧世界道德的联系,将二次元的逃避型和叛逆型文化带回被网络文艺青年命名为三次元的现实空间和法理秩序之中。

二、信任网络文艺是发展网络文艺的前提

在上述主流化的浩荡之路上,我认为唯一要追问的是我们是否信任网络文艺的"文艺性",也就是我们是否相信网络文艺是新时代的一种新文艺,赋予它更多、更重要的期望和价值。

这种相信首先是指网络文艺一定会诞生属于"e时代"的经典作品。虽然传统的纸质时代与物理空间所形成的一套经典标准并不怎么适合网络文艺经典的评判指认,但一些基本的艺术规律、审美要求、人性表达、思想意志仍然在网络文艺时代被继承下来,通过新的媒介手段达成和嬗变。但目前的一种观点是怀疑甚至否认网络文艺的可经典化。这令人想到麦克卢汉在描述16世纪古登堡印刷技术兴起之时,注重口头传统的经院哲学家怀疑和未及时因应印刷文明(媒介)的挑战及机遇,错失了让不少有价值的文化艺术"引

渡"到新媒介的机会,"倘使具有复杂口头文化素养的经院哲学家们了解古登堡的印刷术,他们本来可以创造出书面教育和口头教育的新的综合,而不是无知地恭请并容许全然视觉形象的版面去接管教育事业"。

其次,这种相信表现为正确的历史经验所带来的从容积极心态和参与建设的作为。如果信任网络文艺是主流文艺,就必须容忍它20多岁的粗糙、冲动,理解和享受它在全球互联互通机制下的多样性和想象力,包括它在不断主流化中的非主流——某些非主流恰恰是创新的标志,尤其对于文艺而言。仿佛两代人的关系构建,网络文艺的成长壮美有待于上代媒介的优秀文化思想资源与其沟通、交流、共建、融合,尽可能地保留和养成人类在互联网世界中的丰富弘美。这中间,既需要以历史经验看护网络文艺的多样生态,使之具有内部杂交的足够样本;也需要给予时间并参与具体的创制劳作、提供示范——既然批评网络文艺过多停留在民间草根而有生态之弊,不如直接介入生产去发明网络文艺精品,即便是征服小众的互联网精品其实也已经是人口上为数甚多、具有流通传播价值的大众作品了,其综合利益毋庸置疑。而网络文艺所处的全球化和大众文化背景也同时创造了"好不好由大众来评判"的新批评标准与机制,这是尤可注意的文艺批评乃至文艺教育方面的重要转型。

相信网络文艺,还表现在认定它作为重要的国家文化软实力,将在全球文化交流、宣传和贸易中扮演无可替代的、具有强大发展潜力的角色。换言之,即认为它将在构建"人类命运共同体",实现中华文化创造性转化与创新性发展,接续中华优秀传统文化和弘扬革命文化、社会主义先进文化,以及构建中国话语、中国故事、中国思想理论体系方面具有长足的应用与发展空间。那么,由此宽阔前瞻的格局来看待网络文艺的多样性与生态理路,将为我们制定合理的、富有张力与尺度的策略、机制,即以中长期的顶层设计思维考量当下的网络文艺治理提供坚实的战略眼光。让－路易·鲁瓦在《全球文化大变局》中说,互联网"对整个人类的文化遗产、记忆、古今知识大开方便之门,把来自不同国家,具有共同兴趣、共同目标和共同意愿的人们聚集在一起","展示并证明了它的多元性",这意味着"21世纪是一个多元的世纪"。这与我们提倡的全球治理体系正相吻合。

三、网络文艺的生态链和价值链

所以,我们该在认识网络文艺的关键时刻引入"生态链"和"价值链"的观念。

网络文艺所带来的生态场域勾勒了影响其生成、发展、繁荣的主要力量:技术、受众、产业、政策、文艺,五种力量共治下的网络文艺生态构成了美妙的合力矩阵。所谓生态链是基于其生产链和生态观的一种观念系统的链接,即认为这些力量所代表的社会利益、愿望将在网络文艺这件事上长期并存、博弈合作,在动态平衡中实现网络文艺的大发展大繁荣。

关于对网络文艺生态链的认识,一方面越发明确了网络文艺是未来主流文艺的研判,另一方面也在提出网络文艺不是传统文艺,即强力影响它的基本力量是与过去不同或是不同比例的要素存在,比如产业和资本,比如网络信息技术、人工智能技术和数字技术,比如粉丝的参与和能动特征,比如全球流动的青年亚文化(包含二次元文化),还有我特别在意的网络文艺的共性:社交性。对于这些生态链上的崭新特征，不能因为过去没有而感觉陌生就轻易否定裁决之，它们是网络文艺本质属性内共生共荣的部分。如果没有了，可能就谈不上网络文艺，而仅仅成为过往熟悉的传统文艺的互联网化。所有网络文艺的研究应该是建立在其生态链认识上的研究，而非割裂的只要什么、而一定不要什么的排他选项。有力和有益的引导来自"入乎其内"所形成的同情心和同理心，然后"出乎其外"地制定出良性的改良与发展方案。

强调"生态链"，并不是否定网络文艺场域中的问题、弊端，而是强调网络文艺各类型、各层次之间的辩证关系，以及网络文艺和现实社会的辩证关系，需要做总体性思维和综合治理。所以，同时有必要提"价值链"。网络文艺的价值链在于它必须同时满足影响其生成发展所需的五种基本力量的价值指引，在它们的合力场中构建自己的价值体系（那么，这个模型的另一面就是网络文艺批评，应该在五种基本力量的合力场中构建自己的评价体系）。而精英的、管理的阶层则必须这样思考和引导网络文艺的价值天平："一部好的作品，应该是经得起人民评价、专家评价、市场检验的作品，应该是把社会效益放在首位，同时也应该是社会效益和经济效益相统一的作品。""当两个效益、两种价值发生矛盾时，经济效益要服从社会效益，市场价值要服从社会价值。"这就是对于价值链的充分认识和辩证把握。

总的来讲，网络文艺是与我们过去经验不大相同乃至大不相同的新时代新文艺。除了即时的应对措施之外，理论创新、批评实践、智库建议、磋商机制等都亟待建设，以保障"生态链"和"价值链"富有生命力地运行，最终使网络文艺有精品、成经典，在"地球村"中呈现中国精神气派的新文艺路径和一批拥有自主知识产权的智力成果。

不断发展的中国新型文艺与国家人才观

——谈2019年中宣部文化名家暨"四个一批"人才中的网络文学板块

21世纪文学艺术面临的一个巨大变量,是来自互联网以及接下来一系列技术"奇点"越境后的全面融合。也就是说,我们会愈来愈多地领略到科技与文艺杂交、繁衍、互动、互生过程下的新型文艺。这些创作天然地诞生于非传统、非单一领域的语言教养,它们依旧借助和建立在设计、文学、绘画、影像等基础之上,但科技、创意和商业的母体给予他们更为突出、更为鲜明、全面跨界的时代特征,指引它们成为大众文化、生活美学、全球化经济乃至后人类文明的主要构件。

如果用传统的文学艺术标准去评价,还不如用文化产业的概念去解释它们,目前感觉更为恰切。但如果仅仅视它们为即时的日用消费品,却又忽略了它们灵活自由地调用古往今来的文化、文艺原子,重建着影响人们思想、情感、意识形态的精神与美学,并最终提供一种在此环境中胚胎出伟大艺术的可能。

这样的新型文艺总体,是人类社会发展模式的选择结果。在中国,就是中国社会发展模式以及逐步沉淀为国家文化之一部分的选择过程。事实上，伴随着改革开放，在不可阻遏的全球流动和同一性之中，我们的新型文艺已然孕育出从"中国制造"向"中国创造"不断攀升的典型样本。这一实践在新世纪的20年里，最早形成的就是网络文学，最新的则是以抖音为代表的短视频、直播。它们都是全球意义上独树一帜、具有引领性的新型文艺样式和文艺平台。

在最新一批的中宣部文化名家暨"四个一批"人才入选大名单中，我们看到了不同以往的文艺界和文化经营管理界人选的一点新变。如果说，文联、作协口子的传统文艺工作者和国有文化传媒单位的经管人才依旧是名单里的主流，那么，新型文艺概念下的代表人士在这份2019年名单中的比例显著提高了，可以说完成了从无到有、从相对缺乏到有力补充的一大步。网易、哔哩哔哩、完美世界等新型文艺企业的掌门人纷纷入选，这当中，网络文学可以说是集中体现了国家新型文艺人才观的最具完整性的一个领域——既有一批富有影响力和精品意识的网络小说作者（网文"大神"）入选，又非常关键地把网络文学产业的领头羊、阅文集团的联席CEO吴文辉放在其中（"四个一批"青年英才）。也许，在同一届国家级文化名家暨"四个一批"出现同一领域创作和产业双环节的代表人物是一种水到渠成的偶合，但我认为这种兼顾上下游的闭环思维其实很重要，能够真正体现我们在新型文艺人才观上的合理布局和系统性关照。

不妨以网络文学入选人才为例做点分析。一方面，在网络作家人选上，中国作协的推荐和各省市委宣传部的推荐形成了一定的互补。中国作协推荐的入选者有蒋胜男（"四个一批"）、朱洪志（笔名我吃西红柿，"四个一批"青年英才）、李虎（笔名天蚕土豆，"四个一批"青年英才），地方宣传部推荐入选者有王小磊（笔名骷髅精灵，

"四个一批"青年英才,上海市委宣传部推荐)、林俊敏(笔名阿菩,"四个一批"青年英才,广东省委宣传部推荐)、袁锐(笔名静夜寄思,"四个一批"青年英才,重庆市委宣传部推荐)。如果说中国作协的推荐对象更看重全国影响力,各省市委宣传部的推荐则可以兼顾地域代表性和创作上的多样化。此外,根据入选条例,55周岁以下的文艺名家可申报"四个一批",40周岁以下的可考虑申报"四个一批"的"宣传思想文化青年英才",这不但为网络文学创作人才的入选在比例上拓宽了渠道,更为关键的是为如网络文学这样的目前以"80后""90后"为创作主体的青年群落提供了符合新型文艺发展特点的制度安排。

另一方面,所谓新型文艺,就是产生或生产的"范式"不同于过去,甚至体制机制完全转型了的文艺。这中间,文学网站及其经管人才功不可没。我们做网文研究的就很明白,除了具体作品评价的这么一种内部研究,网络文学更具开拓性、实证意义和乐趣的部分,来自网络文学在国际国内时代环境中生成、发展、流变的一种外部研究。我们深刻地认识到,在中国网络文学20余年发展史中,如果缺少了一批具有商业模式、生存活力的网站,还会有这样一类生动的"中国创造"吗?!——这个角度讲,它们就是中国社会主义民营经济的一部分。

并且,这种平台是网络文学自己内生的,是由一部分网络文学爱好者慢慢转化、蜕变的角色分工(如吴文辉等起点中文网的创始人团队)。固然,20年后的今天,资本化在所难免,但还会有新的生存发展的场域建立在文学网站及其产业集团中,要求其承担更高级别的功能和价值。比如,社会效益和经济效益的并重且始终把社会效益(包含了企业品牌)放在第一位;比如,提倡网络文学现实题材写作,举办"现实主义网络文学征文"赛事,推出一批具有现实关怀的精品网文,将一部分优秀网络作家转化为时代故事和时代精神的直接书写者;比如,在全民抗疫之初,主办"我们的力量"抗疫主题征文,媒体报道"阅文后台涌入12000多名作者报名参加,4000多部作品审核上线"……从网民津津乐道的2003年起点中文网VIP收费阅读模式的建成,到"白金作家制度""IP共营合伙人制度",到今天的阅文集团全力布局网络文学的海外传播,让中国故事"走出去",将赢利模式建立在世界读者范畴的蓝图上——这些都是新型文艺的特征、方法和野心。

所以,当我们理解这种文艺与市场、大众、国家文化和全球竞争力的关系之后,在人才选拔和梯队建设上,理应有合乎其内在属性和发展路径的体现,这次的中宣部名单就是一个表达、一个信号。甚至,在条件合适的情况下,将新型文艺创作链、产业链、价值链的更多不可或缺的人才考虑进来,比如对网络文艺开展研究批评的理论评论人才,对新型文艺的全球化和产事业做跟踪服务的贸易、交流、翻译、改编和智库人才,这样,面向21世纪、中长期发展中的新型文艺,就会拥有一支更加稳定的人才队伍。

我们期待,中国不断涌现的新型文艺可以作为国家文化的一类支柱存在,健康、富有品质感和协调性地实现创造性转化与创新性发展,在实现自我优化的同时致力于建构人类文化共同体的某些重要面向,经由流行和时尚、科技和艺术融合的区域,萌生出崭新的人文生态。

解析商业模式转型中的"阅文风波"

"阅文"成了近期的一个热搜,节奏首先来自腾讯自身。4月27日傍晚的一道刷屏风景告知相关业界,阅文集团高层的人事调整了。原联席首席执行官吴文辉、梁晓东,总裁商学松,高级副总裁林庭锋等部分高管团队荣退,腾讯集团副总裁程武出任首席执行官,平台与内容事业群副总裁侯晓楠出任阅文集团总裁——这很快就被网文江湖命名为阅文"五帝"(原起点中文网创始人团队)退位事件。之后被带的节奏绵延不绝,却多半在腾讯之外。4月28日一份所谓"霸王条款"被认为是阅文新团队的新合同(尽管阅文官方马上辟谣并非新合同,但其实不那么重要),然后舆论就"霸王条款"下网络作者的一系列权益问题蒸腾发酵,主要是"讨伐"的,到5月5日则酿成了"五五断更节"。众多媒体、公众号各有立场视角,表达了不少观点,遑论身在局中的广大网络文学作者以及学者。

以中国网络文学20余年发展史及其产业帝国铸就的来龙去脉言,阅文在今日的动静难免会如地壳震动。类似的震动在网文历史上未始没有,随着这一大众的、时代的、商业的创作在新世纪来得愈益兴盛而致主流化、国际化,有关于它的每次平台主体的重大更迭,往往蕴含着此项中国特色新型文艺内在的方向性、结构性的再选择和力量博弈。

本来,阅文集团的家务事所产生的博弈在于模式的博弈、管理团队的博弈。作为中国网络文学场域实际缔造者之一,以起点中文网为核心的阅文集团及其以"五帝"为代表的创始人团队,无疑是资深、专业和对网络文学影响、贡献至深的,他们也是网络文学发展现场中与这一中国大众文化奇迹捆绑最紧密的一支力量,可以说,没有商业模式和市场化的创造性推动,中国网络文学进展不说没有但也会弱很多、慢很多。然而,对于2018年以后的网络文学商业模式及其利润增长来说,瓶颈是存在的、天花板是存在的、困难和问题是存在的。我曾做过如下的概括——

首先,是收费阅读模式的人口红利问题。由于客观上付费用户的基本饱和,以及网络大文娱的其他平台产品比之文字抓取受众的能力远为强悍,人们通过移动互联网和手机留在静态阅读上的时长即其消费份额触及了天花板。根据阅文集团财报,2019年上半年阅文付费用户为970万人,远低于2017年的1110万人和2018年的1080万人。同时,付费用户占活跃用户的比例也在逐渐减少,2018年、2019年、2020年依次为5.8%、5.1%、4.5%。这种趋势即便在"宅经济"勃兴的疫情时期和后疫情时期,比较抖音、快手为代表的短视频与直播,它的占比仍然很有限,或者说付费人口及其消费时长的递减总体上几不可逆。

其次,是随之而来的行业内另一种模式——免费阅读的挑战。"羊毛出在猪身上"的互联网运营思维催生了像番茄小说、连尚读书等为代表的免费阅读App,他们以流量换广告、吸资本,短时间内在国内三四五线城镇获得了一大批新增用户,实现了某种网络文学的下沉。用"烧钱"换取资本价值的流量,跟或不跟?做利益还是做生态？做大还是防止做烂？依旧是言人人殊，可商业风口从不等人。起点中文网无疑奠定了中国网文2003年来的收费阅读制度，面对免费的这一轮猛烈操作，也不得不做出尝试与应对。

再次，就是2013年至2017年直接拉动网络文学IP概念和IP价值的以影视资本、影视改编为代表的黄金五年的消歇。2018年以来，因影视行业盘点、资本环境等，网文IP必须迎接去泡沫和精品化的合理回归，但事实上也体验到了高速行进下的一记急刹车。阅文在2018年10月以155亿元的高溢价收购了影视业翘楚新丽传媒，意图自然是在旗下的精品IP与精品影视制作之间构架出自身的内循环，用资本行为使得强强资源化合，而2019年的《庆余年》也证明了这一策略的成功，可大的形势和窗口优势依然无法靠这样的速率撬动，这就是资本和市场的性格。

一切都在要求阅文的升级，现成的通道就是腾讯内部泛娱乐平台的全面整合和利用，并将IP的转化延伸至尽可能多的时代场景，比如文旅、海外贸易、5G和AI技术、文字和音视频结合、短视频甚至一些直播营销。构建更大的想象力是焕发传统事物生命力的第一步，20年前是网络文学及其收费模式的想象和落地，刷新了人们对于文学创作及商业写作的认知，此后居然获得了网络文学和所谓传统文学的分治。而今，网络文学自身也变得传统化了，甚至已经成为一种传统，吸引了很多学者评论家来为之做经典化的工作。但对商业市场讲，如何使之生机勃勃，有利于1400万写手和4.55亿读者良性共生，无疑需要再实践、再出发。这些实践的检验的标准无非是最终是否有利于网络文学这一中国创造活得更好、更久，并诞生优秀的、经典的作品序列和IP转化的精品系统。

这是如今这场热搜大戏的第一部分的原委所在。然后是网文江湖所谓"合同风波"与"五五断更节",内中的细节远比想象的复杂。

一般我们习惯用维权益、反资本、反垄断等作为视角,因为曝光的合同事实上确有这样的问题,圈内圈外读一下截图的条款都会说:"霸道!"从我的角度看,这一方面是网络文学产业中的沉疴旧疾,过去十几年尤其是几次 IP 价值受上下游产业与资本青睐的转折期,就有好多大神作者跟网站关系紧张甚至一拍两散,问题就在于未发迹时签下的白纸黑字事后看来不公平。但另一方面,我们真的认为网络文学仅仅是一种传统意义上的个人创作吗?换言之,平台作为传播渠道、流量载体以及编辑、版权经济、法律维权等服务主体,是参与和实现了作品经济价值的,它和作者构成了网络文学作为商业的新型合作关系,是一共同体。所以,不少作者的关键点肯定在于争利益、修合同、调整 2.0 模式下的劳动报酬,而非反平台、反资本、反分账的义愤填膺。

在国际社会学、人类学界的研究中,数字时代的劳工成了值得研究和关心的新对象,是马克思主义政治经济学在当代的一项延伸。网络作家在此意义上就属于这种新的劳工群体。部分不够与平台直接产生议价能力的劳工会认为资本方预设了陷阱,报酬跟他们高强度的劳动付出不成比例。这里需要介入科学计算和人力资源管理的研究,但就目前而言,现有从业者借着阅文新旧团队(实际上也是新旧商业模式)转换而提出修正,甚至用"断更"(另一种罢工)争取坐下来谈,确实是一个好时机。

此外,矛盾焦点还集中在"免费"阅读模式的推出。事实上阅文新团队已经解释了不可能全部免费——当然作为拥有流量优势和资本诉求的商业主体其实也不愿意拒绝免费。但那些可能会在免费模式下直接遭受损失、受正面冲击的作者群落肯定会担心并拒绝这一模式的全面推动。这些阻力型作者的主体恰恰是能够代表网络文学中"文学"之可能性,成长着的新的腰部作者群,他们既不如头部作者那样容易得到 IP 化的红利,也不如底部作者那样容易得到免费模式的红利,他们事实上是网络文学更具多样化生态和创作精品化的潜力股。所以,如何解决这部分作者的成长与收益,不被资本洪水冲刷殆尽,成了很多论者加入此次狂欢的原因。

因此,从网络文学现场来看,这种时代文学始终是全面生存在场域力量中的"中国新型文艺"。技术、受众、市场和资本、国家政策乃至文学知识精英,都是影响其更新、迭代、发展方向、成长模式的主要力量。它的精彩之处在于永远的动态及其合力的矩阵效应。

网络文艺场域中的女性文化与主体新世界

一、从广场到商场：女性声音与网络地理

从网络文艺来谈女性或女性主义，也许是一个新鲜的场景。这种新鲜的缘由之一似乎是利用了新的材料角度，使得注意力充满了陌生化的效果，以及将大问题收窄的那么一种精致微观感，人们会期待在此间寻找到不至于老生常谈的颖趣。更何况，网络文艺这一现象在中国不过 20 余年历史，1995 年后中国互联网的民用、商用得以展开，基础于"赛博空间"（Cyberspace）的文学艺术分泌物逐次形成蔚为壮观的踪迹和它们创造性发展的契机，而今则成为中国特色的大众文化的主潮；至于网络文艺这一概念，要更为迟滞，基本是由 2015 年的中共中央文献论述后正式定型的。[1]

然而，当我们用网络文艺来谈论女性文化境遇时，会很快意识到并决定改变上述关于收窄、微观之类的认知，因为事实上，网络文艺并非传统意义的文学艺术文本，具体地加以分辨，其中至少包括：一、网络文艺是一种新型文艺，它更大程度上是社会生活场域直接

---

[1] 夏烈:《网络文艺的主流化与发展观》,《中国艺术报》,2019 年 1 月 1 日,第 3 版。

在赛博空间的一种迁移和衍生，它比之传统的艺术美学范畴的文艺创作更接近于生活实际即其社会关系的总和；二、网络文艺依然处在形成和发展的动态链之中，缺乏经典化和历史化，却充盈着喧嚣的现场感，每时每刻都在上演其丰富复杂的"资本"（力量）博弈，是一个集中展示一切活态的权力意志的"竞技场"。所以说，选择网络文艺来考察当下女性文化，恰恰因为它正处于时代的核心区，它是时代女性与两性的真实呈现以及交互、想象之关系的最前沿。这些特点，增加了文艺分析的难度与广度，却也让研究本身更具社会学的意味和意义。

互联网"赛博空间"是人类经验里较为新质的一项"存在"。从本体论思考，它确实不仅仅是一种技术工具，更是造物意义的新世界，譬如物理上发现和处理新大陆一样。在技术乌托邦论者那里，他们相信这片新大陆、新世界"拥有着前所未有的社会与文化潜能"，甚至这些新的信息与传播技术"标志着启蒙运动的高潮，将会终结财富与权力的不平均分配，为世界范围内电子广场（根据古希腊雅典人的模式，广场体现出一种直接的民主）的实现铺平道路"，更为关键的，"能够让20世纪先锋派的旧梦成真——每一个人都可以成为其虚拟生活与多元身份的创造者"。[1] 有关于此的一个重要宣言当然是"电子前线基金"（EFF）的创始人之一、著名的黑客和互联网哲学家约翰·P.巴洛的《赛博空间独立宣言》（1996年）："工业世界的政府们，你们这些令人生厌的铁血巨人们，我来自网络世界——一个崭新的心灵家园。作为未来的代言人，我代表未来，

---

[1]［荷兰］约斯·德·穆尔：《赛博空间的奥德赛——走向虚拟本体论与人类学》，麦永雄译，广西师范大学出版社，2007年，第30页。

要求过去的你们别管我们。在我们这里,你们并不受欢迎。在我们聚集的地方,你们没有主权。"该宣言开篇针对现实工业化和资本主义生产方式席卷了的国家政治、经济、道德和律法划出疆界与鸿沟,继而以搁置肉身的方式意图在互联网上构建"所有的人都可加入,不存在因种族、经济实力、武力或出生地点生产的特权或偏见"的美丽新世界,并期待通过这一异次元空间"表达他们的信仰而不用害怕被强迫保持沉默或顺从,不论这种信仰是多么的奇特"[1]。

虽然,这篇宣言没有强调性别和女性——其中一个原因自然是虚拟的世界抛弃了肉身也就抛弃了性别,连性别都可以随意选择和主张,就像我们在玩游戏或者注册一个账号的时候可以任意选择男或者女的身份、头像、昵称。另一个角度言,拥有了"电子广场"的人们在赛博空间抹平了现实阶级差异之类的不平等,可以就所有人类问题包括女性问题重加想象和讨论,从而反对现实关系中的男权中心和女性压迫。这实际上可以说是擅用网络空间地理,让原有的现实权力结构失重和解体,更有利于重建出一种女性主张的声音;在文艺上的表现,就是会出现很多女性擅长和喜爱的文化资本,比如写作、表演、cosplay(角色扮演)、视频拍摄剪辑以及在音乐、游戏等领域丝毫不让男性的表现力、表达权和竞争优势。此外,这种异次元的宣言也鼓励了我们熟知的青年亚文化中"二次元"文化、文艺的大量出现,或者说"电子广场"式的"异次元"乌托邦就包括了它的另一名号"二次元"(与"三次元"即现实空间相区隔),生成了很多具有反叛精神和性别颠覆意义的作品,实践着女性解放的后现代表征。

---

[1] [美]约翰・P. 巴洛:《赛博空间独立宣言》,李旭、李小武译,载高鸿钧主编《清华法治论衡》(第四辑),清华大学出版社,2004年。

就中国网络文艺的发展来说,早先如新浪旗下的博客和微博在各自不同的阶段呈现着"广场"的作用,女性在其中可谓地位突出。曾被媒体反复报道的"中国博客第一人"徐静蕾和"微博女王"姚晨,分别是这两项网络文艺(新媒体写作)平台的代表人物,在这样的新媒体平台上作者(明星)需要通过文字、言论、思想和图像视频组合建构起人们的评价,尤其在新浪博客(2005年)、新浪微博(2009年)推出的时段,多元嘈杂的网络言论现场折射着线下公共生活场景和文化观念的活跃与交锋,女性声音在网络文艺中以"广场"式的面貌登场尚属事实,这相较于今天以"颜值即正义""饭圈文化""直播带货"为核心内容的泛滥(包括微博在内的网络文艺所有主要平台),徐静蕾、姚晨时期的塑形和价值观确实远为"广场"意识和女性主义。比如,徐静蕾从早期的偶像剧《将爱情进行到底》里饰演文慧的"玉女"(即所谓获封"四大名旦"之一),主动在博客时期调整为"才女"(这两个称谓都来自大众评价和媒体评价,其实也甚为男权化),她进行着更为全面的自我展示和更为自觉的主体突破,尤其是在自己导演的艺术拓进像《我和爸爸》《一个陌生女人的来信》等电影作品中,女性主义成为徐静蕾的主体自觉——"我没有性别歧视,我不认为什么工作是男人能干,女人不能干的。有人老说我女强人,我并不觉得女强人有没什么不好啊,看你怎么定义了。如果女强人的定义是知识渊博和具有能力的人,我愿意当女强人,如果你把她定义成感情失败,事业成功,那我就不愿意当了。"[1] 无独有偶,姚晨的微博以亲民、真率、勤快曾经在八年间与大众粉丝分享着工作生活的辛苦、温暖、喜乐和诸多个人观点,其互动性涉及了不少跨界人

---

[1] 许青红:《徐静蕾30而立》,《时代人物周报》,2015年10月11日。

物和网民群众,社交性与公众性都很强,议论的话题包括环境污染、食品安全、解救拐卖儿童、救援流浪狗、促销甘肃农产品等,她积极介入公共话题,常有所谓"侠女"的行动风范。即便是近年引起争议的微博如谈难民接收问题(2017年),宣传自己监制并主演的女性主义电影《送我上青云》的所谓"开车"事件(2019年)——"下次再遇到挑三拣四的渣男,直接告知:不是我太胖,而是你太细",都依旧充满了"广场"关怀和女性主义气势。

然而,一方面乌托邦式的电子广场过于理想化、言过其实,也就是说凡是人造的世界必然要接受现实社会关系的制约,它是社会关系的连通器,也必然是新旧媒介讯息的消化融合,这正如布尔迪厄提供的"场域理论"对于任何一个时代环境的力量分析和辩证理解,网络绝无可能阻挡现实生活中其他主导力量的干预和治理,成为无政府净土和法外之法、法外之地。因此,约斯·德·穆尔也描述道,"互联网往往更像是一个罗马斗兽竞技场而不是希腊民主广场",悲观主义者甚至因此认为,"穿越赛博空间的奥德赛恰如地理空间的探索那样,将会终结于一种根本性的孤独与异化之中"[1]。另一方面,过于理想化的网络自由也会让人无所适从,胡泳阐释道:"人们的交往活动进一步加速,由于减少了面对面的接触,人们也就变得更为独立自由,产生了一种普遍的解放感。与此同时,这也潜移默化地使人丧失了历史深度和特殊的地区认同,漂流到虚拟的数字文化当中。这种文化的特征是无时间的时间(timeless time)和没有固定位置的空间(placeless space)。身处'结构性的精神分裂条件'之中,人

---

[1] [荷兰]约斯·德·穆尔:《赛博空间的奥德赛——走向虚拟本体论与人类学》,麦永雄译,广西师范大学出版社,2007年,第30页。

们丢失了自我感,他们试图重新找回新形式的认同,即合法化认同、反抗认同和规划认同。"[1]

有趣的是,我们在中国网络文艺中看到了快速覆盖"广场"的新形式和民众认同,那就是网络的消费主义景观。这既是全球化的一部分、一个体现,也不得不说是中国网络空间治理场域的奇观化缔结。也就是说,如果"广场"不合时宜或者处于机制真空,那么最容易接手的就是一幅"商场"的地图。女性在电子广场发声的那部分并未完全消失,但是鸡零狗碎,一概被倍速地卷入"去中心""碎片化"的尘埃里。很多现实社会生活、家庭生活中的女性主义问题在网络文艺和泛文艺作品、产品、社区、事件中沉沉浮浮,隐喻性地出现,比如大量的网络小说、网络剧和短视频中,但恐怕已经很难形成严肃有力的讨论。因为网络文化、网络文艺的主潮已经快进到主播、网红、IP、小鲜肉、饭圈、带货、海购、热搜、流量等一套消费主义的符号逻辑,它们非常强势、时髦,拥有"接地气"的现实法则和速率,更配以成功学和心灵鸡汤的软实力。"网生代"青年恰好遇到全球消费主义的中国版上线,有意无意、愿意不愿意地成了电子"商场"的中流砥柱——核心消费者(群),不必说本身就以购物为己任的淘宝、天猫、京东、亚马逊、当当、苏宁以及线上商家原创出来的购物型节庆"双11/双12""年货节""情人+白色情人节""618/818"等等,即便回到我们谈论的网络文艺平台,如何通过会员购买(VIP/VVIP)、流量变现、礼物打赏、购物链接等达成网络直播、网络视频、网络影视、网络文学、网络音乐、网络游戏等一众

---

[1] 胡泳:《众声喧哗:网络时代的个人表达与公共讨论》,广西师范大学出版社,2008年,第12页。

网络文艺的赢利模式创新,才是消费主义和消费社会中文艺的核心编码——我们讲网络文艺是新型文艺,其中一个最重要的维度就是深刻认识到它的时代商业基因、机制、体量已然大不同于传统文艺,对它的理解、关照和办法就必须全面更新。换言之,早期工业中的劳动者中心已经让位于信息工业下的消费者中心,作为现代社会主流人群的消费者们,主要就是通过在线方式、刷屏方式领略和分享了一个全球物质与物流化的巨型"商场",按照坎贝尔的说法,"现代消费主义最令人陶醉和上瘾的部分,就是渴望那些一直想要的东西,四处搜寻中意的商品,以及对其他各种东西的欲求,这些才是关键,商品的使用不是重点。这是一种基于渴望和欲求的消费'浪漫主义伦理'"[1]。

这种无所不有的"商场"幻觉成为目前文艺和女性的崭新网络地理。这样一来,她们中的大多数会选择快速跟上节奏,对于女性主义来讲,任务也变得复杂。

二、双重困境:男权制和消费主义

在网络直播这样的网络文艺重心板块,我所说的女性文化的双重困境及女性主义的任务复杂性可以一目了然。

一方面,男权中心所具备的将女性客体化、工具化的特点在网络文艺里占有相当核心的文化位置。与传统的男权制深嵌于家庭起始的文化生产和权力关系略有不同,今天的男性可能更多在互联

---

[1] [英]安东尼·吉登斯、菲利普·萨顿:《社会学基本概念》"消费主义"词条,王修晓译,北京大学出版社,2019年,第106-107页。

网上发泄和实现他们的这套文化心理机制。比如,很多"直男癌"的故事和事故通常都是从网上开始成为热议话题的,而弗洛伊德提出的男权"圣母—妓女"情结中对于妓女作用的实现已然拥有丰富的网络版本,当然还有因为匿名状态而随处可见的以女性为言语侵犯对象的网络段子、粗口、评论;而与之相配套的,是他们对网络文艺平台中的女性颜值、身材、声音、器官的迷恋和"YY"(意淫)。男性由此快捷化地完成了他们整套的男权中心仪式,构成了完整的女性主义术语"厌女症"的网络时代范型。换言之,曾经在现实社会生活中的那套男权文化,今天被搬移和改造到网络空间,在类似网络直播这样的文艺平台中稳稳地驻扎。有关于此,日本的女性主义学者上野千鹤子分析道,基于生活中"遇到真实的女人,发现对方是不可理喻令人不快的他者",既然现实里"今天的女人,已经不想再干那种蠢事了,她们已经开始退出男人的脚本了。如今,男人从现实中的女人逃离,而去向虚拟空间的女人'萌情'。今昔无异也"。[1]

那么,为什么网络直播这样的平台会有那么多女性愿意承担客体化、欲望化的符号?除了有主体自觉的问题以外,其实真正起主导作用的是消费主义。消费主义体系在今天大包大揽,系统性地洗礼了人们的精神和认知,它首先将人们对于物质感官的迷恋和透支型消费习惯建立起来,并把这些知识、习惯作为人的社会身份象征,此外它借助女性解放的思潮又将身体迅速转化为经济支柱,作为个体的指导性(心理)一体化原则,"这一美学/色情的弥天神话主要是建构在女性基础上的。""女性通过性解放被'消费',性解放通过女

---

[1] [日]上野千鹤子:《厌女:日本的女性嫌恶》,王兰译,上海三联书店,2015年,第13页。

性被'消费'","性欲是消费社会的'头等大事',它从多个方面不可思议地决定着大众传播的整个意义领域。"[1]让·波德里亚《消费社会》一书早就深刻剖析了这中间的内在隐秘,而当时的大众传播如果主要还是杂志报纸、电视与广告的话,今天则轮到网络文艺了。

简单地讲,部分网络主播(这个词几乎等同于网络女主播)愿意在自己的直播间通过才艺(唱歌、跳舞)、聊天、连线PK(守塔/偷塔)等取悦和刺激男性用户的快感体验和守护欲,承受较大尺度、压力的即时性语言评论(挑逗或批评),并非屈服什么男尊女卑,而是她们要通过这种直播形式赚钱,以获得自己更高的消费资格,追求到更多关于商品世界的欲求快感。是一种资本主义生产方式在驱使女性进入"消费 — 表演 — 消费"的循环中,过去伦理的禁制和耻辱如果是男权制的,需要反抗,那么消费主义的伦理一出场就帮你解放掉、转移掉了,目的是让女性服从消费,这样同时也就服从了潜藏其中的男权中心。这是一种合谋。

"表演",成为此际对女主播们的准确形容,与之相关的网络词语就是"戏精"的含义和概括力。也就是说,我们在直播间看到的可能是越来越多的戏精,她们因为生活中不得不信仰消费主义神话,就用表演让浪荡(流浪?)于各个直播间寻觅虚拟满足的男性用户乐意、开心,直到建立消费关系甚至长期消费关系。可有趣的是,她们在虚拟世界之外、在生活中,可能正是那些男人恋爱和婚姻里感觉"不可理喻令人不快的他者",只是在这一个个电子技术的格子铺里演好了彼此的需要。并非没有真的有才艺的女性,但是才艺在这

---

[1] [法]让·波德里亚:《消费社会》,刘成富、全志钢译,南京大学出版社,2001年,第150-151页。

里没有独立性，只是表演（男性欲望满足）的辅助——在早期的直播中，固然一方面有极度淫秽的性爱直播事件，但同样有一批通过直播走才艺道路的歌手、舞者、漫画人等，她们曾经并不以挑逗、戏精为能事，所营建的粉丝关系更为平等健康。然而这种比较清淡的口味在专门的直播网站似乎变得愈来愈非主流，她们中的一部分转移到2018年后内容品味和主流化程度显著提高的抖音等平台做短视频才更有人气。

可资对照的，是另一批看上去超越了男性用户为主的直播App，改用小红书、新浪微博等更显公共和高级的平台做多元直播的女性，她们用旅游主播、美妆主播、美食主播、服饰主播等形式开拓了女性题材空间，无论美学效果还是专业文化层次，都有档次上的提升，这一趋势是值得肯定的。然而，多做一些观察和研究后仍然会发现，其中为数不少在光鲜亮丽的视觉下依旧充斥着对物欲的夸张宣扬，且"伪高级"丛生，很多拿来标榜的豪宅、游轮、别墅、奢侈品同样是表演性的，借图和假货成了她们的惯例。这令人深感遗憾。

"技术"，是另一个实证着网络文艺平台被消费和资本完美控制的关键词。既然网络文艺平台就是公司，公司就是产业，投资产业的就是资本，那么资本的属性决定着平台、决定着平台的所有技术的方向、目的、结果。可以说，越来越完善的、充满设计美学的、贴合人性本能的App技术一定也是最能勾引你消费、有赢利价值的技术。没有明显的赢利价值的技术在产业与资本看来是"废招"，是理想主义作祟。所以，我们看到以直播、短视频、美颜和美图软件为代表的众多网络文艺平台，精准地研究着两性基于平台产品的一切社会关系与消费可能，当然这也蕴含着对于男权制和消费主义双赢同在的某种允诺。

美颜、滤镜、特效在这个意义上，是渗透着物化女性意味的技术。例如美颜技术让人肤色更白、身体更瘦、眼睛更大。这些生理特征都指向着高度女性化、幼态、本土文化的审美。这也就意味着主播需要配合以男性为主体的"观看"和"赏玩"，女性的配合甚至是不自觉的。这样的美颜技术，强化的是女性的虚假自我，否定、异化、规训了女性的本真存在。此外，大数据为动态库的高超算法作为时刻盯紧受众的智能技术，会在两性消费的任何定量取值上给出如何强化的数字建议，推进着网络文艺平台"造梦"和"表演"的游戏规则实时更新。

非常有趣且耐人寻味的事件是2019年7月火爆全网的"乔碧萝事件"，它在这种男权制和消费主义合谋的特殊支点上把事儿搞大并且搞砸了。"乔碧萝殿下"是一名声优主播，平时主播时用美颜、滤镜、特效（卡通图像）改造和遮挡面部，以女性化的声音圈粉众多。在一次连线PK中，遮面的卡通图像突然掉落，"乔碧萝"的真容意外曝光，引发了"萝莉变大妈"的网络热议。此后，"乔碧萝"承认此事是一次策划好的营销，但她因此被全平台封禁。"乔碧萝"之所以为网络所不容，是因为她把费尽心思在网络中造梦的众多平台以及所有"YY"于网络中做梦的观众全都叫醒了；如果按照她所说的是一次"营销策划"，那么显然是将男权制和消费主义的共同体作为自己颠覆性出名的工具，想走一条"黑红"路线，这无疑是更大的冒犯。所以无论无意还是有心，她以一己之力提示了所有人"梦"的虚假与脆弱。——如果你丑，就不要出来吓人；如果你要出来，就不要让技术假面掉落；你既然这么不小心，我们就抛弃你；你居然还是故意的，那男（男权）、资（资本）二位大佬就必须图穷匕见，加以制裁——这就是"乔碧萝事件"抛出的叙事逻辑和文化处境。

当然,在做更为全面的社会学扫描后,我们可以为这些网络文艺的游戏规则找到合乎情理的落脚点。虽然网络文艺如此密切地与现实生活保持着脐带关联,但它毕竟是人类造物所设计的一个区别于现实生活的异次元空间,补偿和逃避功能是网络及其文艺的本质属性,造梦和镜像式体验都被寄托于网络文艺之中。从现实被改造的两性关系中流浪出去的男性,在这里形成了巨大的集结和文化心理征候,资本主导的消费社会一定会为之打造替补性的商品系列,征用更大的消费主义逻辑,帮助完成消费者的需求,实现它现代神话的有求必应。并且,如果我们有机会深入考察网络文艺用户的年龄、学历、阶层、地域等因素,还能在共性背后看到很多具体的群落分众。比如被网络称为"屌丝"的人群阶层,他们的现实生活际遇和选择网络文艺加以代偿是有其必然的(其实不唯他们,还有她们。上述的社会学分类指标可以说明有很大一部分"她们"根本没有能力和机会居于电子"广场"发声,她们跟有能力的"她们"是不同阶层的女性);比如被网络称为"中年油腻大叔"的年龄段,其社会资本和身体机能之间的鸿沟是否导致他们更为支持这样一种网络文艺途径的工具化代偿;等等。

而对于现代女性来说,对个人财产权、收入支配以及身体自由的追求本身并没有问题,这恰恰是上一个阶段女性主义的成果。但正如让·波德里亚说的,"被重新占有"才是问题。"'被重新占有'了的身体从一开始就唯'资本主义的'目的马首是瞻……身体之所以被重新占有,依据的并不是主体的自主目标,而是娱乐及享乐主义效益的标准化原则、一种直接与生产及指导性消费的社会编码规则及标准相联系的工具约束。"[1]——所以,时刻警惕着,时刻有风险,主体在这个意义上变得无比重要,看顾着各种异化的边界。

三、两种艺术:报复型重建和本真型重建

有两种网络文艺及其代表性样本给我留下了深刻的印象和丰富的思考余地,我认为这是网络文艺内部生长出来,足以反映女性的主张和重建色彩的努力。

第一种以网络文学中的耽美文学为代表,对应的女性文化是"腐"文化,认同和爱好的群体称作"腐女"。"腐"和"腐女"是日系词,其日语含义和中文"腐"的理解近似,有腐坏、不可救药的意思,而腐女子(ふじょし)与妇女子的日语发音一模一样,所以是一个带有自嘲色彩的日语谐音梗。腐女的审美和文化倾向以欣赏BL(Boys' Love,男生间的爱)为养料,这与"耽美"(即源出于英文Aestheticism 唯美主义的日译)一词从日本漫画、小说直至中国台港、大陆的理解变迁逐渐挂钩,目前中国的腐女把耽美文艺作为自己热爱和文化表达的核心方式。

这种亚文化色彩的女性文化,从文本和社会表现来看,早已从原初的那么一种温柔敦厚的私人秘密和小众私享,变为了文本上极尽女性想象之能事、社会覆盖率可谓大众的地步。女性在其中既可以投射自己的性别与审美偏好,形成一套叙事传统和文化机制;也可以从实验性、探索性角度寻找心理的极致感受、身体和虚构的关

---

[1] [法]让·波德里亚:《消费社会》,刘成富、全志钢译,南京大学出版社,2001年,第142页。

系,以及女性主义各种理解下的文学化、人设化。换言之,耽美文学成为一块女性文化的探索飞地,帮助女性摆脱或者倒置现实里的权力话语,领略女性自由自主精神。有研究者具体介绍道,"无论在日本还是欧美、中国,二次元耽美小说'唯美、浪漫、梦幻'等特征在本土化传播的阶段不断被结构颠覆,渐渐脱离了最初虚幻理想的纯美浪漫世界。比如走向现实的'同志向'耽美小说;又比如对唯美外形进行颠覆的丑攻、丑受小说;再比如对超越性别之爱的崇高纯洁的颠覆,彻底沦为性欲狂欢的高 H 耽美;对两人间一对一的忠贞纯洁的恋爱关系的颠覆,一攻多受的总攻文,一受多攻的总受文,多角关系的 NP 文;以及对参与者性别的颠覆,由腐男、同人男创作的耽美小说……网络耽美小说是生理上具有男性性征的攻受双方的情爱叙事"。[1] 这就是耽美文学发展至今女性主体(创作者和接受者)创世界的结果。

当然,耽美文艺本身,以及它存身于网络文艺而非在出版、影视等公共文化之中,都说明它依旧是被男权中心社会客观上压抑的,这是人类文明阶段决定的。我想说的是,基于这种想象性母体、文学艺术形态、并主要寄居在互联网赛博空间的方式,还有它们从原初的唯美、浪漫、梦幻的"少年爱"发展为今天的多元、强悍、男性性征的特点,都可以认为这是一种准"地下"性的反男权中心的报复型女性主体重建路径。也因此,它肯定会被主流社会压抑、控制。

在中国网络文艺现场,近年几次动静不小的二次元文化事件都来自耽美圈。这里不是指国家管理部门对一批耽美作品的下架、扫

---

[1] 刘小源:《来自二次元的网络小说及其类型分析——以同人、耽美、网络游戏小说为例》,东方出版中心,2019 年,第 153 页。

除，而是指份属同人的耽美圈内部的人际矛盾激化，结果一方借助公权力举报另一方，令二次元耽美圈的家务事"出圈""破壁"转变为一个三次元事务，从而令耽美圈游戏规则局部破裂，共同体遭遇挑战，这其实也等于有人江湖"违规"（但不违三次元的法律），打破了原来在现实法理（男权）世界下默许的耽美小众文艺（女性主体文化）的"地下"式存在秩序。具体比如"深海先生"遭"烨风迟"举报事件，"墨香铜臭"入刑事件，还有就是 2020 年 2 月末沸沸扬扬的 AO3 网站事件，虽然 AO3 是个同人创作网站，但熟悉"同人"与"耽美"之间异同关系的定然也就知道作者"迪迪出逃记"的这篇同人文《下坠》也是耽美文（真人 CP 或称 RPS[1]）。——当女性发展出她们独有的文化体，听到女性主义者所谓"我们自己的声音""女人以女人的名义讲话"后，真实的现场是又突然进入到内部权力的殴斗，为了达到"赢"的目的援引了男权力量来干预介入，这也算一种革命的悲哀。

此外，还有一种"腐文化"的强权在效仿男性话语机制，压迫他人。那就是当原初私人性、小众性的"腐女"成为一种大众化的女性时髦话题后，"是不是腐女"被不成文地作为是不是时尚中人的社会身份判定标准了。这样，从代际上的"80 后"到而今的"00 后"女性，似乎不"腐"就不足以谈人生，不"腐"也就失去了跟小伙伴们的共同话题、共同标识。这种趋势向上蔓延到中产阶级的职场，向下渗透到小学生、初中生。笔者在 2009 年一段上海职场生涯中感受到，在

---

[1] CP 是 coupling 的简称，为网络流行词，本意是指有恋爱关系的同人配对，现也指动画、影视作品粉丝自行将片中角色配对为同性或异性情侣，有时也被用于搭档、组合的泛指。RPS 是 Real Person Slash 的简称，指由现实中真实存在的人组成的 CP。

这个开风气之先的中国时尚区域,"腐女"趣味当时已开始公众化,使得很多职场中不"腐"的女性至少得亮明自己是"轻腐女",以获得共同体的内部资格。而另一段记忆是 2013 年的杭州,当朋友担心她的女儿在小学六年级早恋时,她女儿轻蔑地指出母亲的落伍,"还问我什么早恋,我们现在都不男女了,都是男男、女女",当然女儿的回答只是类似耽美文艺观赏的一种趣味化表达,但可见这种文化的下沉已经被视为一般的流行时尚,这是非常浅认识却强流行的。我以为,这都是报复型重建路径的女性文化所表征出来的问题。

  第二种有关主体重建的样本出现在网络短视频之中。网络短视频是从 2011 年开始,2015 年之后在中国市场全面爆发的新兴网络文艺板块,内容来源模式包括 UGC(用户原创)、PGC(专业团队生产)、PUGC(用户原创与专业制作混合)。抖音、快手等平台主要是 UGC 模式,一条、二更等是 PGC 模式,而我要讨论的对象则是 PUGC 模式的"李子柒"作品及现象。李子柒开始创作美食类(生活类)短视频是 2016 年在美拍 App 上,不久她在新浪微博的自媒体同步这些内容,当《桃花酒》《兰州牛肉面》两支作品走红后,2017 年开始了团队合作,同年 6 月获新浪微博超级红人节十大美食红人奖,2018 年,她的原创短视频上线海外 YouTube,运营三个月获得 YouTube 银牌奖,至 2019 年 12 月她在 YouTube 上传 100 多个视频,海外粉丝 750 余万,成为媒体业界热议的用短视频讲好"中国故事"的国际化文化传播使者。截至 2020 年 3 月,她国内仅新浪微博就有粉丝 2300 余万。

  李子柒向我们输出了两种女性叙事。第一是她的短视频作品:田园四季,春花秋月,一位青年女子种植、采集、烹制、酿造,农业文明的桩桩件件通过流程细节的拍摄剪辑与精致唯美的镜头画面,重新回到现代人面前,且经由互联网赛博空间发表和传播。古典／现代、乡村／网络,构成着极具张力的作品意味,仿佛木心的一首《从前慢》经由歌曲传唱所勾起的效应。作品中除了于劳作本身的熟稔、清新优雅的美学范儿,还有一个特点就是李子柒很少说话,姣好的面容下沉淀了很多让人猜想的故事,衬出现代流行审美的性冷风。第二是她的个人生平故事:幼年父母离异,6岁时父亲早逝,继母不曾善待,爷爷奶奶将她带回乡村。爷爷做过乡厨,善农活,会编织,李子柒在爷爷那里耳濡目染了很多乡村劳作。小学五年级,爷爷去世,奶奶养她到14岁经济上难以为继。她外出打工,在城里漂泊八年,吃过各种苦,干过很多零工,后来找师傅学音乐,得以在酒吧打碟,每个月给奶奶寄生活费。2012年,奶奶病了,子柒选择回乡照顾奶奶,并在淘宝上开店卖衣服,生意却不好。之后弟弟在玩短视频,也建议她去试试,李子柒开始琢磨短视频App和手机拍摄、剪辑软件,直到作品在美拍上走红。

走红之后喜欢她的粉丝众多,但也有不少人质疑,认为她是被包装出来的。如此精致唯美的乡村田园事物以及视频的视觉呈现水准,显然不是一个菜鸟级的个人所能及的。然而我以为,至少可以先确定包裹在质疑背后的那些"真实"。第一,劳作是真实的。1990年出生的她精通不少农业时代的手艺,向我们展示了长存于历史而如今依然在一些乡村绵延的那部分人与自然的关系、劳作与审美的关系和具有地域特色的非物质文化遗存。其辛苦劳作的能力超过了绝大多数同龄的女性。第二,她与奶奶相濡以沫的关系在短视频中被展示,没有矫情的言语,没有蹩脚的表演,祖孙二人只有安静的劳作和非常有限的方言对话。佐之以她的生平故事,人们对她放弃都市生活回到奶奶身边的行止存有认同。第三,就作品而言,良好的中国风的美学效果被奠定和突出，使人能够享受到传统文化之美的一种当代表达、一种网络文艺表达。

那么，基于最基本的真实，我们在网络文艺中可以说看到了一类女性形象新人，固然被商业开发和被他人质疑在今天不可避免，但不做过多辩解和自我阐释，努力在作品中保持本真部分的人性灵韵和艺术灵韵，完成自我主体和网络文艺作品的同一性，用劳动和美征服人（男人和女人，虽然两性的想象和认可点会有些不同），并用坚执的生活勇气来实证个体人生的非虚妄。这是李子柒提供给我的感受和启迪。当然，她作为作品是未完成的，但女性主体的重建事实上也是不断完成中的事业，并且最终理应回归到个体而非集体式的概述。

就此，我想把最后的笔墨收回到网络文艺上。阿兰·巴迪欧在《何为真正生活》中提醒我们，"确定究竟什么才是创造性的和积极的自由，或许是即将到来的新世界的任务"[1]。我们有理由相信，作为技术和人文新世界的赛博空间，会孕育出了不起的艺术家和她们的作品。我们自然无法全然逃脱时代现实的重力，但电子本体给我们带来的新的语言、精神是重建一切的武器，如何超越束缚，勘破现实与虚拟的二分，重新致力于人的均衡、平等、发展、创造，就是女性主体的生命和使命。

---

[1] ［法］阿兰·巴迪欧：《何为真正生活》，蓝江译，中国人民大学出版社，2019年，第29页。

网络文学"无边的现实主义"论

—— 场域视野下的网络文学现实题材创作 20 年

一、网络文学现实转向的迷与悟

2018 年的网络文学现场,我称之为网络文学的"现实题材写作转向年"。

事实上从 2017 年开始,写现实题材、出现实主义精品的提倡,普遍地成为时代主旋律的一次对文学写作、小说写作的干预。似乎很快,这一提倡对于一方面特别以市场为导向、一方面又擅长于"怪力乱神"的网络文学要求尤甚。换言之,网络文学是不是可以改造改造,以其生动网感的叙事、黏合粉丝的流量来多做一点关注现实、讲述现实,颂赞时代精神,立意"四个讴歌"的工作?

当然,在 20 余年的中国网络文学历史中,现实题材其实一直没有离开过,优秀的现实题材网文也各有各的优秀。有时候,它们是通过行业文的方式涌现的,比如职场小说曾经的爆款李可的《杜拉拉升职记》,比如工业题材小说的翘楚齐橙的《材料帝国》《大国重工》,比如涉案刑侦小说的代表作骁骑校的《橙红年代》《匹夫的逆袭》、常书欣的《余罪》、紫金陈的《无证之罪》《长夜难明》,比如医生文的新热点志鸟村的《大医凌然》……强烈的阅读爽感伴随着作家认真内行的专业知识系统，透露出这些写现实的作品之中作家们高超的类型化故事技巧。另一些时候，现实题材写作也通过更加近似传统的现实主义特征水平的写法在网上更新完本，比如阿耐的《欢乐颂》《都挺好》，尤其是2018年底改编自她2009年作品《大江东去》的电视剧《大江大河》的热播，成为对改革开放40周年的致敬和献礼，良好地反馈了主旋律给予网络文学的询问，在增加了人们对网络文学写作宽度的认同感之外，也可能在增加主旋律对改造与引导网络文学现实题材写作转向的信心。阿耐而外，像当年崔曼莉的《浮沉》，近期wanglong的《复兴之路》、何常在的《浩荡》、蒋离子的《糖婚》《老妈有喜》等，何尝不是这类风格创作的典型。由此扩开去，我还会想到另一种现实向的写作，那就是网络文学对革命历史题材的观照，曾经的都梁的《亮剑》，后来的疯丢子的《战起1938》《百年家书》等，都在证明网络文学写现实生活或者百年历史是有其传统的，是可圈可点的。

2019年的世界读书日，步入第六个春秋的"中国好书"揭晓2018年度榜单并在央视播出颁奖典礼，榜单中首次增加了"网络文学"的新板块。荣登榜单的网络文学作品有三种，两种是现实题材创作——郭羽、刘波的《网络英雄传Ⅱ：引力场》和吉祥夜的《写给鼹鼠先生的情书》。剩下的一种是科幻言情，作者是曾经以《步步惊心》引领网络言情小说"清穿"文潮流的桐华，然而这回，她的《散落星河的记忆4：璀璨》作为该系列的最后完结，整体构成了一次自我变法，将传统的言情与新颖时尚的科幻加以类型融合，令专家和读者耳目一新。

总的来讲，是因为媒介变迁的全面降临，人们的阅读既有载体工具上的变化，更有文学能和形式的变化。中国网络文学20年的写作大流早已呈现两大特点：一是抓住了媒介转型的互联网、移动互联网的窗口期，较早也较成功地生长出了集生产、传播、赢利为一体的新媒体写作；二是这种写作完全融入了全球化与大众文化之中，始终明确着自己为读者受众（即其消费者）写作的意旨。在今天，统计人口阅读时逐年攀升的数字作品阅读率和超过4.6亿的网络文学用户数都在说明，无法再忽视网络文学而谈阅读了——尤其是企望介入大众之中的阅读引导和从中提炼出来的榜单。而融入网络文学阅读板块的好书榜，除了更具公信力，理论上也承担着一部分选优汰劣、激浊扬清的意思。

  首次登上"中国好书"榜的三部年度网络小说也在呼应上述"网络文学现实题材写作"等相关的主旋律倡导。郭羽、刘波的《网络英雄传》系列小说目前已经出版了三部，可以说，该系列是近几年来中国现实题材创作中的一匹黑马，它敏感而聪慧地选择了纯文学小说与主流网络小说之间的一块空白地，从题材选择开始就具备了特点和优势，它以互联网创业"英雄"这样一种时代新人来反映21世纪商业前沿与人的关系，让现实的商战原型大量进入小说，在真切丰富的商战故事中铸造互联网创业一代的典型人物形象、谱系、价值观和理想主义。第二部《引力场》主要讲述主人公郭天宇、刘帅共同创立的在线旅游公司万全天盛凭借其出色的商业模式异军突起，与老牌巨头"51旅游网"两强相争，这时国际巨头通远来势汹汹，国内在线旅游市场瞬间陷入纷飞战火，高速成长的万全天盛险些成为无情资本攫取利益的工具，郭天宇、刘帅也遭人离间，针锋相对，公司命悬一线。在郭天宇的不懈努力下，真相层层剥开，兄弟再次联手击垮敌人，走向新的辉煌。

应该说，商战小说、财经小说经过港式的梁凤仪阶段，大陆的《圈子圈套》《输赢》《对赌》《创业时代》阶段，为《网络英雄传》奠定了良好的参照系和阅读市场，但《网络英雄传》瞄准互联网创业题材即前沿领域，有较好的文学性，人物富有一定的理想主义色彩，使之最终成为一部与众不同的现实主义作品。

吉祥夜的《写给鼹鼠先生的情书》是一部典型的女性向现实题材网文，活泼、幽默、明快、好看，但它的题材选择、类型融合又有不错的突破，不再是套路化的言情，而是选择了一个缉毒警察来创造新鲜的人物、剧情、境界，用明暗双线布局着年轻警花萧伊然、刑侦队长宁时谦、卧底缉毒警秦洛这三个人物的行动线和情感线。当最终三人重逢，破获特大贩毒案的时候，情感也得到升华，演绎出一场颇具崇高感的大情大爱，拓宽了女性向网文的整体意境。这与男性向的警察题材如骁骑校、常书欣、紫金陈的硬核作品固然不同，也与卓牧闲的《朝阳警事》《韩警官》等社区民警故事迥异，代表了女性视角的警察故事及其感性风格。

所以说，这两部登榜的现实题材小说，是一定程度上被提倡的、兼具题材优势和文学性双重考量的网文。

至于桐华的《散落星河的记忆》，我想很重要的一点恰恰在于她调和与选择了科幻来重构言情。科幻所带来的新鲜感，以及全新的人物关系设置——在星际的大背景中，男女的爱被不同的种族所阻碍，寻找回来的缘分记忆依旧会影响到两个种族间的生死荣辱——软科幻成了阔大的想象元素，即便爱的模式、虐心的模式依然不过是老例，但科幻的构建就让它整体超拔于一堆言情网文。这是科幻的功劳，也是我们评价的时候对科幻元素的"迷信"。

在这样对网络文学现实题材写作乃至社会主义现实主义要求

的过程中,网络文学自身会碰到哪些瓶颈问题?

首先,我们必须正视网络文学的基本特性。网络文学在互联网快速成长,成为大众创作、全民写作的一块重要园囿的同时,事实上也创造了它自身的文化性格。大量网络小说自由、多样、粗糙、鲜活、快乐、"YY"(意淫),具有一定的虚拟性和二次元性,目的之一就是局部区隔于现实的三次元事理,构建一些"逃避"和"补偿"功能的精神文化场所,所以,网络文学的现实题材创作固然从来就是网络文学史的一部分,并且佳作不断,但也同样是必须符合网络基本特性的创作。比如穿越、重生、金手指、打怪升级等,作为方法和特点不可能完全弃之不顾。这在严肃的严格的现实主义写作面前如何评价、如何要求?容易有不同意见。但阉割了网络文学的诸多特性,使之完全和传统的现实主义趋同,恐怕会有更多遗憾和后遗症。

其次,网络文学在全球化和中华性之间,转化、融合与复兴了一批具有新神话主义色彩、属于人类文艺遗产的"怪力乱神"的基因。玄幻、奇幻等既有它们的传统文脉,亦深植于人性。如何理解网络文学的生态系统和多元文化禀赋,尊重网络文学的想象力和创造力,不机械地用现实题材写作这一个标准压抑其他秉性优长,应该是我们在新的网文发展阶段要奠定的常识。

从最近两年的网络文学发展来看,精品同样出自非现实题材写作。比如烽火戏诸侯的《剑来》、会说话的肘子的《大王饶命》、卧牛真人的《修真四万年》、爱潜水的乌贼的《诡秘之主》、愤怒的香蕉的《赘婿》等,都是幻想类作品。还有一大批则是历史小说。因此,发展健康优质的网络文学作品,同样要把关注点放到非现实类作品中,从中挑选精品,为传承中华优秀传统文化,展现世界性想象能力,推动网络文学国际影响和传播效果做贡献。

相反，我们发现一些披着"现实题材"和"现实主义"外衣的炮制作品、劣质作品正在跃跃欲试地通过本来合理的倡导，占据所谓"精品"的一席地，"评奖文"的称号多多少少是对这个时候、这类所谓网文的批评嘲讽，这也足够我们在具体工作和网文引导中给予警惕。

发生在不久前政府有关部门对于网络文学代表性网站的整改监管，一度成为作者、读者和行业的热议话题。一方面，网络文学事实存在、长期被轻视的很多问题确实到了有必要明确界线的时候了；但另一方面，进一步深化对网络文学特点特性、发展路径等的研究理解，同样是我们"大力发展网络文艺"的必要前提。

在我看来，网络文学拥抱现实题材写作甚至打造现实主义精品力作，完全可以成为网络文学发展的一个正向追求，其基础正是国家社会对于网络文学的信任和期许。应该有一部分网络作家可以运用与网络文学特性吻合的方式方法，创造性地做出过往作家们无法完成的现实题材佳作，与大众读者接壤，与影视改编链接。

而很显然，专注于网络文学合法合理尺度内的多样化创作必然是网络文学百花园的生态文明观，必然是网络文学长期发展的生命力所在所系。网络作家要尽量摆脱的只是唯流量、唯商业的价值观即心性问题，热爱生活、热爱艺术，修养人品灵魂，对创作和创造有纯粹的好胜心和向往心，这样，从本质上摆正自己的创作位置，合力为"一时代之文学"的理想、机遇做努力，很多问题一定会迎刃而解。

盘点是为了摸清家底再出发，网络文学作为新时代的新型文艺，客观上已然是社会主义文艺事业的一部分，并以IP的意义为影视、动漫、游戏等下游产业链提供着必要的故事库，所以，对它的重视和发展是主流、是刚需。而网络文学，除了故事库，应该逐渐树立起价值基石的作用，越是大众的、越是应以传播奠立价值共同体为己任,这才是有趣的灵魂真正的成人礼。

二、网络文学 20 年与现实题材创作

网络文学之于现实题材、现实主义创作,是个终将正面触及的重要命题。20世纪90年代起于青蘋之末,21世纪以来愈益繁荣兴盛、蔚为主流的中国新型文艺之核心区块的网络文学,与自19世纪批判现实主义、20世纪初社会主义现实主义,以及兼容现代派的无边的现实主义甚或魔幻现实主义等流派、定义,此际终于有了面对面的交互——我们必须思考网络文学这般巨大的拥有20余年发展历史的时代创作形态,其现实题材写作的状况如何,以及怎样用现实主义的理论、方法看待与评价它的相应部分。类似的遭遇在中国现当代文学史中时有发生,理论干预创作或者政治干预创作,文学书写必须与现实世界的要求律令有更为深刻的交合,越是主流化越是如此、越是大众化越是如此。这也就是2018年进行网络文学20年纪念时我认为的"一场沉甸甸的成人礼"已经到来的具体表征。[1]假如我们积极能动地思考这个"后20年"的成人礼问题,并且被类似罗杰·加洛蒂所谓"真正的艺术没有不是现实主义的"[2]说法鼓舞起理论和阐释的热情,乐意寻找网络文学与人生与社会内在关联的那把创造性密钥,那么,理应勇于回答诸如:现实主义杰作是否已在网络文学的腹中?如何诞生?或已经诞生?换个角度讲,我们都

---

[1] 夏烈:《网络文学现实转向的迷与悟——从网络文学入选"中国好书"说起》,《文汇报》,2019年6月17日,第DS1版。

[2] [法]罗杰·加洛蒂:《关于现实主义及其边界的感想》,载《现代文艺理论译丛》(1965年第1期),人民文学出版社,1965年(内部发行),第117—127页。

曾从网络文学的特征、方法、表现等认为它总体上是在现实之外、互联网中形成了一个"异次元",恢复和运用了"怪力乱神"的传统,行使着对现实的"逃避"和"补偿"的功能,这是一种敏感而典型的虚构世界与现实世界的关系描述。换言之,把网络文学整体上看作一个镜像,那么它是否就是现实之"我"、"我"之现实的全面映射与幻化?如何追认这种异次元化的巨型叙事的现实基因、现实作用、现实价值?而即便追问至此,实际上还没有包括很多作者和论者心目中认为的"现实题材"与"现实主义"并非一回事,完全应该分开来考虑安排,且我们究竟要网络文学成为怎样的现实性叙事,即构成怎样的时代文学"现实"?这些层叠的维度都在昭示,有关于此的既是一个热度不断上升、不得不认真讨论的理论及创作实践命题,又是所涉丰富复杂、须实事求是地加以研究的动态场域。

自2015年国家新闻出版广电总局(今国家新闻出版署)推出"年度优秀网络文学原创作品推介"活动暨榜单以来,网络文学的现实观照及其书写现实的倡议逐渐上扬,网络文学现实题材写作的命题成为理论评论界和网文界渐趋自觉的意识。一些学者会认为网络文学的现实题材写作由此开启,或现实主义由此"烛照"网络文学。这在常识上讲,多少是误解。

一方面,网络文学从诞生之初,就没有离开过现实题材写作。从网络文学史料来看,早期常见的网络创作及其传播事件,不少都是现实题材的,比如痞子蔡的《第一次的亲密接触》、安妮宝贝的《告别薇安》、慕容雪村的《成都,今夜请将我遗忘》等。起点中文网创始人之一、资深网文编辑林庭锋回忆道:"作为网络文学诸多类型中最贴近生活、真实还原度最高、最能引发共鸣的类型,现实题材小说一直都是网络文学内容中重要的组成部分,并很快诞生了《裸婚时代》

《致青春》等一批深具影响力的优秀作品。"[1]

其中,《第一次的亲密接触》被多年后(如 2008 年、2018 年网络文学十年盘点、二十年榜单等)视作中国网络文学的原点,也就是说,我们依赖记忆与事件所厘定的"中国网络文学元年"实际上是把网络文学历史的首要位置交给了现实题材写作,其具体的标签大抵是"都市""网恋""浪漫主义和现实主义",即在感觉上认可网络文学这一新兴写作门类是都市文明和互联网媒介的产物,并且具有现实真实性和幻想浪漫性。这么说,并非过度阐释,因为做严格意义的学术考辨的话,网络文学的另一些更早的代表作可以是武侠、也可以是奇幻,选择它们作为中国网络文学元年的标志亦未不可。那么,选择《第一次的亲密接触》固然有其单部作品在网文史上前所未有的现象级文化影响力的缘故,恐怕也有现实题材网文"最贴近生活、真实还原度最高、最能引发共鸣"的经验在起作用。所以说,现实题材从初始阶段就伴随甚至代表着网络文学,网络文学的现实经验、现实方位一直是强烈的,它和它的创造者们甚至拥有着一种当下和现代的迫切感。

另一方面,网络文学自发形成的现实关怀乃至于现实主义形态我认为是存在的、比较清晰的。那就是一种民间立场的现实主义精神。比如对于时代新媒介生活的体验和拥抱(《第一次的亲密接触》),对于经济大潮下生活压力和理想主义散失的苦闷哀悼(《成都,今夜请将我遗忘》),对于校园青春与人生转折的意绪萦怀和刻骨铭心(《致我们终将逝去的青春》《七月与安生》),对于踏入社会

---

[1] 林庭锋:《网络文学的现实主义写作》,《网络文学评论》,2019 年第 3 期,第 6 页。

经受职场考验的历练与妥协(《杜拉拉升职记》《潜伏在办公室》),对于失恋问题的疗愈(《失恋三十三天》),对于"80后"裸婚生活下何为幸福的思考(《裸婚》),对于高房价和"二奶"等社会现象的民间视角(《蜗居》),对于小镇有志青年踏上仕途的人生指南(《侯卫东官场笔记》)……几乎社会在发生什么典型领域的典型话题,网络小说就有相应的反应及书写。只是这些书写大多是平视的、故事化的、新写实主义式的,其所蕴含的精神立场每每朴素真实,或有批判和痛苦,也大多通过成长和消化使其回归到忧乐圆融的传统,仿佛蚌壳般努力将沙砾转化为珍珠。其中,间或有高于平民的、小我立意的作品,比如阿耐的《大江东去》(2009年获中宣部"五个一工程"奖,2018年改编为电视剧《大江大河》热播)展现了国有企业、农村集体企业、民营企业以及外资企业在近二十年改革开放历程中的发展变化以及置身时代大潮中的人物命运的浮沉;以及崔曼莉的《浮沉》,写国有企业改革过程中市场主体的变化以及商场、职场人生的复杂性,从而勾勒出一幅跌宕起伏的当代生活画卷。这些作品显示了作者较为宏大的历史视野和现实观照,是作家主体精神和创作意识的积极拓展,但总体数量、规模有限——有论者谈到其时的《大江东去》和阿耐:"即便是曾在2009年以《大江东去》获得'五个一工程'奖的作者阿耐,很长一段时间内也只是'晋江文学城'的一名默默的潜水ID"[1]——这一阶段的现实题材创作所展示的特质总体是民间立场的现实主义,它们感性、抒情、具体,痛并快乐,真实又不乏幻想。很多作者是将浪漫主义和感伤主义的主观性调和到现实

---

[1] 许苗苗:《网络文学:从背向现实再次面向现实》,《中国文艺评论》,2020年第3期,第55页。

题材的客观性之中,构成了网络文学自身的一道现实主义风景。

当然,由于缺乏理论的归纳和指引,网络文学从发轫到新世纪第一个十年的较长时间段中,对自身的现实主义特色及其可能形成的新传统是没有明确意识的,其所构成的那么一种朴素的方法、风格、精神并非自觉。那么,我们不妨把这一阶段的现实题材创作及其现实主义特色称为"自发时期"。

就自发时期的现实题材创作场域而言,构成互动关系、影响关系的要素主要在作者/读者之间,以及商业模式尤其是影视改编的转化和介入。如果以"影响网络文学的基本力量"[1]这样一种场域学分析来看,这一阶段对网络文学现实题材创作直接参与的力量就是:受众(粉丝)和产业与资本(文学网站、图书出版尤其是影视改编)。

首先当然是作者将文学网站、互联网空间视作一种崭新的发表和交流平台,"在网络上写小说是偶然,并非为了证明什么、改变什么或得到什么"[2],"我写作纯粹是兴趣化的,不功利。用平常心去写,就为了玩"[3],但读者的喜欢、鼓励促成了小说的完型,"他写这本书(《毕业那天我们一起失恋》)是因为跟着朋友一起上网吧,因为不想玩游戏,所以,就消磨地写出了开头。后来,何员外把这些片段贴在了网上,受到鼓励,也就陆陆续续地写了下去"[4]。这一时期的现实题材作品主要是自由伦理的个体叙事,描写个体化的生活经历,表达私人化的情感,具有浓厚的民间立场与平民色彩。由于这

---

[1] 夏烈:《影响网络文学的力量》,《人民日报》,2014年6月24日,第14版。
[2] 蔡智恒:《第一次的亲密接触》,长江少年儿童出版社,2014年,第179页。
[3] 慕容雪村:《成都,今夜请将我遗忘》,内蒙古人民出版社,2003年,第244页。
[4] 舒晋瑜、何员外:《当何员外告别校园的初恋》,《中华读书报》,2003年8月20日"电脑时代"版。

些现实题材中的优秀作品得到了大量网民读者的追捧，纸质出版随之跟进，加码了这种粉丝经济的雏形。虽然图书的畅销已然说明文学网站的作用，但直接跳到纸质出版建立其赢利模式，使得网站创始人往往辛苦经营、无利可图，维系都成困难，就更别说引入资本和发展壮大了。所以 2003 年起点中文网实施的 VIP 收费阅读模式对网络文学界而言是革命性的，成为我们考察任何一种网络文学题材类型的重要节点。至此而后，网络文学的粉丝经济从实体书模式转向网络收费阅读模式，它对网络文学创作也包括现实题材小说的改变在于：一、拉长了小说的篇幅。因为收费阅读模式通常是前 20 万字免费阅读，之后欲罢不能的读者开始付费等待作者更新。这样，一种新的读写关系诞生的同时，小说的篇幅必须要有足够的长度以满足新赢利模式。像 2010 年开始到 2013 年完结的在 17K 连载的骁骑校的《橙红年代》，有 276 万字；他的另一部警察题材的《匹夫的逆袭》于 2013 年到 2015 年在同一网站连载，也有 235 万字；而更长的如 2010 年开始到 2012 年完结的连载于起点中文网的打眼的《黄金瞳》，有 413 万字——这一特征推进和奠定了网络文学更加工业化、职业化的发展方向。二、现实题材作者由此开始分流。以媒介为分水岭，相对短篇幅的网络小说一部分转为出版向，作者放弃网络作家身份改为直接给出版社写书，一部分则在非典型收费模式的网站传播，积攒一定粉丝然后转入实体书市场，这两类作者也不在少数。这些都是商业模式和产业资本对现实题材网文文体的改变。

这一阶段对现实题材创作产生决定性影响的另一力量则是影视改编。固然 2000 年以来网络文学的影视改编已然揭开序幕，但 2010 年 4 月徐静蕾执导的《杜拉拉升职记》（李可原著）、10 月张艺谋执导的《山楂树之恋》（艾米原著）皆票房过亿，可谓全面拉升了影视资本对网络文学现实题材改编的信心。之后2011年的电影《失恋三十三天》（鲍鲸鲸原著），2012年的电视剧《裸婚时代》（唐欣恬原著），2013年的电影《致我们终将逝去的青春》（辛夷坞原著），几乎每年都有所谓网文现实题材影视改编的"爆款"。此间还包括像2010年的偶像剧《佳期如梦》、2011年的《千山暮雪》（匪我思存原著）等，都在助推现实题材的改编潮（即本土影视工业），给我们留下了现实题材网络小说极适合影视改编、更符合大众情感诉求的认知。可以说，此一阶段网络文学现实题材小说的改编堪与网络文学古装（历史、古言、仙侠、宫斗等类型）的改编平分秋色，虽然人们对古装剧改编来源于网文的下意识和热闹劲更为明显。总的来讲，这既是网络文学作为头部资源向下游影视工业的"输出"，也是影视工业刺激和改造网络文学现实题材创作的一种"反哺"。

上述新世纪开始逐渐成熟的产业与资本涌入网络文学生产场域的形势，使得现实题材创作转变为市场导向型，但作品借助典型环境与人物所表现出的现实主义特质却保持、延续了无功利创作期的一般内核，依旧呈现出民间立场、平民色彩、个体叙事等特点。因为无论小说还是影视，它们要因应的对象及其娱乐、审美功能始终是一致的。市场也在这一点上一定会满足时代大众所呈现的周期性情感浪潮，提供更多的文艺作品（消费品）。所以，统称为"自发时期"的网络文学现实题材创作从早期的无功利到畅销书市场介入、到收费阅读模式介入、到影视工业介入，其实对作家创作心理和创作态度、职业化程度等而言是有所改变的，只是我们很难细分哪一年、哪一部是具体节点。相对2015年后的另一些场域力量的异质介入，我们依旧倾向于认为此前阶段现实题材网文创作呈现出更多的共同性，它们形成了自身的一套现实主义定位、方法、风格和传统。

2015年以来的一个重要区别是对网络文学现实题材及其现实主义定义、方法等提出了新的要求，提出这个要求的主体则是网络文学场域学中其他两个基本力量：国家意识形态和文学知识精英。我们把这个阶段叫作网络文学现实题材创作和现实主义意识的"自觉时期"。

自发时期的现实题材创作虽然总体上延续了个体化叙事的民间立场，不过还是出现了变调，如《大江东去》具备了主流意识形态对正面描写时代大环境中人民和国家命运变迁的宏大叙事的渴求，但此类立意和叙事方式的作家作品反而是少数。自发时期现实题材创作数量颇丰也不乏优秀之作，但与幻想类题材创作相比，在网文界内部终究还是相对劣势。可以认为，自发时期的现实题材创作的时空结构不可能有太大变化和发明，都市或者乡镇的"新人""新事"也难有出人意料之处。因此考虑市场接受，一种是向深度开拓，比如行业文，像缪娟的《翻译官》（电视剧名《亲爱的翻译官》），一种则是沦为烂俗的霸道总裁文、甜宠文等。于是，此际的网络文学虽然呈现出巨大的生机与潜力，但也存在着许多问题，比如对时代大环境中人民精神风貌和国家发展变迁缺乏关怀，又如对色情、暴力、历史虚无等津津乐道，有悖于主流社会的伦理道德观。由于影响网络文学创作的主力长期内是读者（粉丝）和商业资本，他们很难修改这些弊端，甚至会在中低端市场中扩大这些病相，造成无视红线、底线的牟利和欲望泛滥，这也对自发时期现实题材写作形成的朴素干净的民间现实主义精神造成了生态性的毁坏。

被允诺成为网络文学生态场域内的另一种力量的文学知识精英，遗憾没有在早期形成太像样的介入式作为，他们因为观念的缘故往往选择放弃（拒绝？）一部分重要的大众文化引导权，对网络文学呈现出的不良特点所做的改造和批判并不理想。如果我们对葛兰西的"文化领导权"理论有所领悟，恐怕就能明白在一种新兴的文艺类型发展崛起至一定程度时，一方面会与既有的占主导地位的文艺发生冲突，但另一方面也是把握和转化话语权，通过新兴的文艺类型贯注思想、文化、价值和美学的契机。然而面对网络文学的迅速发展，主流文学的代表们曾长时间束手无策。除了观念的调整再造对知识精英更有一层困难以外，究其原因，还在于网络媒介赋予了网络作家、读者以话语权，打破了职业批评对批评话语的垄断地位，使网络文学自成体系，即其创作、发表、评论乃至盈利的渠道可以脱离主流文学界而存在。在知识精英尚未发展出一套完善的对于网络文学等中国新型文艺样态的解释体系和评价坐标，也缺乏足够数量的"有机知识分子"时，场域中处于统治地位的国家意识形态必须通过政策、奖励、规训、惩罚来申明新兴文艺的边界与底线，同时在条件成熟的情况下提出改造的要求。这是很容易理解的场域动态与恒态。2015年以后，新的场域力量矩阵开始形成。

　　这一时期的现实主义创作理论是有其历史经验和成熟体制的。在新的阶段中，网络文学现实题材创作迅速升温，部分网络作家开始有意识地塑造典型环境与人物，认识历史、认识时代、学习理论、下沉到人民生产和生活实践，致力于讴歌党、讴歌祖国、讴歌人民、讴歌英雄的工作，作品具有浓厚的社会主义特色，逐渐形成了网络文学的社会主义现实主义的叙事风格。由是，网络文学现实题材创作进入自觉，国家新闻出版署和中国作家协会主办的"年度优秀网络文学原创作品推介活动"于2015年启动则成为重要标志之一。

　　实际上，网络现实题材创作从自发时期向自觉时期的转变，乍看之下是意识形态的要求，其实不过是意识形态把已经显露出萌芽的自觉意识加以巩固发扬而已，这在《黄金瞳》和《匹夫的逆袭》上已有体现。打眼的作品《黄金瞳》既有民间视角，又兼具民族国家情怀，是现实题材创作从自发时期向自觉时期过渡的典型。骁骑校的作品《匹夫的逆袭》中，草根出身的主人公刘汉东具有自强奋斗爱国等品质，传播了浓郁的正能量，而故事情节的精彩又使其赢得了大量读者的喜爱，取得了社会价值和市场价值的统一，而其具有的现实主义内核使其成为从自发时期向自觉时期转变的一部代表性作品。在自觉时期，部分网络作家有意创作具有社会主义现实主义特色的文学作品，几年来为数不少。其中有一些优秀作品，如讴歌新时期女性自立自强精神的《老妈有喜》《全职妈妈向前冲》；表现互联网人精神品格和时代气质的《网络英雄传Ⅰ：艾尔斯巨岩之约》《网络英雄传Ⅱ：引力场》；书写牢记职业道德、不畏艰险、富有正义感与正能量之记者的《罪恶调查局》；反映改革开放前沿变迁与行业精神的《浩荡》《深圳故事》；歌颂投身新农村建设的《明月度关山》《幸福不平凡》《大山里的青春》；赞美警察的《写给鼹鼠先生的情书》《朝阳警事》；展现地方非遗和工匠精神的《传国功匠》《观音泥》；讲述戏曲曲艺当代传承发展的《相声大师》《戏法罗》《一脉承腔》；写医生职业精神的《全科医生》《八四医院》。而国有企业在时代大环境中的困顿与发展则成为重点，出现了展现中国 30 多年来工业发展历程的《大国重工》以及描写国有企业走出困境的《复兴之路》等。这些作品多角度、多层次描写了新时代以来国家的发展变化与不同行业的人们的精神风貌，传递出积极向上、昂扬乐观的精神气质，是对社会主义现实主义内核的生动展现。不过，现实题材创作也呈现出一些问题，如对现实的描写流于表象、类型化等，但这是文学发展中的正常现象,因为此类现实题材和现实主义优质作品的出现同样需要作家的调适期和量的积累、时间的沉淀。

三、网络文学现实主义的"无边"和"有边"

网络文学20年取得了它在主流文坛和政治规训之外的一段较为充分的自我养成、自我发展。过去我们习惯说网络文学"野蛮生长"或者成年后告别"野蛮生长",这个野蛮的用词若不是从不足之处的贬义去理解,而是将之转移到文脉的传承创新、吸收转化的角度去看,是能看出"野"的别致和"蛮"的旺盛的。

一是网络文学可以不用管顾特定的西方现实主义至现代主义这样一种流传有序的纯文学认知体系、价值体系及其技巧训练,而改为杂取中西古今的各种元素来综合出自己的可能性,呈现着某种无法之法和创世界的快感。实际的结果也显示,我们从网络文学丰富混杂的类型、流派和具体的作家作品中发现了很多不同年代学意义的文学特质的拼接、融合,一些标志性的文本庶几可谓创造性转化和创新性发展的经典样本。并且,在网络文学内部的选拔机制中,合乎时宜、富有原创、恰到好处的作品往往会迅速构成遗传链,发展这些典型样本,形成它自身的家族谱系。

二是因为"野"的基因,它们常常把庄严和戏谑、复杂和幼稚、科学和玄学等糅合在一起,以至于写现实不完全是现实,写幻想又处处烙着现实的痕迹。所以我们前面所说的自发时期和自觉时期的现实题材写作是最为窄口径的网络文学现实题材统计。我们其实还需回答,怎么看待运用了一些穿越、重生、异能、金手指等套路技法却大量反映某一类现实生活的作品?怎么看待带有幻想因素(科幻或玄幻）却致力于"四个讴歌"的作品？怎么看待习惯性地打通"虚"与"实"的边界却构成了艺术性和崇高感兼具的一些作品？

在这个意义上，我们有两种选择：一是坚持认为这类网络书写、网络故事的"野狐禅""野路子"应成为过去，目前要实现其现实主义的全面改造；另一种意见则是考虑到网络文学20余年所形成的新传统，采用不拘一格的策略，把重点放在解决和加深作者对国家历史、民族复兴、使命担当以及社会主义核心价值观的理解水平上，更为看重艺术真实和艺术创新。

在这个问题上，不同岗位的网络文学研究者、组织者提出过一些值得参考的意见。如中国作协书记处原书记、副主席陈崎嵘在2018年《关于网络文学现实题材创作答记者问》中，被问及"当下一批网络作家采用穿越、架空、重生、异能、'金手指'等手法，创作了一大批反映现实生活的网络文学作品，您对此怎么看"时说，"这些作品因为兼有现实题材的吸引力和网络文学的表达手法，获得了网民读者的欢迎，成为网络文学中的另一道风景。它的缺点是呈现了现实生活中的矛盾，但却采用非自然、非现实的手段来化解，会使人感觉不真实、不可信。这是网络文学中现实题材创作出现的一个新情况、新现象，我们主张顺其自然、继续尝试，攀登高峰。同时，我们希望有一批网络作家，能开展'正面强攻'，采用现实主义手法，创作现实题材作品，按照事物的本来面目和发展规律来呈现并解决现实生活中的矛盾及问题，再现典型环境中的典型人物"。[1]可以说，陈崎嵘的回答虽是站在国家意识形态的角度鼓励开展网络文学的现实

---

[1] 陈崎嵘：《关于网络文学现实题材创作答记者问》，《人民日报海外版》，2018年5月30日，第07版。

主义改造，但由于他对网络文学作品和网文自身历史的熟悉，采取了一种"同情之理解"的态度和策略，为网络文学的新传统和现实主义创作的复杂性保留了通路。

而青年学者闫海田在《后玄幻时代的"现实主义"》中所追问的则更显锐气："网络文学中的现实题材创作到底与传统的现实主义有何区别，是否具有新的本质变化？传统的现实主义精神能否成为网络文学创作的主要审美取向？关注现实的功利性的增强，是否会对网络文学刚被解放不久的想象力重新造成压抑？"[1]为此，他通过解读2018年的部分现实题材网文认为，由"玄幻类网络小说对中国现代文学因被不同时期所肩负的各种重任（启蒙、革命、救亡、阶级斗争等等）所压抑的想象力的解放……还没有形成一个稳固的传统。当猝然面对关注当下现实人生与表现民族国家这样的时代命题与宏大主题时，过急的功利性与目的性可能对刚被解放不久的想象力造成了压抑"。[2]而他所希望看到的网络文学的现实主义并非传统的"三一律"式的写法，而恰恰是在网络文学特征之上生成的"玄幻现实主义"。

所以说，今天我们面对网络文学的现实题材以至现实主义问题，在理论上是可以多做一些开放性的探索的，比如认为网络文学的现实主义写作不止一条途径，网络文学的现实主义是开放的现实主义——所谓开放，即不断发展和丰富着的，譬如西方马克思主义理论家罗杰·加洛蒂提出的"无边的现实主义"的概念和理论，为现

---

[1] 闫海田：《后玄幻时代的"现实主义"——2018年现实题材网络小说创作综述》，《中国当代文学研究》，2019年第2期，第109页。

[2] 闫海田：《后玄幻时代的"现实主义"——2018年现实题材网络小说创作综述》，《中国当代文学研究》，2019年第2期，第114页。

实主义解释和兼容了卡夫卡、圣琼·佩斯与毕加索等现代派大师。我们公认恩格斯在1888年提出的"现实主义的意思是,除了细节的真实之外,还要真实地再现典型环境中的典型人物"的经典论断,然而,"这个定义是在现代派文艺尚未充分发展的时候提出来的。在意识流小说里,没有什么典型环境,有些新小说里连人物都没有,典型性格又从何谈起? 由此可见,即使是经典的现实主义定义,也只能适用于某个时代,也就是说不存在、也不可能存在一个永恒的现实主义定义"[1]。罗杰·加洛蒂在这个意义上说,"现实主义是无边的。因为现实主义的发展没有终期。人类现实的发展也没有终期"[2]。

那么,我们暂时以这种"无边"的开放性思考网络文学20余年创作实践下的现实主义书写,可以看到有三种不同意味的现实主义存在其中。

第一,就是2015年以来被我们明确倡导的国家意识形态主导的社会主义现实主义——我们称之为"社会主义文学"或主流现实主义。其核心正如习近平总书记在文艺工作座谈会上的重要讲话中所指出的,社会主义文艺,从本质上来讲,就是人民的文艺。人民和社会主义在此具有本质的同一性,从历史的、理论的、时代的角度阐明了人民在社会主义社会和国家源起中的主人翁地位。作家一方面学习中国特色社会主义理论体系,成为具有马克思主义哲学社会科学素养的主体,一方面又能俯身下沉到人民生产生活实践(即生动发展的现实)中去,自然就会找到各种各样的题材,构架出有高

---

[1] 吴岳添:《关于"无边的现实主义"问题》,载柳鸣九主编《二十世纪现实主义》,中国社会科学出版社,1992年,第124页。

[2] [法]罗杰·加洛蒂:《关于现实主义及其边界的感想》,载《现代文艺理论译丛》(1965年第1期),人民文学出版社,1965年(内部发行),第117—127页。

度、有深度、有温度的网络文学作品。但这一过程恐怕要假以时日，并且同时要具备包容力和对网络文学自身传统的理解、尊重，认可其基本形态也是人民创造的一部分。已有的此类作品离理想状态尚有差距，但一些作者显示出较好的创作自觉和一定水准的题材把握力，比如 wanglong 的《复兴之路》和蒋离子的《老妈有喜》。前者写了时代环境中国有企业红星机械厂面临的困境及其突围，后者反映了时代大环境中女性精神风貌的变化。前者是大写的人民集体的代表，后者是具体的女性个体形象的典范。二者不同风格、性别却都体现了时代的风云变化，表征了时代与人的深刻联系，塑造了他们笔下的典型人物和典型性格。

此外，以浙江省网络作家协会为代表的组织机构，尝试按主题创作的思路，开展了诸如"红色芳华 —— 网络文学革命历史题材创作工程""城市记忆 —— 网络作家杭州历史文化创作工程"之类的计划。一批网络作者除了写革命历史，也对改革开放以来的浙江故事、人物、创新创业以及城市前世今生的现实题材展开创作，促进了网络作家的有关知识、认识和社会主义文学语法的理解。

第二，就是自网络文学发生以来的现实题材写作所形成的一套朴素的现实主义定位、方法、风格和精神系统 —— 我们可以称之为民间现实主义。它们广泛地采取了与生产生活平视的姿态，以感同身受的个体化叙事、民间立场、平民色彩为特征，时而感性浪漫，时而琐屑具体，却重在贴近生活实感，有一定的心理实用性。如《杜拉拉升职记》与《致我们终将逝去的青春》，两者都没有从宏大层面展开叙事，而是从普通人的角度出发，具有浓厚的平民色彩。前者把在外企工作环境中的工作经历描述得活灵活现，后者叙述了从大学生到职场人这一转变历程所内含的复杂丰富的心理体验。

第三，就是借用不少幻想元素（科幻或玄幻等）重述、体验、代入到一段历史真实（即社会发展细节）之中，构成了极具网络文学特征、面貌、套路和爽感的叙事氛围、叙事环境，在虚实之间创造性架构现实精神的落脚点，形成了学者称为"玄幻现实主义"或者我们称为"网文现实主义"的这么一种张力文本。如《大国重工》中重生的主人公具有的见解、知识领先所处时代几十年，因而展现出的判断力与预见力令人叹服，使其在工作中具有天然的优势，往往能结合实际情况提出创造性的见解。例如，小说开端不久主人公就结合历史上引进技术的教训，提出引进技术的注意事项，如考虑从联邦德国引进、请咨询公司推荐等，从而使小说具有明显的反思历史的痕迹，而重生与现实的相悖使小说具有内生性的张力，其结果是建构出更为深刻独特的现实主义。其他小说，如《黄金瞳》中"火眼金睛"式的主人公与《罪恶调查局》中"金钟罩、铁布衫"式的主人公的设置，具有同样的效果。

这种三元并置的网络文学现实主义景观，在很长一段时间将长期并存，互为刺激与糅合，各臻艺术探索与经典作品的发展途径。它们从文化层次、美学层次上各有对应的功能与合理性，同时也是网络文学所代表的新型文化场域内主要力量的作用及合力矩阵的结果。而我以为，无论哪一种现实主义的方法特色，其实都具有"中华性"内涵、任务在其中，网络文学总体上整合与复活了世界范围内很多文化、文学的元素，却都在向中华优秀传统文化、革命文化和社会主义先进文化的本土叙事做创造性与向心力运动。

在这一番对网络文学现实主义"无边"想象后回到其"有边"之界定，恐怕还在于"关键是要有现实主义精神"这一说。"现实主义精神是我们在作品中体现出的对人的一种高度关注，对人的生存状态、精神状态,以及命运的关注。因为关注人的现状,人的发展,所以会对环绕着人的环境的一些问题进行揭露或者批判,所以现实主义精神里一定包含着批判性,抗辩性。"[1]——现实主义归根结底是一套关涉世界、人生、价值的有生命力的观念体系,它使人理性、自觉且富有人道精神,它为自由、民主、平等、解放的目标积极有机地改造世界、介入世界。网络文学的骨子里是有此灵魂和遗传密码的人民的创作,其所等待的,是真正有力的主体在现实主义精神的指引下解脱桎梏,捧出网络文学时代的伟大的经典。

---

[1] 白烨:《现实题材与现实主义》,《长篇小说选刊》,2018 年第 6 期。

从新型文艺视角谈网络文艺的治理和发展

网络文艺从来就不是我们传统概念里的静态文本，等着我们做长久的静观式的审美发现和审美阐释。从互联网特征来讲，它始终是快速变化的、不断生成的、去中心的、大众文化的、社交和商业的，它是人类发展至今诞生的一种新型文艺，是全球化环境中多元力量共生的花果。

治理背景：产事业融合发展的特性与国内、国际环境

对于网络文艺，我们过去的经验（包括治理经验）有不够用和不符实用的情况，既然它是新型的、发展的，我们需要建立一套新型的、发展的经验、办法、思维去理解和介入其中。早在2014年，我写过《网络文学的综合治理与时代使命》，从网络文艺中最早也最稳定的板块网络文学入手分析，提出了"产事业融合发展、综合治理"的观点，并认为需抓准治理与发展的辩证关系，始终把握好其产事业融合的特性来做发展与治理的文章，始终把握好治理为发展（更高水平发展）助力和服务的宗旨。

在2014年前后，中国网络文艺的诸多领域已经进入蓬勃、迅速发展的快车道,形成了人民文化娱乐和市场文化产业、网络思想舆论阵地等多元结合的这样一种核心场域,即它在日趋主流化的过程中呈现出复合的支柱型的地位。而我们浙江,其时为全国的网络文艺治理提供了重要的地方经验、地方样本,比如用第一家网络作家协会的形式在全国率先从组织手段上开拓了创新机制,构成了不同于大众和商业的另外一个维度力量,一个具有时代引导力的新平台,这也与国家有关部委多年以来的"硬治理"如净网行动、剑网行动等打配合,塑造出"软治理"和"硬治理"相辅相成的兼施并进的作用与模式。

  2018年以来,中国网络文艺自身发展进入了盘点期、调整期,确实有很多问题需要反思,其实也就是发展模式的创新问题。国家政策在此际是高调介入的,相对强化管理,网络文艺平台主体则开始进一步思考其精品化和国际化的发展路径。应该说,在精品化和国际化上,网络文艺出现了不少新的生长点,依旧展现着这一时代文艺的活力,以及相关从业者不屈不挠的智慧、毅力。然而,不久至今的国际政治环境、金融环境等风浪骤起,一方面中国的网络文学、短视频、游戏等的影响力已经遍及海外,尤其在新冠疫情期间人们的居家生活进一步促发了以网络文艺为主要内容之一的"线上经济""宅经济",但另一方面则出现了2020年中禁止中国网络文艺软件(App)的使用(如印度、美国等),乃至特朗普政府强行禁止和售卖Tiktok的恶性事件。这从一个方面也说明,网络文艺不是小儿科,它是文艺,是商业,是国际关系,更是互联网使用者总体(包括海外使用者们)共同的生活、共同的记忆、共同的家园。

新的节点：从网络文艺治理体系和治理水平现代化着眼

所以，在2020年的时间节点上谈网络文艺，它特别具有时代转折意味和历史价值。我们今天思考网络文艺的治理与发展，已然从过去的国内维度展开为国内、外两个维度，空间上有巨大的拓展。要考虑的内容也很多，其中包括了国际受众（迷群）、国际文化产业和金融资本流动、国外意识形态和政策干预、海外汉学与全球智库对网络文艺的研究参与等新兴问题。

从不断发展的网络文艺关涉面、影响力着眼，我认为，我们在当下更应做好网络文艺这篇文章。要做好网络文艺，首先还是要摆正网络文艺治理与发展的关系，即：以治理促发展，治理的目的是发展，治理是发展的一部分。

那么，何谓网络文艺的发展呢？我认为需关注以下几个要点：第一，繁荣兴盛。使之充满活力，释放潜力。20余年的中国网络文艺是民间创作、人民创造，理应重视和珍惜，"大力发展网络文艺"是中共中央基于新时代新形势所定下的文艺政策，理应维护好网络文艺本体的生态性和生命力。第二，尊重特性。理解其新型文艺特征，重视其商业性和民间性，在此基础上引导它的主流化和精品化。换言之，尊重网络文艺特性才能保护好它的生命性，在它茁壮成长的时候才能施以政治的、道德的、艺术的规约和提升。第三，合理管治。抓准常见问题，分清政治原则问题、思想认识问题、学术观点问题、产业市场问题的区别，建立综合治理体系。避免一刀切，避免对一般内容评价片面的左化、意识形态化。第四，研究先行。推动网络文艺智库建设，发展研究队伍人才，保持智库研究对网络文艺发展的敏感性和介入性，培养有关决策的调查研究习惯。第五，构建善治。围绕发展,擅于治理;辨证施治,两扇生态。目的是建设完成网络文艺治理体系和治理水平的现代化。

因此,从最终达至网络文艺治理体系和治理水平现代化的要求、高度看,我谈几点意见建议。第一,把网络文艺提升到宣传思想文化工作的顶层设计之中,充分理解它与时代"群治"、群文、网络命运共同体等维度理念的关系。第二,重视基层创新,在长三角等条件充分的网络文艺生发地多做基层工作样本,合适的则援引到全局工作,也要注意因地制宜地发展好网络文艺。第三,始终坚持网络文艺场域学视角,将网络文艺置于受众、产业、国家政策等产事业融合环境中动态考察,用马克思主义观点分析场域,调适力量关系,促进合作统筹。第四,转化一批新型知识分子,推动熟悉网络文艺新型文艺特征的理论评论家、组织工作者,出善智,建善言。

新时代的网络文艺评论可以怎么做

日前,中宣部等五部门联合印发了《关于加强新时代文艺评论工作的指导意见》(以下简称《意见》),在我看来,这是新时代文艺评论工作的一次全面部署和以问题为导向的指导性文件。它再次申明和锚定了文艺评论的一系列基本问题、基本方法、基本责任和基本伦理,提出了包括加强马克思主义文艺理论与评论建设,弘扬中华美学精神,建设中国特色的文艺理论与评论学科、学术和话语体系,倡导"批评精神"以及弘扬真善美、批驳假恶丑等"根"和"魂"的内容,从而为当下的文艺评论工作固本培元以至返本开新。

回顾21世纪以来,中国文艺现场最大的变化在于出现了"线上线下"、传统和新媒体的这样一种文艺场域。互联网媒介在成为文艺创作的新挑战和新契机之时,也在同步改造文艺评论的写作形态和传播机制,即文艺评论同样需要接受民众、社会、市场的检验,进而深刻拷问自身的艺术性、真理性、评价标准和工作方法。换言之,是时代的总体性变迁给文艺带来了世纪之变、机运之变,如何立意于"变"而讲不变、讲融通、讲创造、讲引领,是《意见》的定位和立意,其中充满了设身处地、价值观照、辩证统一。

关于20余年文艺现场的一个最明显的变量——网络文艺,虽然只是《意见》的一部分,但出现于《意见》中的诸如线上线下、商业流量、刷分控评、新媒体平台、算法研究和引导等,又无不与之交叉叠合、同生共长。因此,如何思考和介入网络文艺,事实上也就是思考和介入当下文艺评论变局的重要支点与途径。

网络文艺的场域论及文艺评论的作用

以网络文艺为代表的 21 世纪新型文艺,并非传统意义上的人文知识精英为主导的文艺革命和创新,亦非先创作后评价的传统审美机制下的作品生成和生产。由于技术和受众的直接干预以及作者和读者(观众)的模糊化、融合化,网络文艺最大限度地体现了文艺的大众性和民间性,也充满了包容性和多元性。在很长一个时期,专业的、传统的文艺工作者包括文艺评论家,对网络文艺保持着隔膜、警惕甚至鄙视的态度,这首先源于对新媒介规律的不熟悉和文艺观的扞格;反之,普罗大众则无拘无碍地成了网络文艺的主人,他们的作品既生动鲜活却又容易粗鄙俗套。这种线上线下、传统与新媒体的群落分治随着观念的疏通、媒介技术的普及和普惠,以及人的能动性,终究会彼此作用,并在社会发展和文艺演进的规律使然下,形成一个网络文艺时代的典型场域。

认识网络文艺的典型场域,勾勒和阐述基于其中国现实的"场域论",是我们理解、评论、引导网络文艺发展的基础和关键。我们看到,围绕网络文艺的社会要素、文艺要素等,20 年间基本上形成了受众(用户)、产业资本、国家政策、知识精英这四种力量的合力矩阵。以网络文学、网络影视、网络音乐、网络游戏、网络短视频、网络演艺(直播、综艺)等为主类型的互联网文艺发展历程中,上述这四种基本力量并非同步入场并理想化地维持其平衡的,有些力量入场早——比如受众和产业,它们成了网络文艺基因性的创始力量,在一定程度上促进着这一新型文艺总体的不断生长、快速崛起。但是,文艺创作和生产的基本逻辑要求网络文艺必须同时服从社会的、艺术的规约和价值评判,国家政策和知识精英在最近十年间尤其是2015年后愈益加强,就代表着网络文艺并非仅仅是所谓粉丝饭圈、资本模式的逐鹿场、收割机,更应该是新时代文艺民主、文艺生产力和创造力解放条件下的精神文化工作坊、新家园。

要达致这样的理想场域模式,当前来看,既要加强治理也要加强设计,既要尊重网络文艺中受众和产业的特征,也要在场域中补短板、重权衡。而网络文艺的研究评论——其所对应的正是四种基本力量中的知识精英,则要花大力气解决自身在场域中的力量不足,从理解到批评、从参与到建设,全面突显它作为重要一极的思想力、行动力,最终完成《意见》所指出的,"建立线上线下文艺评论引导协同工作机制""有力引导舆论、市场和大众""用好网络新媒体评论平台……推动专业评论和大众评论有效互动",最终让网络文艺能"为人民提供更好更多精神食粮"。

网络文艺评论的四种样式

网络文艺由于易传播的特点,常常借助爆款、事件、网红、大神、热搜等成为社会现象和文化现象。如果执着于传统文艺评论的那种温柔敦厚的文本细读或艰深繁复的理论推进,恐怕有工具上的不对等。但文艺评论传统其实向来有文化批评和社会批评的脉络,譬如鲁迅的杂文。网络文艺评论的第一种方法形式,就是以匕首投枪的风格在一线战斗,以"剜烂苹果"的工作精神在"大力发展"的网络文艺中时常寻找思想上、价值上、艺术上、功能上有害的、低俗的、不合格的、偏颇的趋势和案例,"指出坏的""奖励好的",从而在社会和文化的层面上及时指出溃败面,防止那些破坏公序良俗和社会信用的网络文艺占用公共资源,颠倒公众尤其是青少年的认知与审美。比如近期对恶性的"饭圈文化"之批评,对耽美等过度泛滥的腐文化、CP文化之批评,对唯流量、刷分控评之批评,都是值得文化批评和社会批评早早介入、长期研究的工作。

与文化批评、社会批评直接互补的,则是文本批评和审美批评。虽然在与假恶丑短兵相接的最前沿它们显得温柔沉潜了,但"网络文艺归根结底是文艺"的命题指引着我们必须仍要把筛选、评论、阐发、定位好一批网络文艺各领域的精品作为评论家的一项基本工作。事实上,由于网络文艺的海量存在和瞬间刷新,由于我们对网络文艺所提供的新作者和新文本始终存疑,我们的网络文艺评论大量停留在宏观和中观的本体论、现象论、产业论、趋势论,很少分出精力开展作者论、作品论。固然很长一段时间里,我个人也犹疑于网络文艺的文本和审美解读,觉得这样的老妪能解的对象似乎无需评论的深耕,但时至今日,我却发现如果不致力于寻找和固定一部分网络文艺精品力作,事实上就无法实现如鲁迅所言"奖励好的"或者"倘没有,则较好的也可以"的工作实效,那么,有可能因为评论家对具体的作者作品的不介入、不及时固定和品评,网络文艺的思想和审美内涵无法获得重要的刺激与启发,我们也有可能会错过跟"社会和人民中产生的"—时代新文艺名家共同成长、交流、进步的历程。在这个意义上,我开始自觉到应该描述的、迥异于传统文艺名家的"作者"和"文本"了——他们来自农民、工人、大学生或民间艺术家，他们曾经或正在从事出租车司机、快递小哥、摄影师、建筑师、医生护士、舞者、街头歌手、网络作家等职业，他们登录新媒体平台无外乎为了自我表达和流量变现，但他们正是网络文艺的骨干创作者、生产者，评论家要学会跟这些新的作者"签约"——而不仅仅由商业来签约、粉丝来消费。

第三种网络文艺批评我认为应该建立在互联网特征之上，将碎片化评论和学者粉丝作为一部分评论家的自我设计。碎片化评论是这个时代的典型文艺评论样态，它打破了纸质的、书面的文艺评论的系统性和深度模式，改为一种更适合各种互联网平台社区和时代浏览习惯的吉光片羽、吐槽戏谑或一地无聊。但当网络小说作者在省视读者的评论，思考小说和受众期待的关系时，在爱奇艺、优酷、腾讯视频、B站的各类网络剧、视频飘过有趣甚至很有共鸣共情的弹幕时，在抖音短视频一则精彩或感人的制作带动了大量点赞和跟帖时，我认为碎片化评论其实是最低、最基本、最普适的"人的批评"。有时候一句话、几个字用富有网感的语言传达出精准、智慧、平等开朗又有所引领提升的意见，那么也是在施加文艺评论的作用和功能——之前观看《觉醒年代》时，一条条重新认识历史、热爱祖国和先贤、赞扬演员演技的弹幕使我见识到不论年龄地域的共情共识，我也就忍不住屡屡发出了自己的精神信号。此外，不少网络文艺评论使我意识到那些居于豆瓣、知乎、龙空等平台社区的文艺爱好者的专业精神与评论水准，他们从粉丝和民间出发，完成了文体上未必"规整"的个人批评，其实有值得赞赏乃至赞叹的部分。这些评论大体上与职业评论家不同，除了文体文风，主要是因为粉丝式的介入视角，其评论往往能做得更微观、更细节，或者说粉丝批评的颗粒感很细、很小但可能很深、很有爱。与之相比，传统训练的专业评论文章往往更多宏观、中观视角，专业姿态理性客观，知识体系更为周正。二者各有妙处，却也谈不上谁替代谁。我因此局部同意亨利·詹金斯提出的"学者粉丝"概念，即将粉丝的感情热爱和学者的方法视野结合起来，这会让文艺评论的颗粒感更加体贴与精微，评论家可以在大格局和网络性之间灵活切用、游刃有余。

最后，我想指出的一种文艺评论形式是更为广义的，那就是有一部分评论家可以形成智库的研究和评价方式。《意见》指出，加强文艺评论阵地管理，健全完善基于大数据的评价方式，加强网络算法研究和引导，开展网络算法推荐综合治理，不给错误内容提供传播渠道。我觉得类似这样的前沿领域和跨学科工作特质，昭示了传统文艺评论家的角色和范畴理应拓宽，将有关文艺评论的环境、技术、文化领导权、哲学社会学内涵等方面的题目纳入"新文科"的建设规划之中，转化一部分文艺评论家在史才、诗笔、议论的追求而外参与到国家文化治理、社会文化治理的咨政建言，以行家里手的身份协同推进中国文化治理体系和治理水平的现代化，这同样可以是当代知识人"立言""立功""立德"的怀抱志向。

我们面对的网络文艺，是时代文艺评论工作最富挑战性的前沿阵地，也是最具中国特色和全球传播优势的别样园囿。可以这么认为，中国社会主义文艺的"百花园"里已经盛放出网络文艺的夺目风景，而文艺评论的使命则是始终维护好"百花齐放"的生态，为年轻的文艺形式做好培根铸魂、养护除害、以利天下的事业。

元宇宙问题和元宇宙文艺

2021 年,"元宇宙"(Metaverse)在国际资本与新科技、互联网公司中热度骤升,尤其是 10 月 28 日扎克伯格将 Facebook 正式更名为 Meta 并发布他所谓元宇宙计划,可谓一时之大手笔,迅速点燃了全球关注度,"元宇宙"一词全面"破圈",人人争谈元宇宙。2021 年因此不能免俗,依照这些年无数个新概念的元年那样,被冠以"元宇宙元年"。

元宇宙,是个极富文学性的词语。这不止因为它源出美国科幻作家尼尔·斯蒂芬森 1992 年的科幻小说《雪崩》,或者我们提及它时总会拿《头号玩家》《黑客帝国》这类关于虚拟世界的影片来打比方,而是更为根源性的——它与所有文艺作品一样,来自人类文明的一种基础能力和动力:想象。无论扎克伯格,还是不少做出反思的哲学家,都是想象着这样一个文学的叙事性的未来场景,施加自己的言论,展开自己的行动。换言之,文艺或者说想象一直以来是人类进化(造物之谜)中的一类特殊能力,它以"造虚"的形态,对现实物理世界及其人类行为、心理有所好奇、记录、模仿、影响与超越,它承担着可能性和未来性的功能、价值,并在某一天实现反转,真实印证儒勒·凡尔纳所言的"但凡人能想到的事物,必定有人能将它实现"。

想象力,因此是一种实有的人的基础力量,它与实践全面交互,建构着人类历史的发展,无论社会制度、科学技术还是文化、文艺的创造。它本身就是"元"。在这个意义上,元宇宙的提出并不新鲜,在伟大的人类典籍和宗教、神话之中,类似的想象力宇宙不在少数,并通过人类的群体生活产生或大或小的影响。既然元宇宙式的想象可以转化为现实空间下的制度、技术、组织、信仰、观念、文艺等等,那么它当然也可以转生为经济,带来社会经济模式至少是一类经济形态的转型升级。如果从这个时代的全球发展来看,很多新概念以科技之名提出来,但背后都是经济的目的及其商业资本集团在起作用;而其中,常常会交织着跨界于文艺(创意和娱乐)的痕迹,这一次,更是直接征用了科幻文学的概念。

应该说,元宇宙所依赖的诸多技术在当前都有新的突破、应用与整合的可能,这一点刺激催生了商业资本集团倾注于此。AR、VR、XR、社交网络、区块链技术、人工智能、5G等的发展,至今需要有更加富有整合性的、大投入低成本的运用,元宇宙的想象世界恰好把这些技术与发展需求包揽殆尽。大量的新科技延伸了人类的器官和官能,但起始之初只能应用于少数专业场景,这肯定不是掌控它们的资本集团的最终目的。对于商业而言,扩大技术的应用场景,从专业背景中将之解放为大众乃至全人类的商品,才是鱼和熊掌兼得的宏图伟业。元宇宙为 Meta、微软、苹果、谷歌、索尼乃至于同步入场的中资企业如字节跳动、百度等铺就了一张想象力的蓝图,并在当前阶段的竞争中保留了合作共赢的巨大空间。

然而也因此,对于元宇宙的忧思或者批判必然来自这样一些重点:一、作为想象力经济的"元宇宙"与现实世界的关系。元宇宙企图将人类的未来生活寄托于各种技术构成的赛博空间(即其数码化）之中，借用乌托邦化了的元宇宙以及一套有关它美好、便利的修辞，策略性地忽略了人与自然空间的疏离和线下生活的本真性问题。其实我们很清楚，元宇宙就是模仿"造物"和"创世"原理，用人的当前技术再造一个"次元"，通过网络经济的新经济规则等卷入海量用户，使之全面"物化"和基建化。这中间存在着进步与增殖的内涵，但归根结底其所描述与允诺的图景跟现实生活、现实人生的奋斗及其严肃性是有脱节的，亦非马克思主义"认识世界和改造世界"的那个"世界"（次元）。

也是在类似的意义层面，网络上流传着刘慈欣的一个观点："人类的未来要么走向星际文明，要么常年沉迷在 VR 的虚拟世界中，如果人类在走向太空文明之前就实现了高度逼真的 VR 世界，这将是一场灾难"，"元宇宙将是整个人类文明的一次内卷，而内卷的封闭系统的熵值总归要趋于最大，所以元宇宙最后就是引导人类走向死路一条"——那么，"扎克伯格的元宇宙不但不是未来，也不应该是未来"。[1] 固然刘慈欣的逻辑推论是个彻底的反对论和悲观论，将之

---

[1] 刘慈欣该发言，产生于 2021 年 11 月 6 日的网络媒体报道，之后被大量引用，成为当下关于"元宇宙"以及扎克伯格宣布"元宇宙"计划后的争议焦点和鲜明意见。但 2022 年 1 月 18 日中国作家网（超侠主持）的访谈中，刘慈欣又明确表示"我之前没有对元宇宙发表过任何评论，也没有说过元宇宙把人类引向死路。我同意大家的看法：虚拟现实和 AI 技术与太空开拓事业并无矛盾"，他同时表示信息科技主导的元宇宙并不一定是未来主力，其他科技的重大突破都可能取代信息科技并塑造未来。而"元宇宙本身"，"我没有从中看到什么新的东西，相对于技术发展的构想，它更像一个社会学概念，而其中涉及的所有因素在过去的二三十年中都已经被充分地设想和讨论，没有什么更多要说的"。两段言论的关系或者真伪的判断，亦可参照刘慈欣之前的文字，如 2018 年在美国获得克拉克想象力服务社会奖（Clarke Award for Imagination in Service to Society）的演讲，以及小说《不能共存的节日》《中国 2185》等。

作为星际文明的非此即彼的对立面来讲也许是绝对了,但无疑是对元宇宙来临的严肃思考和批评力。

二、元宇宙的公地私用或者说公地"资"用。元宇宙重新唤起了部分人群对于互联网创始之初的理想想象,那就是去中心化和自由飞地,在虚拟现实和增强现实之中沉浸体验新的生命感,众筹式为元宇宙添砖加瓦,自由地生产内容,通过区块链确权拥有数字财产和数字遗产。理论上讲,我们在元宇宙中所花费的时间、所创造的艺术和关系,当然还有在游戏中购买的土地和皮肤,都应该算作个人的财富,但我们很可能在生产关系上仅仅是在为资本家打工,接受他们游戏规则的剥削。除了投资人、元宇宙理论家马修·鲍尔认为的数据权力、数据安全、极端化、假信息和平台权力这五个基本问题尚无法解决外,更重要的则是齐泽克在《论元宇宙》中指出的,"公地——平台(我们进行社会交往和互动的空间)——被私有化,这使我们这些平台的使用者成为农奴,向公地的所有者——我们的封建领主——交付租金",他由此认为,元宇宙中,现代性所取得的公共空间正在消亡,人类将体验到怪异的后资本主义特征的"企业新封建主义"[1]。这无疑是深刻的,也警惕着我们大踏步迈入元宇宙文艺时的思想自觉和主体自觉。

三、元宇宙文艺必然产生,我们要设计什么样的元宇宙文艺。元宇宙一旦落地并付诸更多实用,就渴望更多的元宇宙内容、元宇宙文艺、元宇宙产品,其所提供的"技术+艺术"的方法手段也超乎传统文艺的限制,产生巨大的诱惑。与此前的网络文艺一样,它呈

---

[1] [斯洛文尼亚]斯拉沃热·齐泽克:《齐泽克:论元宇宙》,季广茂译,《三联生活周刊》2022年第2期,第58页。

现出这个时代新型文艺的诸多特点,比如技术性和设备化、文艺与产业紧密捆绑,社交属性和平台属性、视觉感觉元素至上……构成其整套的资本生产的逻辑。是文艺被征用,还是文艺介入元宇宙,终究要靠人们的艺术自觉、文化自觉、价值观自觉。换言之,人学和人论是我们进入元宇宙时代的基本考问和基本伦理,也是我们开始元宇宙文艺及其评价的最终遵循。

"互联网、大数据、人工智能等催生了文艺形式创新,拓宽了文艺空间。我们必须明白一个道理,一切创作技巧和手段都是为内容服务的。科技发展、技术革新可以带来新的艺术表达和渲染方式,但艺术的丰盈始终有赖于生活。"[1] 习近平在中国文联十一大、中国作协十大开幕式上的讲话睿智地涉及了前沿技术与文艺创作、创新的关系,强调了广阔的现实生活、人民的心声心情才是文艺创作不竭的泉源,必须"守正"而后"创新",确立生活和技术之间正确的"体用"关系。这也应是我们看待包括元宇宙在内的文艺新环境的基本态度。

构建元宇宙背景下的文学艺术理论,及时对元宇宙文艺作出批评,是文艺理论评论界的工作操守和岗位职责,它同样涉及我们在元宇宙中的话语权、标准制定和关键所在——人类的普遍价值。不断加速的新型文艺借助技术和资本的合作转场变身,我却依然相信批评的必要,正如人文主义批评家乔治·斯坦纳所言——没有批评,创造本身或许也会陷入沉默。

---

[1] 习近平:《在中国文联十一大、中国作协十大开幕式上的讲话》,《人民日报》,2021年12月15日,第02版。

如何做新型文艺的"充满激情的观察者"

一

首先,还是生活。今天我们描述20世纪90年代及至2000年初的新世纪,固然一些坚定的观念在历史的卷帙里起了决定性的作用,但总的讲,说社会生活层面"一切坚固的东西都烟消云散了",也是合适的形容。

马克思此语的语境是19世纪中期的欧洲,但像"生产的不断变革,一切社会状况不停的动荡……一切固定的僵化的关系以及与之相适应的素被尊崇的观念和见解都被消除了,一切新形成的关系等不到固定下来就陈旧了"[1],这与我们改革开放、经济建设背景以来的如火如荼的场景有所仿佛,昭示着一种全球现代性的降临。并且有趣的是,建设的激情/创新的契机,改革开放/自由民主,市场经济/一部分人先富起来,科教兴国/科技产业,义务教育普及/大众文化的兴起,网络化和信息化/电子商务与网络文艺……在时代

---

[1] [德]马克思、恩格斯:《共产党宣言》,中共中央马克思恩格斯列宁斯大林著作编译局编译,人民出版社,2018年,第30—31页。

的国家语法和民间语法之间,一直有着目标和实践的奇妙张力,人们寻求着积极的、弹性的、灵活的切换,社会生活正是由这样的进程及其切换主导的。

知识分子的叙事在其中扮演过举足轻重的作用,我说的是人文知识分子,但很快现象大过于所知所想,生活所提供出的方案和细节放在传统思想的砧板上,"厨师"每每失去了下刀的工具,至少,所制作的食物越来越严肃有余而活力不足——在物质愈益丰富人们被极大满足、资本推动着产业全球流动性以供应文娱产品、大数据和算法介入所有平台并控制到最日常的终端时——人文知识分子的策略却是呆滞的,主张和行动历久而不新,心理状态也许是从惊讶到沉郁到悲壮到躺平到自我圈囿和画地为牢,以至于事实的场域召唤我们出场时,总体上缺乏激情、力量和崭新的主体性的训练,无法面对纷繁的世界而时时给予介入式的指点、对话和塑造。

究其原因,我以为,一是观念的借来而非沉降至生活独立捧出,是一大原因。换言之,对生活不了解(虽然自己圈层的生活也是生活)、不热爱(没有时间好好来爱你)、缺乏长期的田野调查和民间体量,仅仅从观念(简化为西方理论)出发剪裁生活、强制阐释、操演论文术等,恐怕是比较集体性的伦理问题。事实上,社会生活不会要求人文知识分子离场,边缘化的总是知识分子自己,而即便是西方理论,也有强烈的介入性、实践性和在地性。在此意义上,不了解事实中的时代审美和民间审美变迁,以及这审美文化中透露的权力博弈及其思想史价值,就是典型的有知识没文化、有理论没思想的伦理缺陷。所以,在时代的人文和审美工作中,我时常感觉糟糕的是我们学习了那么多借来的观念,却无法通过实践行动了解和理解国民文化和审美的问题,然后落实为创造性的改造和运用——虽然传统的启蒙立场、方法早有过时之嫌,但生活对我们的启蒙和我们被启蒙过的心智如何回归生活,依旧是人文知识分子内在的不竭的光芒,然而很遗憾,它常常被遮蔽并极易倒向具体生活中"精致的利己主义"。

二是有关于时代和审美的关系,我们有精神上的懈怠和倦怠。如果说20世纪末基础于先锋文学、寻根文学和新写实主义这样的文学实践,在中国语境的经济现代性、制度现代性之外形成了自己一定的人文和审美现代性,但那种"充满激情的观察者"的身份很快在2000年以来的新兴文艺中耗散了。换言之,在中国社会生活不断变化发展的同时,人文和审美的意见与新兴文艺脱节了,甚至有要求脱钩的嫌疑。回到波德莱尔的现代美学论述,他说:"美永远是、必然是一种双重的构成","构成美的一种成分是永恒的、不变的,其多少极难加以确定,另一种成分是相对的、暂时的,可以说它是时代、风尚、道德、情欲……如果你们愿意的话,那就把永远存在的那部分看作艺术的灵魂吧,把可变的成分看成它的躯体吧"。[1] 他通过推崇画家居伊,表达了一种时刻游逛在现代都市中做有激情的观察者的艺术态度,认为社会生活的现代性是艺术现代性的原因和内容,而那个"充满激情的观察者"正是两种现代性的桥梁,一个现代人。汪安民曾就此阐释道,也就是说我们"无权蔑视现在,无权蔑视现代生活,无权蔑视现代生活中过渡的、短暂的、偶然的变化如此频繁的成分,无权蔑视现代的'风尚、道德、情欲',无权蔑视现代生活中的全面风俗。所以,那些像居伊一样对现代生活进行全面描绘的画家,堪称

---

[1] [法]波德莱尔:《波德莱尔美学论文选》,郭宏安译,人民文学出版社,1987年,第475-476页。

'现代生活的英雄'"。[1]确实,我们应该具备波德莱尔所形容的对现时生活充满孩童般体验兴趣的现代人的现代性,其主要目的并非要对现代生活马上做出价值判断,而是从中提取"美的成分"。

而这方面的问题在于,我们常常全无兴趣。如果说知识分子总要站在大众的、商业的反面,那也是说立场,而非行动力。几乎所有的时代的风尚、道德、情欲都沉淀在大众文艺之中,并且由于技术和教育的普惠,当今大众用文艺方法、手段、元素自我表达和演绎已然蔚为壮观,网络文学、短视频、直播、网络音乐这些无须复杂加工的领域涌现了全民创作或者说"人民写"的浪潮,这一宏大景观的业余、粗鄙和创意、个性混杂闪烁,其中的生命哀乐与技艺的新形式交互渗透,展览着时代"新民间"文化的狂欢化长廊——这与当年19世纪的欧洲作家、画家们所目睹的巴黎、伦敦的细节一样有异质化的勃勃生机,足以刺激我们研究和记录的兴趣,足以通过我们的注视呈现出美或转化为美——当然有人会认为这些时代大众文艺的评价机制已经扁平化而没有专业评论家什么事儿,但其实一切新的审美都是生活创造的,没有生活兴味的人当然无法参与,也就束手无策。

所以,关键并不在于2000年以来的大众文化、网络文艺与过往的经典文艺的远近距离,必要的是须重拾我们对现实生活的兴趣和介入生活、回馈生活的能力与伦理。

二

还有一个维度,是未来,或者说未来感。我在2013年初有一篇

---

[1] 汪民安:《现代性》,南京大学出版社,2020年,第75-76页。

文章叫作《文学未来学：观念再造与想象力重建》[1]，十年过去了，并未过时，反而更加应验和迫切。

我在那里基于1998年这一年份所形成的两个时代文学创作现象——新概念作文及"80后"作家群，以及"网络文学元年"，来说一个更大的哲学—文艺问题，其中援引了克尔凯郭尔的一个比喻，认为时代文学场仿佛在大海中航行，评论家作为领航员"置身于大海中，船和大海都处于运动中"，"他必须测定方位、找到方向、定位自己的位置和目的地。这种视角发生在一个动态的和流动的情形中，因此必然是相对的。然而，对领航员来说，这种情形却是常态"。——"我们应该在文学的海域中确立自己领航员的'常态'伦理"，我这么说。同时，我还引用了陈思和的话，他在说到"新世纪文学十年"时讲，"并不在意他们（青年作家）将站在什么立场上反对主流，而是希望通过挑战和争论来激活当前文学的超稳定状态，我期待的是我们的时代应该出现新的美学观念上的断裂的跳跃发展"，然而新世纪文学十年也许"不足以产生新的自我审视自我批判的青年先锋因素"，又或者大家在"社会环境的熏陶下变得圆滑而温顺"。[2]

在这样的背景下，我提出了"文学未来学"的概念，后来又在《网络文学发展大趋势》一文中进一步明确了"未来"在文艺的哲学性上的作用："我们一贯的习性，向历史要办法，尤其是帮助我们纾缓当下的焦虑"，"文学世界是很少谈'未来'的，这是物理学教我的"，"如

---

[1] 夏烈：《文学未来学：观念再造与想象力重建》，《南方文坛》，2013年第1期，第17—21页。以下出自该篇的引文不另注释。

[2] 陈思和：《期望于下一个十年：再谈对新世纪十年文学的理解》，《杭州师范大学学报：社会科学版》，2011年第2期，第14—15页。

果把思考的轴从'过去—现在'的二维拉到'过去—现在—未来'的三维,甚至特别看重'现在—未来'的链接,我想,我们的心态会更健全,视角会更开阔,范式会更有活力,设计会有所前瞻。"也是在那个时候,我预测,"在文学未来学中,必须看重人与宇宙、人与自然这两个维度的位置。科幻文学、奇幻文学、生态文学因此都应该进入主流文学视野,而不因其'怪力乱神'或'非我族类'加以排斥。中国重要的文学作品将诞生于此,这类文学作品将直接使中国作品与世界作品同步",并提醒,"未来的文学创作将会要求我们提升到一个新的智力水平和知识结构","如果物理学猜想上的十维空间成为未来科学、技术和哲学不断探索和模拟的对象,那么必然和关乎灵魂的宗教、神话、传说重新接榫。世界性的文学必然会关注身体、灵魂、语言(文字和声音)三者在科学与神话的双重火焰中的表现力和表达力,幻想,将成为科学和神话共同的财富,而人性,将在新的历史语境中幻化出更加不同的故事"。[1]

之所以复述十年前的言说,是因为其中的一部分已成为中国文学创作与研究的事实,比如科幻文学以前所未有的情势弥漫在我们的文化生活和审美前沿,并且仍会扩大范围、长期存在。刘慈欣讲,"中国有世界上最强的未来感",他所说的正是最近十年来愈益加强的社会生活与科技的全面连接,以及国民对科幻在内的未来感文艺作品、信息源的敏感性与注意力。人们相信"未来已来",所有人类科技都厉兵秣马、陈兵疆界,只待新的现代观念和制度的放行。而在此之前,文艺创作和人文探讨理应是最重要的准备,一些过去非主流的审美形式比如赛博朋克(Cyberpunk)、废土朋克(Wasteland

---

[1] 夏烈:《网络文学发展大趋势》,《光明日报》,2014年8月15日,第13版。

Punk)、克苏鲁（Cthulhu）、太空歌剧（Space Opera）等成为带有特殊技术—主题的审美内涵的新关键词。这跟十余年前我们讲宅、萌、基、腐应成为当下大众文化和新兴文艺（一种文艺理论和文化研究）的关键词一样，社会生活不断充实着这部严肃研究和"充满激情的观察者"必需的"破壁之书"。

而"文学未来学"的另一部分还未被正视。那就是我在《文学未来学》文末追问的："汉语叙事或者说汉字化文化想象力，能做好准备吗？"事实上，通过网络文学近30年的发展，我们观察到它作为互联网时代的诸多文艺样式中最古早的"文字中心主义"代表，尽可能地保留了它与传统文学——中西通俗文学和经典文学的丰富关系。固然从精英视角来考量网络小说，依旧好像简陋不堪，但它其实是将人类文脉的最大公约数"故事"作为核心遗传了整个文学传统的绝大多数，成为文学迈入未来最好的当代方式之一。过往文字和印刷文明所构建起来的精微的文学语言不再是新兴文艺终极的评价标准了，而改易为更具生命力和可翻译的"故事"来继续文学的基因图谱，不得不说是文学创作应对未来性的"生物变异"。所谓故事的可翻译性，不仅指它的通俗特征可以转化为各种外语、供全球人们分享，更在于这一核心可以最顺利地"翻译"（改编）为下游的影视、动漫、游戏和其他衍生产品，借用时代科技、文化工业和全球商业等当下和未来的文明特征，保留和发展人文和审美介入新世界的能力，通过时代强势的"媒介"完成自己的美学孕育，然后在此基础上再来谈美的进化和价值的引渡。

所以，当"疯狂"的想象和技术近期提出"元宇宙"的概念和构想，而科技和哲学的想象又全面逼近"后人类"处境之时，文学或者说文学性、那些借由文艺所创制的跨文明阶段的"作品"，必然不会以旧有的纸质文本或者建设了百年的"中国现当代文学"这样的方式跃进了，而是另有"身体"。甚至于当下依然流行的电影、电视、视频等强势的文艺也将以"灵魂"和"元素"的方式拆解 — 结构、解码 — 编码。

三

接受这种人类社会生活的变迁不意味着传统的美和文艺形式将全面放弃，成熟的现代社会既以转化艺术"身体"的方式保存繁衍艺术的"灵魂"，又以文化遗产的方式保护旧有艺术的传承；接受新媒介和新技术修改的社会阶段蓝本也不意味着时刻必须迁就文艺的外部条件而无法精微地发展文艺自身，理论上讲我们正处在媒介、技术、观念和经验的巨大裂变带上，稳定下来的"地壳"能带来新的稳定的耕耘和积累。

但是，当代社会生活与文艺的关系确实存在很多不确定性。比如来自媒介、技术更新迭代的"加速"问题，如何发展新兴艺术美的部分，使之诞生"作者"和"文本"，全面建设出新"型"艺术，需要更多的稳定性，而数据可见的事实是一切的更新迭代太快，往往不足以使人"悠游"，比如将一切都无所不用其极地商品化、消费化的资本主义生产方式，正在全面包揽文艺生产和消费的游戏规则，通过互联网、手机、App、元宇宙，流量变现、同质化繁殖、网红 IP、饭圈顶流等，更为直接地统治着新媒体世界和新社会生活，影响着本来属于个人和民间性的大量创作者的价值观、审美观。所以，支持积极介入和富有激情地观察时代文艺，与不假思索地接受、同资本媾和捆绑，是完全不同的。人文知识分子和文艺家的立场始终是警惕和防止被反人文、反艺术的东西麻痹吞没。

在此意义上，有助于我们思考文化权力的博弈所争的到底是什么。就现代社会的发展趋势看，"时间"正是各方争夺的关键。当人类文明即其各种现代性发展出来时，同源力量间的同室操戈在所难免，观念和现实力量的差异显而易见——它们各自争取着自己的合理性与条件，以影响人们的世界观、价值观、人生观和审美观——唯有一个条件是相同的：时间。如果你把更多的时间用于赚钱，用于艺术悠游的时间就会减少；你把更多的时间用于直播带货，那么读网络小说、看影视剧的时间就会减少。对于文艺所要求的状态"悠游"而言，貌似谈的是艺术条件和艺术境界问题，其实是个时间问题，即要有足够的时间去经营时代美学。

现代社会生活由于全面被资本主义生产方式绑架，并通过全球化和消费社会四处感染，带有晚期资本主义性质特征的996、007、24/7[1]等"过劳"工作、"睡眠的终结"造就着新的残酷的异化和剥削，这种"环境披着一层社会世界的外衣，但实际上它是典型的机器世界，生命停摆，世人不会知道的是，为了维持其有效运行，人类需要付出多少代价"，"24/7的世界昼夜通明，消除了阴影，是资本主义后历史（post-history）的最后幻象，作为历史发展动力的他者性被祛除了。"[2]文艺在这种结构里只是资本主义生产方式的工具和安慰剂，这样就跟艺术自觉、文化自觉以及文艺对人性的悠游的观察和最终

---

[1] "24/7"这一概念由乔纳森·克拉里在他的著作《24/7：晚期资本主义与睡眠的终结》中提出，具体指的是一周7天，每天24小时，资本主义每时每刻都在操纵我们的生活，睡眠作为最后的抵抗，也难逃被终结的命运。

[2] ［美］乔纳森·克拉里：《24/7：晚期资本主义与睡眠的终结》，许多、沈清译，中信出版社，2015年，第13页。

的解放背道而驰。

而在社会主义中国,这还涉及更为马克思主义和道德理想的哲学政治追求,并且由于中国近代以来的历史运命、国际意识形态和综合国力的竞争,在看待上述现代生活与现代艺术中还包含着一个需要不断现代化的国家——民族生存发展权的问题。

所以,重建新时代文艺的主体性、自觉性变得很富挑战,是一项需要长期建设的事业,而它在现代社会(包括互联网和未来技术世界)中的位置及其瞄准的博弈对象也越发明确,这对于人文知识分子言才是该干的活。只有在实践中建立起的美学坐标才是凝结了丰富人性力量和审美力量的血肉碑刻,它将再次接通文艺(文艺批评)与时代社会生活的深刻关联。

附 录

夏烈网络文学研究学术思想评述

段廷军　秦东旭　别君华[1]

一、渊源与特点

在网络文学研究与评论20余年的谱系之中,夏烈以其独特的文字风貌、别具思致的"理论 — 实践"体系,逐渐成为该领域无法绕过的一个存在,一个稳定而富有创造性的样本。

这种存在和样本的特征,他自己在过往的访谈、自述中有所表达,比如说:"我不仅仅是一个学院派的网络文学研究者,甚至说更大程度上不是,而更多地倾心尽力于'实操',通过作家协会、出版与影视产业实践和个人交往等一系列动作,坚持十年,介入网络作者从边缘到中心、从草根到主流、从写手到作家的全流程之中。"[2]又或者说:"根据网络文学的特点,我个人很快又介入到其产业和资本的

---

[1] 段廷军,烟台大学文学与新闻传播学院讲师;秦东旭、别君华,杭州师范大学文化创意与传媒学院讲师。

[2] 夏烈:《访谈:回到"总体性",重理文化根》,载《网络文学的新传统与未来性》,杭州出版社,2019年,第204页。

流程中窥察和思考它的运作机制……有了这样的实践……使得我作为网络文学的研究者不仅仅是单向度的作家作品中心论的传统型文学研究者,而扩展至'文学——社会学'宽度下的新型知识分子。我因此提出了影响中国网络文学的'四维'力量即网络文学研究的'场域理论'。"[1]

从已有的对他的评价来看,欧阳友权教授在夏烈《大神们:我和网络作家这十年 星火时代》一书的研讨会上有一个新颖的表述,他形容夏烈为网络文学界的"穿行者"。"他在作家、评论家与作品经纪人之间穿行","在学院派、传媒人与政府管理人员之间穿行","作为一个活跃的文学组织者和社会活动家",他还在国内外的"时空穿行",欧阳友权继而说,"做一个'穿行者',既要有通才之能,又得有专才之才。在我们这个高度分化又高度综合的社会,需要有'老黄牛'式的学者,更需要有夏烈这样的'穿行者',在当今学界,'老黄牛'不少,但'穿行者'不多,这是夏烈的'角色'意义,也是他的贡献所在"。[2] 迄今为止,这大约是对夏烈的网络文学工作覆盖(影响)范畴也即其网络文学研究特色的最广义、最通透的一次扫描。这与我们习见的关于理论评论家的静态品评不同,似乎必须回到网络文学内、外部一体化的特征,才能理解和想象夏烈围绕对象所做的内、外部工作即其研究范式。

所以可以说,当21世纪初网络文学作为新兴的文学现象,在学界文坛尚普遍质疑之时,夏烈就敏锐地捕捉到了它蕴含的潜在价

---

[1] 夏烈:《网络文学,中文传统和学科挑战》,载《网络文学的新传统与未来性》,杭州出版社,2019年,第42-43页。

[2] 欧阳友权:《穿行者——夏烈》,载《网络文学的新传统与未来性》(附录),杭州出版社,2019年,第334、335页。

值,较早对其进行观照——不止于撰文推介评述,更是以他所在的浙江杭州这一中国网络文学的优势重镇为棋局,开始了综合性的"介入",成为网络文学研究领域的一位独特的先行者。

而每一位风貌特色独具的研究者,其学术思想和学术方法的养成必有可以追溯的隐秘萌芽与发展关捩。这方面,夏烈过往的文章、对话中多多少少也有迹可循。

比如在那部个人化的网络文学史述《大神们:我和网络作家这十年 星火时代》中,他凭借自己的经历、记忆和考证,复现了以浙江网络作家群为基础、辐射一批全国网络作家的"大神谱"——而《大神们》的第一章,则留给了他自己,里面说道:"我的藏书大约三万册。高大上的经典占六七成,主要是哲学、历史、科学、艺术和纯文学;剩下三四成有不少是被歧视为'矮穷矬'的古今'说部'","我并不研究中国古代的小说,却好好享受过做一枚读者的所有乐趣。"[1]大量的阅读,其中包括了中国古代小说和近现代通俗小说,使夏烈从青少年开始就积淀了深厚的文学素养和混合型的文化(文学)基因。

1995年,他进入当时的杭州大学(今浙江大学)中文系研究生班,师从学术功底深厚的当代文学研究名家吴秀明教授,经历了严苛的学术训练,培养了扎实的学术功底。如今,二十多年过去了,吴秀明教授业已是中国现当代文学研究领域的大佬,誉满学界,而夏烈也别是一家,成为网络文学研究的一面旗帜。

回顾夏烈的学术研究历程,其研究领域由纯文学转向网络文

---

[1] 夏烈:《大神们:我和网络作家这十年 星火时代》,花城出版社,2018年,第4、5页。

学看似突兀，实则不然。尽管他早期以纯文学批评和新文学研究为主，发表了一些有影响的文章，如《现代人文观照下的历史叙事——评陈军的长篇历史小说〈北大之父蔡元培〉》(《当代作家评论》2000年第2期)、《两个互补的文化形象——鲁迅、冰心比较论》(《文艺评论》2002年第6期)、《"无物之阵"里的生存隐秘》(《当代作家评论》2004年第2期)等，以及"70后""80后"作家的一批小说批评，但他的学术兴趣、学术视野并未局限于此，并且可以说早就与通俗文学、类型文学研究结缘甚重。2000年，他与吴秀明合著了30万字的专著《隔海的缪斯：高阳历史小说综论》(百花洲文艺出版社2000年版)，有学者如此论及该书："就严格意义而言，该著是大陆出版的第一部研究高阳的学术专著。它力图突破现成模式，并且作出了可贵的新尝试，称得上是一部作家作品论的力作。"[1] 在此基础上，夏烈之后转向网络文学研究就再正常不过了。他后来自述道："如今看来更重要的是，也许有了这些因缘，包括我成长史中不可能错过的港台武侠与言情小说潮，使我面对中国网络小说时一点都不陌生、不惊讶、不反感。"[2]

夏烈最初转向网络文学领域，重点并非学术研究，而是从事一些实务。2006年11月，他兼任杭州市作家协会秘书长。上任后，他向作协主席团提议成立一个新的委员会——类型文学创作委员会，在过去作协的小说、诗歌、散文、评论、儿童文学、报告文学之

---

[1] 江少川：《作家作品论著的新尝试——评吴秀明、夏烈的〈隔海的缪斯〉》，《海南师范大学学报(社会科学版)》，2002年第4期，第67页。

[2] 夏烈：《大神们：我和网络作家这十年 星火时代》，花城出版社，2018年，第5页。

外。[1] 翌年，类型文学创作委员会成立。类型文学创作委员会在当时主要是向网络作家敞开了大门，沧月、南派三叔、流潋紫、曹三公子、陆琪等知名网络作家先后在他邀请下加入作协。这一创举在夏烈的学术道路乃至人生历程中都具有重要意义。

夏烈与网络文学的渊源远不止此。他还曾于2009年加盟盛大文学——彼时中国最大的网络文学平台——在大约一年的时间里，做了许多有助于网络文学繁荣发展的工作，比如创立盛大文学研究所，担任执行所长（首任执行官），启动全球华语类型文学大展等。还在一个中国网络文学主流化初期的节点上参与了网络平台（网站、资本）和体制内组织（作协）的沟通合作。[2]

2011年，夏烈回归杭州继续他的地域实践，打造所谓网络文学的"浙江模式""杭州样本"。该年，他与盛子潮等策划发起了在文学界内外都享有盛名的"西湖·类型文学双年奖"；2014年，又在浙江省作协的要求下，策划执行了"网络文学双年奖"，成为国内第一个官方协会主办的网络文学奖项。2014年1月，他作为发起人之一的浙江省网络作家协会成立，是为国内第一家网络作家协会。2015年10月，杭州市网络作家协会成立，他被选举为主席，是为国内第一家省会城市的网络作家协会。2017—2018年，网络文学主流化、组织化全面进入了"浙江时间"，在杭州先后落成了中国作协网络文学研究院、中国网络作家村、中国网络文学周，中间都有夏烈的身影。乃至2019年他将这种方式扩张到整个网络文艺研究领域，发

---

[1] 夏烈：《大神们：我和网络作家这十年 星火时代》，花城出版社，2018年，第5-6页。

[2] 这在他的一篇文章《网络文学第十一年：我的思考和亲历》中有过较详细的表述，该文原刊于《悦读MOOK（第十三卷）》，二十一世纪出版社，2009年。

起执行"青年创意家·网络文艺评论奖",这连同由他执行主编至今已经八载的《华语网络文学研究》丛刊,构成了他致力于搭建网络文艺研究、评论的主阵地。

这些围绕网络文学的工作轨迹使夏烈有着超乎一般研究者的接触面。如他长期"混迹"网络文学圈,熟谙各种圈内事,故被网文大神烽火戏诸侯尊称为网文圈子的"江湖百晓生"[1]。既然夏烈在网络文学领域介入甚深,加之所具备的学术功底,那么展开有关于此的学术研究并有所建树不免是题中应有之义。

夏烈的网络文学研究领域极广,如网络文学史、网络文学批评、网络文学场域学、网络文学产业研究、类型文学、文学未来学等。也许由于他在回归高校的近十年以前,在作协、文联工作,其文体多样,时而有随笔体例的文章,幽默风趣、频出妙语,如《大神们》一书,时而又似文化批评、现象批评,如文集《网络文学的新传统与未来性》中的多篇,当然也有论证严谨、富有学术含金量的论文,如《文学未来学:观念再造与想象力重建》(《南方文坛》2013 年第 1 期)、《网络武侠小说十八年》(《浙江学刊》2017 年第 6 期)、《网络文学"无边的现实主义"论 —— 场域视野下的网络文学现实题材创作 20 年》(《中国文学批评》2020 年第 3 期)等。夏烈在网络文学研究领域取得了重大成绩,已出版的该领域个人著作包括《观念再造与想象力重建》(北京大学出版社 2017 年版)、《大神们:我和网络作家这十年 星火时代》(花城出版社 2018 年版)、《网络文学的新传统与未来性》(杭州出版社 2019 年版)、《我吃西红柿与〈吞噬星空〉》(作

---

[1] 烽火戏诸侯:《他是我们的江湖百晓生》,载《大神们:我和网络作家这十年 星火时代》(序),花城出版社,2018 年,第 1 页。

家出版社2019年版)、《中国网络文艺的常识与趋势》(浙江工商大学出版社2020年版)、《天蚕土豆与〈斗破苍穹〉》(作家出版社2021年版)等,主编《华语网络文学研究》(1—7卷)、《数字景观与新型文艺》(浙江文艺出版社2021年版)、《浙江网络作家群与网络文学"浙江模式"研究》(浙江大学出版社2021年版),以及"中国网络文学研究名家论丛"(第一辑9种)等。曾获得2014年度青年批评家(《人民文学》《南方文坛》)、中国文联第三届"啄木鸟杯"年度优秀文艺评论、浙江文艺评论奖、浙江优秀作品奖等。也正因此,以夏烈为代表的浙派研究团队成为与欧阳友权为代表的中南大学团队、邵燕君为代表的北京大学团队、周志雄为代表的安徽大学团队等齐名的网络文学研究重镇。

二、类型文学研究

无论从作品影响力(如影视改编、受众规模),还是作品数量来看,当下网络文学的主流都是类型小说,如玄幻、奇幻、言情、武侠、历史、军事、推理、科幻,以及穿越、机甲、后宫、盗墓等。因此从狭义的角度理解,网络文学几乎等同于类型文学。网络文学、网络类型文学、网络小说、网络类型小说四个概念在实际研究中是经常可以相互替换的。

夏烈与"类型文学"概念的提倡和使用极有渊源,他是国内较早举起类型文学这面旗帜的学者之一。大约是在2006年他开始成为"类型文学"概念的一位主要倡导者,与此前另一位类型文学研究的代表人物葛红兵教授不同的是,夏烈依旧采用"介入"和"实践"的办法来推动类型文学事业以及该概念的落地生根、深入人心。换言之,他的构思是将类型文学的学术研究与具体的现场的类型文学事务及其发展作联系、交互,最终反哺于类型文学理论的深化和提炼。

作为亲历者、组织者、推动者,如前所述他于 2007 年在杭州市作家协会创立了第一个类型文学创作委员会,2008 年则担纲主编了"国内首本类型文学概念读本"《MOOK 流行阅》(该 MOOK 由"99 读书人"作为出品方,新世界出版社出版,共出版两期,作者除浙江网络作家以外,还包括安意如、张小娴等)。2011 年夏烈等人发起设立了国内首个(首届)类型文学专业大奖"西湖·类型文学双年奖",《三体》(刘慈欣著)获得金奖,《间客》(猫腻著)、《后宫·甄嬛传》(流潋紫著)、《借枪》(龙一著)、《城邦暴力团》(张大春著)获得银奖,《侯卫东官场笔记》(小桥老树著)、《步步惊心》(桐华著)等一批作品获得铜奖。这些获奖作品今天看来都是中国原创类型文学的一时之选,具有相当的典范性,其主体是网络小说,但又逾出网络小说而广泛网罗了纸质出版向的类型文学名家精品,这实际上是夏烈在其网络文学研究早期的一种思路,即以类型文学概念为中心,囊括网络、纸质媒介做"打通"和"参照发明"的学理性设计的结果。

他在理论文章中把类型文学界定为"当代大众类型文学",分别阐述了"当代"(指媒介技术所带来的生活和审美习俗的改变)、"大众"(指大众文化背景下的消费主义和资本干预创作与审美——"科技和资本是人类社会最敏感的核心要素和推动力,影响到意识形态和上层建筑"),然后详细研究了类型小说的基础理论和繁荣发展的特点、趋势,提出"在类型文学中,我们应该充分理解存在其中的'文学叙事精神'和'叙事经济'之间的'紧张',其高明的作品正是一种精彩的张力艺术"。[1]他多次表达,"运用'类型文学'概念,既用来说明它是网络文学的创作主流,还为了寻找一个更吻合文学理论学理性的命名。"[2]。夏烈的这种在"网络文学——类型文学"之间加强关联又加以细分的考量,既是学术本位的(文学理论的学理性),又兼顾了网络文学与类型文学内在的相似性、相同性,使研究和思考的范畴扩大,并保持诸多媒介分支间的比照。这个观点落实在文学评奖上,则是打通了一些因媒介和商业模式带来的人为壁垒,让文学谱系更加通融完善,让更多作家交流互鉴。

具体在类型文学理论评论上的做法,夏烈首先是为类型文学正名。在传统文学界尚普遍质疑类型文学概念时,夏烈指出类型文学是基于文学实际面相的总结与命名。"新世纪的中国类型文学,脱胎于15年来网络文学的发展,渐次成长为网络写作和大众文学的主流。"[3]因此,类型文学虽是个"新概念",但并非"伪概念"。[4]这由此引出一个问题:何谓类型文学?类型文学看似是个不言自明的概念,实则不然。他认为类型文学面向大众阅读市场,可以按作品主题、题材等进行分类,在人物塑造、情节模式、故事背景等方面具有一致性,是能够给大众读者带来快感体验并调动读者多种情绪的文学作品。

---

[1] 夏烈:《类型文学:一个新概念和一种杰出的传统》,《文艺报》,2010年8月27日,第2版。

[2] 夏烈:《访谈:"网络文学"这个词,在未来可能会消亡》,载《网络文学的新传统与未来性》,杭州出版社,2019年,第136页。

[3] 夏烈:《关于类型文学的札记》,载《网络文学的新传统与未来性》,杭州出版社,2019年,第186页。

[4] 夏烈:《类型文学:一个新概念和一种杰出的传统》,《文艺报》,2010年8月27日,第2版。

接着他探讨了类型文学发展壮大的原因。认为类型文学在网络世界和大众阅读中大行其道的原因有两方面。其一,科技、资本、读者、作者等因素的合力促进了类型文学的快速发展。如他指出与文化工业、文化产品市场化直接相关的现代受众的消费习惯,以及盈利模式的形成和背后资本的积极推动等因素,助推了类型文学的发展。[1]其二,类型文学吸收了古今中外文学以及ACG(动画、漫画、游戏)的优秀传统。这些文学资源各有其特点,如游戏的升级模式、西方通俗文学的魔法叙事等,经过网络作家的创造性转化以及持续的创作实践逐渐形成多种多样的文学类型。而网络作家持续性的创造性转化暗示了在网络文学发展的不同时期网络文学类型并不一样,因为当读者对既有类型产生审美疲劳时,网络作家就需要创造新类型以重新吸引读者兴趣。此外,网络文学的创作方式、叙事原型结构蕴含的类型基因也有助于多种类型的形成。如《第一次的亲密接触》是个新才子佳人式的言情小说,是通俗文学中的一个类型。《第一次的亲密接触》说明由其肇始的"网络文学革命"天然地附带了"类型文学"这一概念的印记。[2]再如黄易《寻秦记》包含的穿越模式在后来的网络穿越小说中得到发扬光大,而网络穿越小说也成为网络文学的一大类型。

夏烈还分析了类型文学发展过程中的一些关键节点。如2003年,各文学网站基本上完成了以类型划分创作、归拢创作的形制。[3]夏烈还探讨了类型文学的意义。"年轻人的语言,年轻人的生活,年

---

[1] 夏烈:《影响网络文学的力量》,《人民日报》,2014年6月24日,第14版。
[2][3] 夏烈:《类型文学:一场非典型性文学革命》,《博览群书》,2012年第9期,第6页。

轻人的痛苦与欢乐，年轻人与时代的身心关系，使这些作品呈现出衰老的纯文学所失去的新鲜、蓬勃的题材把握力和现实观照力。从这点看，我认为当下类型小说是现实主义文学的一个进步，是一种对中国当代文学生态的重要的补充。"[1] 易言之，类型文学表征了当下年轻人的情感、意志、欲望，具有浓厚的现实主义色彩，成为现实主义文学在当代的新的表现形态。

就内部研究而言，夏烈从两方面对类型文学展开了研究。其一，从某种类型着手，以小见大，分析类型文学的特性，此类研究以对网络武侠小说的分析为代表。在《网络武侠小说十八年》这篇文章中，夏烈先是分析了影响网络武侠小说创作的力量，继而探讨了网络武侠小说自2000年以来经历的几个发展阶段。他从媒介转型和类型小说的文学性两个维度出发，将网络武侠小说分为"今古"时期、"玄武合流"时期、正在发生的纯武创作新分流时期。其中，"今古"时期大约从2000年始至2005年止。此际的作者多可被赋予港台新武侠乃至民国武侠的接受者和继承人的身份，在创作时明确表示了向"金庸时代"致敬的意愿。"玄武合流"时期大体从2005年开始延续到现在，"玄武合流"即"玄幻"和"武侠"的融合。他指出"玄武合流"时期将传统武侠和架空、异世、言情、修仙、游戏练级贯穿融合的设定成为玄幻小说创作的基本方法，也是玄幻小说成为网络小说第一大类型的重要原因。"玄武合流"的结果是"玄幻"不断扩大，而"武侠"不断缩小，逐渐泛化为网络奇幻（玄幻）小说的一部分。纯武创作新分流是近几年发生的文学创作现象，这一时期的创

---

[1] 夏烈：《类型文学：一场非典型性文学革命》，《博览群书》，2012年第9期，第8页。

作具有鲜明的反叛"玄武合流"时期小说写法的色彩,文中以徐皓峰和七英俊的作品为例。[1]其二,某些代表性文本分析,如对《大国重工》《杜拉拉升职记》《侯卫东官场笔记》《大道朝天》《放开那个女巫》等多部网络类型小说做了分析或写有书评。在《性别错乱的意趣和类型小说的评价标准——以〈美人谋〉为例》一文中,他分析了《美人谋》的叙事特点,如"青春校园"模式、"腐女"趣味和"耽美向"色彩、"梁祝"模式等,进而指出了类型文学的评价标准问题,除了常规的语言、结构、人物,对类型小说的评判还应考虑到类型特点、阅读效果。因此他认为,类型小说体现出的叙事模式的相似性不能被视为作品质量低劣的评判标准,而是要综合考虑作品体现出的类型学内部的特点、位置。他甚至认为类型特点——如作品体现出的类型融合、类型创新、反类型等特点——即类型性,是评价类型小说的第一标准。[2]

是在对类型文学进行了深入考察的基础上,他提出了"类型性"这一术语的。如果说纯文学最核心的特征(评价标准)是文学性,那么他认为"类型性"就是类型文学的文学性,是评价类型文学的核心维度。他阐释道,"类型小说是一种坚持以类型化技艺体系作为其文学性指归的,并在此基础上呼唤个体创新和求变、不断丰富其风格的创作方式。那么,仅仅执着于网络性而忽略类型小说的文学传统,是容易将类型小说外在化、纯媒介化的'片面的深刻',在网络文学环境、网络文学史当中,更值得做的工作应该是将外在的尤其

---

[1] 夏烈:《网络武侠小说十八年》,《浙江学刊》,2017年第6期,第66页。
[2] 夏烈:《性别错乱的意趣和类型小说的评价标准——以〈美人谋〉为例》,《福建文学》,2017年第9期,第35—36页。

是媒介变革转化为时代文学的内部特征,即其新的文学性积淀的过程研究——把媒介当作文学的要素,而非将文学当做媒介的要素。文学研究的立场就是:媒介是文学的语言,媒介是人性的形式,媒介修订文学最终内化为文学自身"[1]。而类型文学,"不是互联网时代的产物,它早于互联网时代"[2]。——于此,他一方面将网络文学与类型文学深厚悠长的传统联系了起来,切合到网络作家的文脉传承;另一方面,他又将网络类型文学的评价尺度放到了"类型性"即其作为文学的内部研究和评价体系之中,为当下网络文学评价标准勾勒了一家之说和可研究、可操作、可建构的清晰坐标系。

他在较为周详的理论建设和作品观照之下,对网络文学时代的类型文学寄予了很高的期望。这就是他在2008年主编《MOOK流行阅·幻世》的发刊词里说的——这个意思后来被系统地写成一篇长文《类型文学:下一站的天后?》。[3] 即,依照文学史经验,顺着王国维"一代有一代之文学"、胡适"一时代有一时代之文学"之说,他认为网络类型文学就是21世纪中国的"一时代之文学"。

三、场域论

夏烈另一重要的思想成果是提出了网络文学(因为该思想成果普适于网络文艺,通常也可理解为他对网络文艺整体的看法)的"场

---

[1] 夏烈:《网络武侠小说十八年》,《浙江学刊》,2017年第6期,第61页。
[2] 夏烈:《网络文学时代的类型文学》,载《网络文学的新传统与未来性》,杭州出版社,2019年,第181页。
[3] 夏烈:《类型文学:下一站的天后?》,载褚钰泉主编《悦读MOOK(第七卷)》,二十一世纪出版社,2008年,第46—50页。

域论"。追溯其理论出处,"场域论"的观点主要源自法国社会学家布尔迪厄,夏烈在西方原初的"场域"理论基础上,极大地重视中国网络文学现场所实际生成的规律性,最终将网络文学视作一个动态的按照特定的网络文艺生产与消费逻辑共同作用的、由多元主体参与其实践的场所。

那么,何为网络文艺场域?网络文艺场域中具有何种资本?其中的运行规则如何?网络文艺场域中的结构性力量是如何分布的?

首先,布尔迪厄所说的场域虽是一个网状的构型,但我们在最初理解的时候,也可以把它当作一个封闭的空间。既然是封闭的,那么场域总是以拒绝的方式把其他元素排开,以划定场域的边界。就网络文学这一场域而言,它首先就会把非网络文学如传统文学、传统艺术排除在外,通过排除行动,网络文艺就形成了一个相对稳定的空间。

其次,场域中最重要的一个概念便是资本。它指的是在某些场域里面拥有的资源与权力。布尔迪厄界定的资本,大致分成三类:一是文化资本,就是我们拥有的学校教育与社会出身;二是经济资本,与平常说的概念差不多,包括继承的与自己挣得的财富,主要是钱的方面;三是社会资本,主要是指在社会世界当中拥有的关系、声望与影响。另外,在《实践感》中布尔迪厄补充了一类资本,就是象征资本,其实指的是一种信任,是用操作符号的方式将上面三种资本的占有变得合法。这是资本的概念。并且,资本之间的关系也是动态的,能够相互转化。那么,网络文学场域中不论是作者、批评者、公司和粉丝都在场域中占有一定的资本。就作者而言,他首先占有文化资本和象征资本,通过这两种资本的生产,将作品转化为经济资本和社会资本。这样,作者就拥有了经济收益和一定的社会关系与声望。这一资本又再次形成作者的创作动力,促进其进行文化资本的累积。总体上,这是一个循环的动态过程。

再次,场域里面进行的其实是一场争夺资本的游戏,而这个资本既是你的工具,同时也是你争夺的目的、争夺的对象。布尔迪厄把场域比作一场游戏,身在游戏里的人就会争夺某种特定的幻象。在网络文学场域中,不同的作家、艺术家通过资本争夺,确定其在整个场域中的社会位置。

如上所述,夏烈承继19世纪法国社会学家布尔迪厄的场域思想,将其用于对20世纪90年代以来信息技术作用下网络文学景观的阐释。并且,在他20余年来对中国网络文学本土化经验的观察、参与、反思中,发展了这一理论,提出了网络文学(艺)场域中的五种结构性力量,"网络文艺所带来的生态场域勾勒了影响其生成、发展、繁荣的主要力量:技术、受众、产业、政策、文艺,五种力量共治下的网络文艺生态构成了美妙的合力矩阵"[1]。而其中,技术带来的媒介赋权已然成为社会的"基建",成为整个时代信息社会的常态、基底,所以他在最初阐述网络文学场域的时候又将之缩略为"四种基本力量":1.受众(读者、用户、粉丝);2.产业资本;3.国家政策(国家意识形态);4.文学知识精英。[2]

夏烈首先在网络文学20余年的发展史语境中将"受众"和"产业资本"界定为场域内的常量,认为它们事实上形成了网络文学的基本面貌、格局、特征、模式。比如网络文学是一种"以读者的意见

---

[1] 夏烈:《网络文艺的主流化与发展观》,《中国艺术报》,2019年1月11日,第3版。

[2] 夏烈:《影响网络文学的四种基本力量》,载《观念再造与想象力重建》,北京大学出版社,2017年,第25—29页。

和消费选项为指归"的"读者文学""读者小说"[1],因此生成了"爽文机制"的"好看"立场:"不以好看为目的的小说都是耍流氓"(南派三叔语)。又比如谈及产业资本,他认为"资本,总是建立在大众情感的周期性浪潮的敏锐嗅觉之上,并且以其富有想象力的商业模式结构着有利于它的力量。……资本的商业精神和活跃度同样应该受到鼓励和钦佩……问题不是来自资本的特点和文化霸权,而是来自平衡的力量没有同时涌现,施加的批评于是在影响力上微乎其微"。[2] 在对产业资本的批判上,夏烈已然是以"场域"内力量合作与博弈的辩证性来看待的,他所提出的"场域论"始终是一个运动的合力矩阵,其所构成的则是"生态"和"价值"。

夏烈对产业资本的关注和批判其实是一贯的、持续的,着墨颇多,形成了不少独到的观点。比如他鉴于场域的内在平衡与制衡,尤其面对资本一味逐利、赚快钱、毁IP、IP价格泡沫化等,提出了"理想资本"的概念。"理想资本不应该是对青春期的中国网络文学资源和环境施加浪费、污染的掘墓人,而必须是一群富有生态意识和长远眼光的文化儒商;与此对应,理想作者也不应该是一拨粗制滥造、重复拷贝,并且毛孔全是金钱、妄想自我利益独大的'土豪与屌丝'的结合体。网络文学的超级'IP'得来不易,需要养护和精耕,需要与之相关的产业链上的各类专业人才通力合作……理想资本实际上是中国网络文学下一步发展暨综合治理工程中最需要有所认识并加以培

---

[1] 夏烈:《影响网络文学的四种基本力量》,载《观念再造与想象力重建》,北京大学出版社,2017年,第27页。
[2] 夏烈:《影响网络文学的四种基本力量》,载《观念再造与想象力重建》,北京大学出版社,2017年,第28页。

养、挑选、鼓励的核心要素。"[1] 由于他长期从事与介入网络文学上下游的产业工作，策划出版了包括《后宫·甄嬛传》(流潋紫著)、《芈月传》(蒋胜男著)、《我读书少，你可别骗我》(马伯庸著)、《萌妻食神》(紫伊281著)等畅销书，他在一线跟踪批评了2015—2016年的网文IP产业(《综艺报》专栏)，以及能对网络文学影视改编(《迈向2.0版本的网络文学与影视业》)、阅文集团高层调整和商业战略(《如何看待商业模式转型中的"阅文风波"》)等经常做出即时的反应评判。

夏烈又将"国家政策"和"文学知识精英"作为新时代以来介入网络文学场域的两个巨大变量。对于国家政策，他一方面说，"任何国家，都通过法律法规、检查制度、资助鼓励等来申明他们的价值立场和传播边界，其主要目的是引导和规约有社会影响力的文学艺术在现有法制与公序良俗间的尺度"，但也提醒，"在执法时需要注意的另一个维度则是如何专业化、内行化，避免'一刀切'造成的网络文学生长性的损伤"。[2] 这样的辩证思维和知识分子立场，始终是他持守的研究和评论之道，在2015年以来国家部委提倡网络文学"现实题材"写作的问题上，他一方面积极解读、学理分析，但也同样指出"必须正视网络文学的基本特性""精品同样出自非现实题材写作"，并建议警惕"一些披着'现实题材'和'现实主义'外衣的炮制作品、劣质作品……占据所谓'精品'的一席地"的投机行径。[3] 在

---

[1] 夏烈：《当下网络文学的综合治理与时代使命——以2014年中国网络文学现场为核心》，载《观念再造与想象力重建》，北京大学出版社，2017年，第104页。

[2] 夏烈：《影响网络文学的四种基本力量》，载《观念再造与想象力重建》，北京大学出版社，2017年，第29页。

[3] 夏烈：《网络文学现实转向的迷与悟——从网络文学入选"中国好书"说起》，《文汇报》，2019年6月17日，第DS1版。

2020年的《网络文学"无边的现实主义"论——场域视野下的网络文学现实题材创作20年》中,他进一步厘清了网络文学自身孕育形成的现实主义传统,概括了目前存在于网络文学创作中的三种"现实主义"——社会主义现实主义、民间现实主义、网文现实主义(玄幻现实主义)——从而用发展的"无边的现实主义"概念客观地说明了它们各自的合理性,为网络文学20余年现实写作的内在文脉培土蓄根。

而夏烈在对产业资本和国家政策等维度所做的研究阐释、建设批评中,正好也透露了他坚持的"场域论"中的第四种力量:知识分子的思想立场。他曾感慨于"中国文学界的知识精英的力量在这一领域是偏于薄弱了"[1],他对这种薄弱背后的文学史观、权力意识、傲慢与偏见等都做了条分缕析乃至不客气的批评。他在多篇文章、访谈中批评了知识精英和传统文坛的"小圈子、小知识、小格局"问题,认为这是"真正横亘在知识分子和人民大众之间的壁垒"[2]。他也通过网络文学启示同行,如何哲学性地调整理解时代变化的框架或曰范式(paradigm),恰如大海中航行时的领航员,"船和大海都处于运动中。他必须测定方位、找到方向、定位自己的位置和目的地"(克尔凯郭尔语);并且认为网络文学所带来的文学运动,是健康的,"一定意义上形成新的文学思潮(反叛主流的声音)和文学运动,打破任何一个超稳定结构,重估纯文学和俗文学各自的腐败与益处,是解放和回归文学自身健康的必由之路。文学无运动,就是

---

[1] 夏烈:《影响网络文学的四种基本力量》,载《观念再造与想象力重建》,北京大学出版社,2017年,第28页。
[2] 夏烈:《访谈(一):"五四"民国的理想主义灵魂在我身上作祟》,载《观念再造与想象力重建》,北京大学出版社,2017年,第68页。

死亡和专制的孳生之地,是反文学的"[1]。他还为此寻找了"五四"的理想主义和人文情怀,以及麦克卢汉的媒介交替的"文明引渡"来鼓舞当代文学知识精英接受并介入网络文学现场,这些无疑都是深刻的,苦口婆心的。学者房伟由此认为,"夏烈对于学院派批评的指责非常尖锐:'学院文学批评接近于烦琐、无趣与自我封闭的知识生产'……批评观念的再造与批评想象力的重建,更有待于青年批评家的意识转变,以及对高校体制束缚的反思。夏烈的网络文艺批评实践,让我们看到了青年学者可贵的勇气与开阔的视野"[2]。

在夏烈的场域论思想发展中,他又将之引向了另两个核心概念:"生态链"和"价值链"。在《网络文艺的主流化与发展观》一文中,夏烈首次提出了这两个概念,认为前者就是网络文学场域论的实际形式、作用:"所谓生态链是基于其生产链和生态观的一种观念系统的链接,即认为这些力量所代表的社会利益、愿望将在网络文艺这件事上长期并存、博弈合作,在动态平衡中实现网络文艺的大发展大繁荣。"[3]强调生态链,并不是否定网络文艺场域中的问题、弊端,而是强调网络文艺各类型、各层次之间的辩证关系,以及网络文艺和现实社会的辩证关系,需要做总体性思维和综合治理。所以,他同时提出了"价值链":"网络文艺的价值链在于它必须同时满足影响其生成发展所需的五种基本力量的价值指引,在它们的合力场中构建自己的价值体系。"[4]换言之,不应消灭场域中的基本力量,以网络文学

---

[1] 夏烈:《文学未来学:观念再造与想象力重建》,《南方文坛》,2013年第1期,第18页。

[2] 房伟:《随夏烈察望网络文艺的趋势》,《博览群书》,2021年第6期,第127页。

[3][4] 夏烈:《网络文艺的主流化与发展观》,《中国艺术报》,2019年1月11日,第3版。

（网络文艺）繁荣发展的生命力为运动指归，强调动态平衡、互为制衡、协调协同、综合治理，在大环境大背景中适应中国国情，将网络文艺形塑为有世界影响的中国特色社会主义文学的有机组成部分，是生态链和价值链之间的辩证逻辑，也是他场域论目前的基本思想。

四、中华性研究

一直以来，通俗化、类型化的文学作品受到大众读者的欢迎。那么，原因何在？夏烈对这个问题进行了思考。"不少通俗文学在民国，在20世纪五六十年代、八九十年代以及新世纪以来的网络文学中不断重现其辉煌的流行度和传播率，是谁在促使它们回到中国现场，又是什么原因让这些被启蒙主义和精英文学批判过、摈弃过、压抑过的东西一次次'还魂'，并生动甚至繁荣地表现中国人喜怒哀乐，成为几代人记忆的呢？"[1] 夏烈认为一个很重要的原因是这些作品包含的"中华性"特质。"中华性"并不是一个新论题，但夏烈结合网络文学这一新兴文学现象进行了新的思考。2017年，夏烈在《光明日报》上发表了不足千字的文化评论约稿《是时候提出网络文学的"中华性"了》，一时在学界引起较大反响，网络上大量转载，还有学者用万字长文对其进行了论辩。受限于报刊的性质，夏烈未能在文章中对"中华性"问题展开深入探讨，后来在同侪学友的建议下，他紧接着于同年在《群言》杂志发表了《为什么要提网络文学创作的"中华性"》一文，对"中华性"问题做了近4000字的补充论述，使论

---

[1] 夏烈：《为什么要提网络文学创作的"中华性"》，《群言》，2017年第10期，第21页。

题得到相对完整的阐明。

夏烈首先阐释了何谓"中华性"。"中华性"是网络文学在长期持续的创作中自然而然地形成并传达出的精神质地和文化自觉。刘新锁在论辩文章《也谈网络文学的"中华性"》(下文简称"刘文")中认为夏烈在《是时候提出网络文学的"中华性"了》中提及的"中华性"的内涵包括四个方面:"中华文化基因""趋势""表达和理解""审美元素"。刘文由此批驳夏烈提出的"中华性","看似有着统一的论说范畴和目标指向,然而细究实则语焉不详让人无从把握","其实是一个所指支离破碎又飘忽游移的空洞能指"。[1]刘文的批驳忽视了中华文化的丰富多元即所形成的"中华性"的多元内涵,它体现在政治、经济、文化、审美等社会生活的方方面面。不过,刘文的批评并非毫无道理,如果仅仅从《光明日报》的千字文来看。但刘文显然并未看到夏烈此后的《为什么要提网络文学创作的"中华性"》,更未对夏烈的网络文学思想做整体的了解,因此直接将"中华性"的提法作为"现代性"的对立面,认为这是1994年国内人文学界"中华性"提法的"老话题",是民族主义和主流意识形态对文化、文学领域的重新征用。姑且不说这种万字对千字的叙述空间上的不对等,实际上从双方的文章来看,视角和立场确实迥异。刘文,是传统知识精英坚持站在"现代性"(以"世界性""人类性"为名,其实也即"西方性")视角,认为在文化、文学领域提"中华性"就是一种非"开放"的、以特殊性压抑普遍性的主张。而从夏烈的两篇文章来看,实际上他从来没有把"中华性"与"现代性"相对立,没有拒绝开

---

[1] 刘新锁:《也谈网络文学的"中华性"》,《扬子江评论》,2017年第5期,第109页。

放、发展全球化和普遍价值的论述,他恰恰是站在网络文学与中华文化关系的事实书写、事实存在的基础上,试图反思为什么中国网络文学重写、续写、改写的中华故事依旧能不断具有时代生命力,反映和吸引时代读者。他是在网络文学的长期研究中才对上一个阶段(文学)知识精英思想、观念、方法等提出了全面反思,这也正是他在另一篇重要的文章《态度与方法:略说介入网络文学20年的学术资源》中论及的:"但今天面对网络文学,我觉得另一个话题同样有意思甚至更易于凸显,那就是百余年来始终不曾断绝的'颇合旧制',即与中国古典小说更多继承性又雅俗共赏而与大众更亲和的'通俗文学——网络文学'脉络,是否在事实上说明着骨血基因中的'中华性'记忆。这构成了五四以来文学话语主流的'西顾'和民众集体无意识的'东藏'间巨大的张力效应,也多少构成了知识精英和普罗大众的取向、兴趣、价值观和文化治理方案的不同。当然,这样的问题对彼此都是潜在的,流动的。可当今天网络文学和网络作家若自觉向'中华'核心聚拢的时候,映射着什么,趋势会如何,我们应怎样应对或引导?"[1]——换言之,夏烈恰恰是站在现代知识分子的立场,指出了在中国实际中容易被传统知识精英叙事所遮蔽的不真实、讳莫如深的一面,指出知识精英貌似先进开放的观念中可能蕴藏着对民众意识的压抑、对史实的虚构以及态度方法的乖谬和失效。所以他提倡正视网络文学的"中华性"问题。

夏烈认为:"'中华性',已经不是简单的中国传统文化或者中国古典文化,而是包含了多个中国历史时期的大传统和小传统、古老

---

[1] 夏烈:《态度与方法:略说介入网络文学20年的学术资源》,《中国图书评论》,2018年第10期,第88页。

基因和现代基因；它是中华已经完成和正在发生的文化遗传密码序列的当代体现、当代见证和当代融合。"[1]综观夏烈的相关文章，其笔下的"中华性"实际指向中华优秀文化的品格与基因，反映中国人对真善美的价值追求和对"世界性""人类性"的拥抱与贡献。因此，诸如过往传统文化中的"黑道文化"（江湖文化、流氓文化）和风水文化（相术、堪舆术等），他主张列入"中华性"的黑名单，在价值上认为是"转了坏的"和"转坏了的"部分。[2]

虽然中国网络文学天然地蕴含"中华性"基因，但此基因并非必然会转变为现实存在、自觉意识。早期的网络文学在其娱乐（"爽文"）诉求的表达中，有基因但并未体现出多少"中华性"。当网络文学逐渐转向传达生活参照、精神动力、价值关怀和家国情怀，再造中华价值系统，确立国家民族认同的趋势时，才逐渐彰显出"中华性"。这也是夏烈认为"经过近20年的发展"才是时候提出网络文学"中华性"的原因，即"中华性"养成的过程和自觉的节点。刘文持相反观点，认为我们大可不必要等到"经过近20年的发展"，才"到了可以提出其'中华性'的时候了"。[3]刘文提出此种观点与对网络文学缺乏总体认识、以对点的认识代替对面的认知有关。网络文学早期

---

[1] 夏烈：《为什么要提网络文学创作的"中华性"》，《群言》，2017年第10期，第19页。

[2] 参见夏烈《为什么要提网络文学创作的"中华性"》（《群言》2017年第10期）。这类在价值上有所批判的内容，他在史述中却保持尊重真相，说"网络小说中的黑道小说和风水小说为数不少，故事好看但亦残暴离奇，作为娱乐的一部分满足了一些民众消遣和猎奇的需要"，这客观上呈现了夏烈的工作伦理是在讲事实中评褒贬，并非简单地以观念裁剪素材，依附于知识精英或者官方政策的需求。

[3] 刘新锁：《也谈网络文学的"中华性"》，《扬子江评论》，2017年第5期，第110页。

确实出现过一批具有"中华性"特质的作品,但在庞大的网络文学体量中,这些作品显得微不足道。近年来,随着越来越多具有"中华性"特质作品的出现,网络文学的"中华性"才得以发扬光大。另一个"是时候"提出网络文学"中华性"的原因在于,随着网络文学在中华文化海外传播中占据越来越重要的分量,才有必要通过对"中华性"概念的提倡来加强网络文学创作中的"中华性"特质书写。在全球化语境中,网络小说代表的是中国故事、传播的是中国声音,其蕴含的"中华性"特质有助于在全球范围内传播中华文化、建立中国人的身份标志、展示中国人的形象,乃至于助力实现全球华人的中华身份认同。夏烈如是说:"当中国人越是全球化生存,越能感受到中国综合国力增强所带来的中华崛起时,这种中国故事的讲述习惯就被赋予了'在世界如何建立中国人自己的身份'这样一种坐标思维,如此,网络文学的中国故事讲述方式便与我们在世界中建立中华主体身份坐标完完全全地联系在一起,这也是网络文学海外传播获得一定成功并充满自信的原因。"[1]

网络文学蕴含的"中华性"特质受到语言表达功能与小说叙事艺术特点的影响。夏烈分析了网络文学"中华性"的几个表现方面。其一,武功和侠义。"武功和侠义之所以被看作是中华文化和人文精神表达的一种有价值的媒介,其原因是它曾经提炼和凝聚了中华性——中国人想象力和生命镜像,将力与善与美有效结合,构筑了中国人清新刚健的面向。"[2] 其二,诗词歌赋、典章名物等中华审美元素。他指出:"大量的古代神话、诗词歌赋、诸子百家、典章名物、

---

[1]　夏烈:《为什么要提网络文学创作的"中华性"》,《群言》,2017年第10期,第21页。

[2]　夏烈:《网络武侠小说十八年》,《浙江学刊》,2017年第6期,第68页。

闲情雅玩等中华审美元素借由网络小说这个载体被'另类唤醒',和《中国诗词大会》《见字如面》等文化综艺节目一道,增强了国民的文化认知,凝聚着海内外华人的文化意识。"[1]其三,重述中华史的小说叙事。"很多网络名家名作越来越倾向于中华史的叙述——你可以说这是中国古已有之的强大的史传传统和历史演义的文脉所致——这本身就是一种'中华性',即21世纪的网络小说作者仍然自动地绍继这样的传统和文脉,并擅长在此领域作为。……中华史的小说叙事道路就是一种'中华性'的基因表达。"[2]其四,爱国主义思想的网络叙事。"军事类网络小说始终以另一方式强化着'中华性'表达,这一表达借助电影《战狼》的主题'犯我中华者,虽远必诛'得到清晰的标举。"[3]

　　网络文学不仅表现出丰富的"中华性"意蕴,还参与构建当下与未来的"中华性"。换言之,"中华性"呈现出动态变化的属性,过去的"中华性"由既去的社会文化生活的方方面面构成,当下与未来的"中华性"则建基于当下与未来的社会文化生活的方方面面。当下与未来的"中华性",既是发展中的"中华性",又是开放的"中华性",一切优秀的、产生了巨大影响的文化元素都可参与建构。网络文学作品充分反映了当下社会年轻人的情感、意志、愿望,生动表现了网络时代新涌现的社会文化元素,读者规模庞大,影响力巨大,实质上参与构建了新的正在生成中的"中华性"。如众多"70后"至"90后"作者丰富、发展了中华史的重述与演绎。[4]

---

[1] 夏烈:《是时候提出网络文学的"中华性"了》,《光明日报》,2017年9月21日,第2版。

[2][3][4] 夏烈:《为什么要提网络文学创作的"中华性"》,《群言》,2017年第10期,第20页。

"中华性"固然是民族的,但又属于世界。只有是民族的,才能是世界的。因此,"中华性"不仅要有民族意识,还要具有世界意识。如《三体》建构的"中华性"包含了"世界性"与"人类性"意识,即"人类生命共同体"意识,王德威说:"他问的问题是,超越了简单的现世的对中国的关怀之外,作为一个中国人,我们是不是能够对中国的更广义的文明,甚至对世界的文明对宇宙的文明做出我们的回应。"[1] 简言之,具有世界意识的"中华性"是开放的,它可以而且应该吸纳人类文明的优秀成果,消化吸收后,通过文学艺术等形式表现出来,进而反哺世界。

经过二十余年的发展,网络文学的创作与阅读显现出巨大的影响力。其影响早已经溢出中国,辐射海外。在中华文化的海外传播中,网络文学扮演着重要角色。可以说,网络文学已成为"越来越强烈地反映着全球化语境下中华主体性确立的敏感区"[2]。因此,夏烈在2017年提出网络文学"中华性"的命题,其合理基石在于对现实情形的正确判断,即网络文学经过长期发展所表现出的巨大影响力,对实现全球华人的身份认同与形塑当下的中华文化所产生的重要作用。也正因此,"中华性"提升了网络文学的价值。不过,"中华性"只是评价网络文学价值的一个维度,而非唯一维度。网络文学正处于生成变化中,相应的,其评价标准也具有开放多元的特点。总的来说,夏烈提出网络文学的"中华性"命题,不仅仅是对过往事实做出价值判断,更是希冀通过对历史的回顾总结,提出对未来的

---

[1] 王德威:《乌托邦,恶托邦,异托邦——从鲁迅到刘慈欣》,《文艺报》,2011年6月3日第7版、6月22日第7版、7月11日第7版。

[2] 夏烈:《是时候提出网络文学的"中华性"了》,《光明日报》,2017年9月21日,第2版。

期许,"期望正在发展变化中的网络文学创作能够熔铸更高的价值观照,在未来影响中国文学的凤凰涅槃"[1]。

五、文学未来学与总体性

波兰小说家斯坦尼斯劳·莱姆1971年的科幻小说《未来学大会》(*The Futurological Congress*)以黑色幽默的方式和反乌托邦主义的视角,探讨了现实与人类未来可能呈现的虚拟场景。如果说《未来学大会》是莱姆于所生时代在波兰乃至全球呈现的社会现象、现实问题的反思、反叛基础上对人类未来的想象,那么源于对中国新时期文学发展以来形成的文学体制和权力关系的"不满足",夏烈提出的"文学要有一种未来学,便于她勘破对于现在的迷信"[2]同样饱含了对中国文学反思观照和未来想象的意图。

回溯和梳理夏烈和文学、文学界的关系及其对"新世纪文学"诞生以来的新现象、新问题的讨论,可以发现"文学未来学"是其不可回避的学术思想。为打破传统文学权威定式,夏烈2013年在《南方文坛》发表《文学未来学:观念再造与想象力重建》,讨论了文学未来学的产生基础及建构路径,即观念再造与想象力的重建。他认为"必须常态化地重新平衡文化与文学生态的结构性,一定意义上形成新的文学思潮(反叛主流的声音)和文学运动,打破任何一个超稳定结构,重估文学和俗文学各自的腐败与益处,是解放和回归文学

---

[1] 夏烈:《为什么要提网络文学创作的"中华性"》,《群言》,2017年第10期,第21页。

[2] 夏烈:《文学未来学:观念再造与想象力重建》,《南方文坛》,2013年第1期,第17页。

自身健康的必由之路"[1]。对于这种"文学思潮"和"文学运动",不管是白烨提出"以文学期刊为主导的传统纯文学、以商业出版为依托的大众文学、以网络媒介为平台的新媒体文学"的"当下文坛的三分天下说"或者对陈思和提出的"先锋宣言的期待",夏烈认为都是暂时性的乃至借助旧观念、诠释新问题的思路,更为前瞻的应是建立一种与现实相参照与发明的"文学未来学"。

文学需要关注人类的想象和体验,关心科学与生活提供的想象与感受,从古代神话到清代诗文小说,再到当代文学,可以发现想象力的消减之势。但反观构建想象力的中国当代文学资源,夏烈认为还存在四个方面的先天不足,即:一、与传统文化的疏离;二、现代白话文学语言的未臻完善;三、传统文坛对科学、物理学等关注的匮乏;四、狭隘的文学观念和文学序列。这些短板都加深了中国当代文学想象力的匮乏和无力。"文学未来学"在此背景下被提出,同时也为中国当代文学的发展指出了方向。

"未来学"作为一门新兴的学科自20世纪70年代后期被引入中国,其较早进入中国文学研究领域被作为系列名在1986年提出[2],1989年由中国未来研究会发起、主办的"《西游记》超前未来观学术研讨会"从未来学角度论定了《西游记》的超前未来意义,指出其不仅是一部经典神话小说,也是一部科幻式的未来学著作。随后有杨俊从"西游学"的兴起对未来学在中国古典文学领域内的运用展开

---

[1] 夏烈:《文学未来学:观念再造与想象力重建》,《南方文坛》,2013年第1期,第18页。

[2] 李洁非、张陵:《现实主义概念(新时期文学思想未来学思考之三)》,《文学自由谈》,1986年第2期,第95—101页。

的研究。[1]除此之外,文学界有关"未来学"的大讨论并未形成。

夏烈的贡献是把"未来学"引入到了当代文学的研究范畴,从总体上阐述了"文学未来学"的目的、特征及架构。他认为"文学未来学"首要的目的应是"在社会转型和文化裂变的阶段比较精准地指出文学理应关注的生命视野,刷新创作者旧的观念认知,重新发现人与广阔世界的关系,激发创造力、想象力和批判力,并且重估文学经典的秩序",在这里需要注意的是,文学未来学不同于其他未来学之处是其侧重点是"增进文学叙述的生命含量和包容力"。[2]夏烈认为从文学未来学着眼,人与宇宙、人与自然、人与社会、人与人、人与自我这五大关系是思考文学本身的最基础"木桩"。西方文学在过去两百多年中在人与社会、人与人、人与自我三个维度上已有较多表达,但由于中国特殊的历史境遇,在传统的三个维度上仍有相当的空缺,在人与宇宙和人与自然的关系维度的现代表达欠缺更甚。因此,在文学未来学中,必须看重人与宇宙、人与自然这两个维度的位置,类型文学中的科幻文学、奇幻文学、生态文学也应进入主流文学视野。未来的文学创作要关怀更高级的维度,探索新的生命特征和人类的关系,关注身体、灵魂、语言(文字和声音)三者在科学与神话中的表现力和表达力,成为一种在经过观念再造和富有文化想象力的"文学未来学"。

夏烈在新世纪针对"文学未来学"展开的研究,有关文学发展趋势和方向的探讨无疑拓展了新时期文学发展的空间,相应地也会引

---

[1] 杨俊:《"西游学"的兴起——未来学在中国古典文学领域内的运用》,《云南社会科学》,1991年第2期,第90页。

[2] 夏烈:《文学未来学:观念再造与想象力重建》,《南方文坛》,2013年第1期,第20页。

发文学创作上的变化,有助于传统文学走出封闭空间,打破壁垒、扩大关注领域,丰富对科幻、奇幻等类型文学的书写和观照。

此外,进一步沿着"文学未来学"梳理,这一前沿整体性观点生成的深层原因可以让我们联想到其有关"总体性"的论述。夏烈认为"世界变化了,就不能用上一个历史阶段所形成的固定标准来衡量,而是要回到总体性上","总体性概念不是把一切形态看成孤立的、个别的存在,而是将之视为相互中介、纠缠交错的存在。"[3]现代西方哲学中的马克思主义派以及结构主义派都十分重视事物的总体性。"总体性认识论对于我们分析和认识事物以及自身都具有非常重要的指导,是我们最终通往总体性真理的必由之路。"[4]总体性是指导其观察、解读、梳理、归纳、提炼问题的方法之一,提出"理解一个新生事物,就要回到总体性上来"[5]的观点则具有前瞻性和创新性。

如用总体性方法论来分析网络文学的出现、发展、普及这一现象,即是把网络文学放在世界文艺、全球文化格局,人类发展及其存在的可见的不可见的关系之间的相互影响中,从而帮助我们正视网络文学的存在。回顾中国文学的发展历程,网络文学之于21世纪的主流文学正如百年前的新文学白话文运动之于古典文学而后的经典化,两者都在一定程度上颠覆了旧有的表达形式,吸纳了新的作者和读者群体。这一观察视角有助于减轻、转化、消解传统的文

---

[3] 夏烈:《中国网络文艺的常识与趋势》,浙江工商大学出版社,2020年,第77页。

[4] 马宾:《詹姆逊的总体性观念与文化批评阐释》,苏州大学出版社,2016年,第36页。

[5] 夏烈:《中国网络文艺的常识与趋势》,浙江工商大学出版社,2020年,第75页。

学观、文学工作者、接受者对网络文学的轻视、偏见、拒绝,从而为网络文学的身份正名。

他有一些代表性文章都体现了这种总体性思维。比如《网络文学时代的类型文学》,在讲网络文学与类型文学之前先从总体性原则出发,认为"互联网及其虚拟世界尤其是分泌出的文化(文学艺术)黏性,是人类思想和智能发展到崭新阶段的'造物'",他从人类"造物"的哲学社会学意义为今天的网络文学作了"生命树"式的梳理。他把互联网之前人类的造物运动讲述为:一次是器物层面的生产工具和生活工具,其最终的形态是物化了我们的生活,形成了城市和社会;另一次则是写作。……"而目前的互联网及其虚拟世界是第三次模仿(指对造物主式的创世与造物的理解的模仿,本文笔者注)——某个方向上进化了的造物方式,它再次召唤着人性的踪迹、两性的踪迹、身心的踪迹填充并且发展出人类的创造之域"。[1] 他把这样的梳理叫作"重回总体性":"我有时候在想,无论时代的思潮和文学的潮流在如何变化……要回到哲学的总体性上去思考人和文学的发生与存在,这样很多新质、异质都可以被良好的理解。"[2] 可以看出,他对于时代的网络文学的安顿是经由哲学和历史的总体性理解的,而这种为网络文学而做的总体性梳理与其为文学而作的"未来学"建设,在思想和方法上是一致的。换言之,是从总体而至未来的,但触发点则是当下的场域。

而承担了他场域论雏形的、发表在《人民日报》上的《影响网

---

[1] 夏烈:《网络文学时代的类型文学》,载《网络文学的新传统与未来性》,杭州出版社,2019年,第180页。

[2] 夏烈:《访谈:回到"总体性",重理文化根》,载《网络文学的新传统与未来性》,杭州出版社,2019年,第208页。

文学的力量》所提出的受众(读者)、产业资本、国家政策、知识精英的合力矩阵,其实也是在"总体性"指导下的思想成果,依托这种创新性、整体性思维和方法,夏烈建构了影响网络文学的来自消费端、供给端、治理端、评价端的四种力量的场域。夏烈从哲学性的总体观出发,又为网络文学构建了一种可分析的总体理论,认为只有上述四种力量的动态交互及合理介入,中国网络文学的环境才会全面刷新,最终捋顺其在中国文化发展布局上的意义和价值。

夏烈提出的"文学未来学""总体性"方法论及所构建的"力量场域",对于我们更加清晰、更为整体全面地剖析网络文学的当下生长并研判未来具有重要指导意义。

六、网络文学研究的学术归根

网络文学的出现改变了文学的承载、传播媒介和存在方式,消解了传统文学中作者高于常人的关系假定,加深了作者与读者的平等性,"鄙弃以作协为代表的现存文学体制……试图建立起一个属于他们自己的全新文学法统"[1]。其自身的反叛性和对传统文学的颠覆等多方面的原因,使得世纪之初的文坛并不接纳其进入"文学内部",所采取的是简单排拒的态度,拒网络文学于"文学"门槛之外。夏烈意识到做网络文学有遭受边缘化的危险,故而开始寻找并率先在学术界提出了网络文学的学术(学科)归根问题,通过对标近现代通俗文学、类型文学来引证网络文学的历史位置和当然性,并扩大

---

[1] 张业松:《关于二十世纪九十年代文学的文学史意义》,《复旦学报(社会科学版)》,2002年第2期,第12页。

观看视野,从学术角度找到了传统学术资源的支撑和研究谱系。

2018年,也即一般所说的网络文学20年之时,夏烈在《中国图书评论》上发表《态度与方法:略说介入网络文学20年的学术资源》[1]。他认为,网络文学在现当代文学学科内部的归根是必要的,这对于反哺学科也具有重要意义。一方面,现当代文学为网络文学的研究提供了基础方法,另一方面,网络文学的学术资源也为充实和批评现当代文学提供了新的生长点和契机。

夏烈探究了网络文学研究与批评者的架构,提出参与到网络文学研究和批评的文学知识分子主要来自中文学科内的两大方面:文艺学(文艺理论)和现当代文学。网络文学诞生之初至今,以欧阳友权、黄鸣奋、陈定家、许苗苗、单小曦、黎杨全等为代表的文艺学新老学者呈现出良好的理论敏感性和创意力;而白烨、邵燕君、夏烈、马季、王祥、黄发有、周志雄、庄庸、何平、肖惊鸿、黄平、桫椤等,大多是从纯文学研究和批评的队伍过渡到网络文学,或兼治纯文学和网络文学二者。这两大学科的研究和批评者夯实了网络文学研究的基础,增强了网络文学研究的权威性及网络文学文本的影响力。

但夏烈之所以思考"网络文学的学术归根"这一问题,是觉得不应仅仅是从现有网络文学研究评论单造一个新传统就了事了,而是要试图同新时期乃至新文学以来的中国文学学科建设的大传统做一个对话、接榫,力求贯通其中的思想史细节。这样,他就回到了由范伯群、王德威、陈平原等从近现代的通俗小说、类型小说中看到的中国文学现代性的"多重可能"。已故范伯群教授的有关中国文学

---

[1] 夏烈:《态度与方法:略说介入网络文学20年的学术资源》,《中国图书评论》,2018年第10期,第84—90页。

现代性发源的学术观点,经由近现代通俗文学研究和史述成果找到了网络文学的萌芽及存在逻辑,成为中国现当代文学学科中难得而重要的一种学术资源、学术思想。王德威在晚清通俗小说的问题上提出过"没有晚清,何来'五四'"的观点,事实上论例了晚清文学现场的中国实践的丰富性和以通俗的、类型的样式出现的晚清小说的思想史功能、价值。陈平原则以晚清小说、武侠小说的研究开拓了严肃的学术研究和了解之同情相结合的范式,对今天做网络文学类型学和国家民族志研究多有参照。夏烈敏锐地意识到,这些学术资源与今天网络文学学术正当性的关系,他说,"晚清以降的近现代通俗小说及其现代性、大众性、市场化,即被新文学作家'扫出文艺界以外'的巨大创作存在,与今天的网络文学、类型文学的情况、遭际何其相似"[1]。并因此对范先生提出的中国现代文学史观应该是"知识精英文学与大众通俗文学双翼展翅翱翔"的"两个翅膀论",充满钦敬,他说"最终感受到范先生在现当代史述共同体中要提通俗文学的地位和'两个翅膀论'的不易与苦心",认为"这是顺着'五四'和'20世纪80年代'的'两新'(新文学和新时期文学)之定论径直讲现当代文学的正宗和经典所无法体味的一种情感。这种情感下,你能感受到忤逆和真相、严刻和同情、精英和大众、启蒙和趣味、西化和中华之间一对对、一层层的秘密在撕扯。"[2]

夏烈指出,只有将古今市民文学置诸中华传统文脉整体结构,并且确证晚清近代通俗文学作者是中国文学现代性一分子和先行

---

[1] 夏烈:《态度与方法:略说介入网络文学20年的学术资源》,《中国图书评论》,2018年第10期,第86页。

[2] 夏烈:《网络文学,中文传统和学科挑战》,载《网络文学的新传统与未来性》,杭州出版社,2019年,第39、41页。

者的史家、学者,才会通达而精准地定位20年来的网络文学创作潮及其某种意义上具有"文艺复兴"式的价值。这里可以引用陈思和在20世纪末的论述:"这是一个没有中介的集体性的精神运动过程,即使在20世纪行将结束的今天,文学的历程仍将一如既往地跨过世纪之门,向新的未来深入推进下去。"[1]——网络文学何尝不是向新的未来深入推进的实践,伴随网络文学的发展壮大,其必定要走出相对封闭的空间,扩大书写范围。

除此之外,夏烈认为网络文学研究因其现代性、多元性、综合性也吸引了来自艺术学、传播学、社会学研究者的关注,而不同学科的介入也为网络文学的研究提供了更多国际化的学术资源。如,马歇尔·麦克卢汉的媒介理论、亨利·詹金斯的粉丝理论、皮埃尔·布尔迪厄的场域理论、安东尼奥·葛兰西领导权理论等。上述理论学说为中文学者从大众文化、文化产业等角度研究网络文学打开了通路。

在他讨论网络文学研究学术(学科)归根的注意力中,能看出他比较明显的现当代文学专业背景的本位。也因此,他能精确地说出现当代学科人士的一种心理隐秘:"在新时期(20世纪80年代)以来经过一二代文学特别是现当代文学学者的辛苦经营,先后厘清了文学与政治、与经济、与新中国成立后、与西方、与文坛代际关系等具体问题,形成其文本细读下的结构与秩序之时,忽然间一个'当代文学'史述的共同体可能因为巨大的异质内容、异质经验,瞬间面临'重写'乃至解释权的更迭,这自然是愈加艰窘的处境。所以,对于网络文学的不喜欢转化成对于网络文学研究者、同情者的不喜

---

[1] 陈思和主编:《中国当代文学史教程》(第2版),复旦大学出版社,2006年,第2页。

欢,边缘化或者压抑之,某种意义上也成了圈内心照不宣的普遍态度。"[1]这样直率的议论包孕着丰富的意涵和相当的批判力,可能将会是一幅历史的重要写真。有意思的是,夏烈并没有将自己从现当代文学的写真中摘出去,而是说自己"在中文学科内部盘桓费心那么多,实际上折射了我所处的'中间物'或者过渡者的状态"[2]。他把轻装上阵的角色寄予了更年轻一代的学人。

那么,他做学术归根式的处理目的仅仅是回到范伯群、王德威们的学统,续上网络文学的学科脉络?他在《网络文学,中文传统和学科挑战》一文的结尾写了这么一段:"并不止简单地将网络文学沿着通俗小说研究的路力求进入当代文学史的一支,而是在人类社会和文化发展的模式中重新认识今天它所呈现的中华性和全球化基因,拷问近代以来中国人面对世界和传统的反应,全面认识和重估网络文学在'中国文学'四字中的因缘、作用,说清楚何以'中国'的文学进路,以及何以'文学'的中国价值(范式)。这些,都是20年中国网络文学带来的全新视野和命题,也是我们实现乃至超越范伯群先生们理想志业的感恩回馈。"[3]如果说"五四"先贤用的是"打倒"和历史化的办法另立新文学的篇章,夏烈的意思可能是借网络文学全面重估中国整个文学基因的活性,及其与世界文学的融合情况来重新界定何为"中国文学"的史述与经典谱系。

---

[1] 陈思和主编:《中国当代文学史教程》(第2版),复旦大学出版社,2006年,第86页。

[2] 夏烈:《态度与方法:略说介入网络文学20年的学术资源》,《中国图书评论》,2018年第10期,第89页。

[3] 夏烈:《网络文学,中文传统和学科挑战》,载《网络文学的新传统与未来性》,杭州出版社,2019年,第43页。

无论这样的思考是否有付诸实施的可能,至少夏烈在指认范伯群是为被现代文学史述压抑的通俗文学的孜孜工作的"辩护律师"的同时,也塑造着他为网络文学孜孜工作的"辩护律师"的形象。

七、新媒介批评论

夏烈文艺实践的第一身份实际上是评论家。这就意味着他的思考必然会涉及新媒体时代的文艺批评。他2017年发表在《文艺评论》上的《媒介裂变下的文艺批评生态和批评者重构》着重反映了他这方面的观点。这不是一篇直接谈网络文学批评的文章,而是以批评现场和批评伦理的变迁等思想境况为背景,说明了新旧媒介交界过渡之间,文学批评界思想和方法上的问题、衰变及其出路。这中间自然包括以网络文学为代表的新世纪网络文艺批评该怎么办。

以20世纪90年代为界,夏烈将30余年的文艺批评划分为"前互联网时期末叶"与"文艺批评新景观"两个时期。

就第一个时期言,夏烈认为:"与这些网络环境相伴而来的网络文艺批评也可以从1996年讲起,它们在新世纪(2000年后)逐渐生长、繁茂、泛滥;那么,20世纪90年代恰好成为传统文艺批评的一个末叶"。[1]之所以将其称作"末叶",也是由于传统文学批评自身长期以来的重重弊病。从当时文艺批评与社会关系来看,20世纪90年代的改革开放向市场经济深化这一选择,事实上成了紧张关系的决定性因素。"商业化、大众传媒的勃发、功利主义与实用主义、作

---

[1] 夏烈:《媒介裂变下的文艺批评生态和批评者重构》,《文艺评论》,2017年第6期,第10页。

家与批评家在名利上的不平衡,乃至读者对于批评文体、文风的龃龉嫌弃(一种市场化后供需关系与服务购买的意识转变),都与中国的社会主义市场经济实践有关。"[1]整个社会的消费转向引发的文化领域的通俗化、利益化、消解中心、大众化,与此前文艺领域精英化、艺术化、中心化、崇高化间发生矛盾,该如何协调就成为摆在知识分子面前的难题,亦成为批评家们需要慎重调整、重构、安置的事情。

另外,20世纪文化界整体呈现出"退回书斋"倾向,这一倾向进一步扎紧了高校学科思维下的学术规范与评价体系。整体的文化风向的"收紧"一定程度上为文艺批评树了风向标,有意无意地左右了文艺批评家的态度,一定程度上也在破坏了文艺批评(包括批评家个性、出身、文体、文风)的多样性,呈现出量化、齐一的特征。并且,在"思想淡出,学术凸显"的语境里,文艺批评从"急先锋"沦为"二等公民",论文占领上风,批评家学者化、学院化、教授化成为大势所趋,作协派批评家日益减少,因此,文艺批评愈来愈缺乏创新、活力、思想先锋性,甚至愈加千人一面。夏烈评论道:"这一转折是否寓意着'前互联网时期末叶'的学院精英与如火如荼到来的大众文化浪潮的切割和决裂?"他认为,"至少在文艺批评的写作和阅读感受上言,就是这样"。[2]

就第二个时期言,"媒介赋权"使互联网时代的中国进入全新的社会结构、社会关系和社会文化之中。新的景观溢出了过去批评者们的经验。首先,过去的批评者们缺乏对"媒介"力量的充分信任、理

---

[1] 夏烈:《媒介裂变下的文艺批评生态和批评者重构》,《文艺评论》,2017年第6期,第12页。

[2] 夏烈:《媒介裂变下的文艺批评生态和批评者重构》,《文艺评论》,2017年第6期,第13页。

解和评价。其次,如何接受突如其来的从"书本的文化"向"全民书写文化"的转型,在观看、写作、编辑、转发、评论、点赞、打赏等一系列动作中由网民创作和全民互动所诞生的互联网文艺作品就来到了。如何准确评价这一时代、这一媒介、这一批受众阅读审美偏好下孕育的新类型的文艺作品?网络小说、网剧、微电影、网游、直播、订阅号,种种不断更迭刷新的文本类型对传统的文艺批评家来说意味着什么?

新媒介催生了新的批评阵地。一是以博客、微博、豆瓣书影音为代表的批评阵营。无门槛的、草根平民的、社交型的批评话语如雨后春笋般释放、生长于这类批评空间,其中不乏鲜活的、具有创造力的、个性化的批评话语。"在某些方面,由于鲜活、自由、知识背景不同等原因,那些批评文字或长或短,都能让拥有专业学科背景的职业批评家们感觉惊喜和羡慕。"[1]二是成规模的互联网文艺批评平台源自腾讯的微信业务即公众订阅号。微信公众号的出现为原本由微博占领高地的批评阵营注入了新的力量。夏烈认为,"如果说微博时期的文艺批评很难成为大众在互联网文化上的焦点(远远无法跟热点事件引起的言论批评相比),那么,微信的公众订阅号却给予了文艺批评以合适的平台、节奏、传播力"[2]。重要的一点是,微信公众订阅号的异军突起为传统文艺批评平台/机构/学者提供了新的契机。比如《人民日报》《光明日报》《文汇报》《文艺报》等党媒的文艺评论都有各自的订阅号平台,而《北青报》《文学报》等的文艺批评订阅号还形成了自己的特色。另外,学术杂志如《文学评论》

---

[1] 夏烈:《媒介裂变下的文艺批评生态和批评者重构》,《文艺评论》,2017年第6期,第14页。

[2] 夏烈:《媒介裂变下的文艺批评生态和批评者重构》,《文艺评论》,2017年第6期,第15页。

《文艺研究》《读书》等也纷纷开始在订阅号上做批评传播。此外，小众批评的订阅号也迅速崛起，出现了一批有影响力的针对文学、影视、音乐、戏剧、美术、书法、舞蹈、设计、动漫、游戏等文艺体裁的批评类订阅号。因此，他给出了公众订阅号时期的互联网文艺批评的两个重要的启示。第一，传统文艺批评开始其移动互联网化的进程，并且取得了良好的成绩，与其他网民构成的或专业、或大众的订阅号同台并行，显现了媒介赋权由裂变向融合的方向过渡的特征，并正在形成某种批评生态矩阵。第二，从各行各业涌现的非学院体制或体制化生存的批评家，正在媒介赋权的过程中确立自己的坐标点，修正文艺评价的坐标系。

他因此提出了新媒体时代的文艺批评家的一些要素。一是认识论问题，首先对互联网必须进行哲学性省视。"秉承马克思主义哲学，我们把人类社会叫作'第二自然'的时候，我确实在想像互联网所承担的内嵌的世界是不是一种'第三自然'。"[1]

二是面对网络文艺，要解决入乎其内的粉丝、"内行"问题。一方面，随着网生代文艺批评者的出现，互联网处境包括ACG（动画、漫画、游戏）代表的二次元文化，他们都不陌生，真正的互联网文艺批评家将成功诞生在网生代人群；另一方面，稍长的批评者，以及有志于成为具有深度的引领性的批评者，可以以亨利·詹金斯所说的"粉丝批评家"[2]的定义训练自己。夏烈认为，粉丝批评家是流行文化领域内真正的专家，类似这样一种批评的"沉浸"，是网络性对批

---

[1] 夏烈:《媒介裂变下的文艺批评生态和批评者重构》,《文艺评论》,2017年第6期,第16页。

[2] ［美］亨利·詹金斯:《文本盗猎者：电视粉丝与参与式文化》,郑熙青译,北京大学出版社,2016年,第86页。

评者提出的内在吁求。

三是批评的文体和文风问题。他以批评家毛尖为例,认为要更新我们的批评文体文风,"用写作的方式从事批评",提出"野生批评"的期待。

四是批评家的自我批评意识。他引用何平的话:"事实上,绝大多数文学批评从业者也只满足于自说自话,文学批评的阐释和自我生长能力越来越萎缩。……在大众传媒如此发达的今天,文学批评并没有去开创辽阔的言说公共空间。相反,文学批评式微的一个直接后果就是文学批评越来越甘心龟缩在学院的一亩三分小地,以至于当下中国整个文学批评越来越接近于繁琐、无趣、自我封闭的知识生产。因此,现在该到了文学批评自我批评,质疑自身存在意义的时候了……文学批评从业者必须意识到的是在当下中国生活并且进行文学批评实践。……只有通过广泛的批评活动才有可能重新确立自己在世界中的位置,建立起文学批评的公信力,同时重新塑造文学批评自己的形象。"[1]

夏烈的新媒介批评论,让我们看到一个批评家的思想力和调适力,其中包含着历史责任感和强烈的当下意识、未来意识。他说:"修辞立其诚……媒介赋权的契机在我看来,正在于重建文艺批评的'信用'"。[2] 在他的思想行动中,时代批评家和时代文艺之间确实又恢复了一种热烈的理想主义的信任和信条关系。有论者由此评价道:"数往知来,文艺遭遇地壳运动,碰撞、扭曲、重构而生长出

---

[1] 何平:《批评的自我批评》,《南方文坛》,2010年第1期,第1页。
[2] 夏烈:《媒介裂变下的文艺批评生态和批评者重构》,《文艺评论》,2017年第6期,第17页。

网络文艺,经过20余年的演变它从草根成为新时代文艺的主流之一。这既要归功于技术的发展、网络文艺的生产者、消费者,也需要关注像夏烈这样因理解、热爱、出于本自具足的责任感为网络文艺奔走的人。瓦茨拉夫·哈维尔认为,一个知识分子的一生概括地说都致力于思索这个世界事物和事物更广泛的背景,他们的主要职责是研究、阅读、教授、写作、出版、向公众发表演说,致使他们更能接受较为普遍的问题。夏烈就是哈维尔笔下的那个履行知识分子职责,持续托举网络文艺向上生长、向上传播的人。"[1]

---

[1] 秦东旭:《数往知来:网络文艺的赛博重构——〈中国网络文艺的常识与趋势〉读后》,《文艺报》,2022年11月28日,第8版。

后　记

"故事""场域"这两个关键词，算是浓缩了我近十余年来介入中国网络文学和类型文学的心得。

故事是文明的见证，是文明的催化师，也是文明的一个别名——自然，也应该是文学的一个别名。无论"故事"二字怎样载浮载沉，它何曾抛弃人、人何曾抛弃它，如父如子。当代文明的实践为之提供了新媒介的大陆，其所掀起的"世纪红利"不唯通过网络文学、类型文学，亦从影视、游戏、元宇宙等一一降临，不可漠视。善待它，不免智慧行于上、行于中、行于内；嫌弃它，道失诸野而难求，心灵也不感通，反而成为一种文化病。所以，从好的一面看，我们庆幸于时代所呈现的故事景观，无论它是消费主义的作用或副作用，但领略它的无数变幻、无限风情以及中国故事创作力的崛起，实在是叹为观止的！并且从中找寻人的、灵性的、民间的、精到的叙事之情理，其实就能压制消费主义的主导权，转而为人文想象的主场——这一点，国内的人文研究界并不自觉、远未尽心。

场域则是物理、事理、情理等的"此在"和"统一场"。见文本中之文学，而不见文本外的文学、文本边的文学，是未见文学。文学不是小学问，不是机械的科学，而是存在本身、此刻及其绵延。所以，文学也是物理、也是事理,也研究社会、制度、经济、受众、文化根和文化流,只是最终都用情理的方式表达表现。场域貌似是物理学或者社会学的术语——所以它也从物理学和社会学借镜思想、方法,但也能更总体性地分析觉知一种创作何以崛起、一种创作何以衰落,一个文本何以成为经典、一个文本何以错过了即不是。而网络文学在中国二十余年的发展变化为我们使用和提炼创作的场域理论提供了一次难得的机遇,我在本书中的若干论述还只是笼而统之、大而化之的描述,真正的妙用得俟之他著。

需要解释的是,这册"新书"中的三分之二篇幅都是"旧相识"。如果过往购买过《观念再造与想象力重建》(北京大学出版社2017年版)和《网络文学的新传统与未来性》(杭州出版社2019年版)的读者方家,添置这册《故事与场域》就请"购买须谨慎"了——当然,2019年以来的几篇可以一读的文章如《网络文学"无边的现实主义"论》《网络文艺场域中的女性文化与主体新世界》《故事的世纪红利与网络文学"走出去"》《类型小说的传统与个人才能》《元宇宙问题和元宇宙文艺》等,过去诸书从未收入,编入此书敬请指正。

而今,学者评论家出书不免有些怪心理。我自从十二年前回到高校之后,发现有几怪:一是不愿也似乎不能再出评论(论文)集了,因为高校文科的科研考评条例中对于集子是无分可赚、无利可图的,所以常见的做法是把全书N篇文章硬编成一本专著的模样,塞进科研评价体系的"公平正义"的机制中。二是因此就不好按古已有之的传统,在篇末写上原发的年份和出处,这种"编"的体例貌似已被打入冷宫,成为没有学理价值和著作档次的陋习。三是对于著述出版单位的迷信和迷恋,当我就近把书稿交给地方出版社的时候,热心的高校朋友总是告诉我:可惜了可惜了,为什么不交给一家

后　记

"一级出版社"？——而我这回，把这些高校教师理应避免的毛病又都犯了一回，孺子不可教也！我不知道，荒诞何时才能拨正，不过学者的武器在于"理"，用"场域"来回溯和理解这种扭曲同样是正确的科学观，同样把它们写进"故事"兴观群怨也可以消解时代的块垒。

所以，我还是把《故事与场域》编成了文集，且尝试着用编年体来做，也许能就此看出自己十余年来运思的理路，也同步勾勒了一道时光与劳作编织的生命情绪。正如忙碌和支离是我生活的常态，爱和理想也终究一点一点镌刻在了这些貌似理性的文字中了。

谢谢发表过这些文字的报纸刊物，谢谢帮我整理书稿的研究生俞丽芸，更谢谢敦促本书以及本丛书面世的出版社同仁。

夏　烈

2022 年 11 月 3 日

图书在版编目(CIP)数据

故事与场域：以网络文艺为中心 / 夏烈著. -- 宁波：宁波出版社；杭州：杭州出版社，2024.1
（中国网络文学研究名家论丛. 第一辑）
ISBN 978-7-5526-4504-0

Ⅰ.①故… Ⅱ.①夏… Ⅲ.①网络文学-文学研究-中国 Ⅳ.①I207.999

中国版本图书馆 CIP 数据核字（2021）第 261309 号

中国网络文学研究名家论丛

故事与场域 以网络文艺为中心
GUSHI YU CHANGYU

▷ 夏 烈 著

策　　划	袁志坚
责任编辑	俞　琦　刘仲喆
责任校对	虞姬颖
装帧设计	金字斋　甘巧丽
出版发行	宁波出版社
	（宁波市甬江大道1号宁波书城8号楼6楼　315040）
	杭州出版社
	（杭州市拱墅区西湖文化广场32号6楼　310014）
印　　刷	宁波白云印刷有限公司
开　　本	710mm×1000mm　1/16
印　　张	22
字　　数	276千
版　　次	2024年1月第1版
印　　次	2024年1月第1次印刷
标准书号	ISBN 978-7-5526-4504-0
定　　价	70.00元

如发现印装质量问题，请与出版社联系调换，电话：0574-87248279
（版权所有　翻印必究）